Повести:
Невский проспект, Нос,
Шинель, Портрет, Коляска,
Записки сумасшедшего, Рим

Н.В. ГОГОЛЬ

Повести

Невский проспект, Нос, Шинель, Портрет, Коляска, Записки сумасшедшего, Рим

Н.В. ГОГОЛЬ
(1809-1852)

Николай Васильевич Гоголь родился 20 марта 1809 г. в селе Сорочинцы Миргородского уезда Полтавской губернии. В старинном роду Гоголей были военные и священники. Семья писателя жила небогато.

В 1828 г., после окончания Нежинской гимназии, будущий писатель приезжает в Петербург с большими амбициями и надеждами. В 1829 г. он издает там свое первое произведение — поэму "Ганс Кюхельгартен". Провал столь серьезен, что честолюбие его крайне уязвлено. Он скупает почти все экземпляры и немедленно уезжает в Германию.

По возвращении Гоголь с трудом устраивается мелким чиновником, а затем писцом в Департамент уделов.

В 1833 г., благодаря участию Плетнева, ему удается получить место преподавателя истории в институте для дочерей офицеров и познакомиться с Пушкиным. В это время появляется в свет первый (1832) и второй тома "Вечеров на хуторе близ Диканьки". В 1833 г. Гоголь издает сборники "Миргород" (куда включен "Тарас Бульба") и "Арабески" (в который вошли "Невский проспект", "Портрет" и "Записки сумасшедшего"). В том же году он вынужден покинуть университет, где преподавал историю, т.к. делает это из рук вон плохо. Пушкин в тот же год подсказывает Гоголю тему для "Ревизора", поделившись известным ему анекдотом.

В Москве слава писателя разрастается с каждым днем, особенно при помощи Белинского и Аксакова. В течение нескольких месяцев им был написан "Ревизор" и поставлен на сцене, благодаря личному вмешательству Николая I. Успех был бесспорным, но мнения сложились крайне противоположные. Гоголь остался недоволен, т.к. считал, что его замысел не понят ни теми, ни другими.

С 1836 по 1848 гг. он почти постоянно живет в Европе, особенно долго в Риме, где знакомится с русскими художниками и сближается с Александром Ивановым.

Сообщение о смерти Пушкина, которое дошло до него с

опозданием, потрясло Гоголя. Он считает, что его миссия теперь заменить погибшего гения.

Пушкин имел колоссальное влияние на Гоголя, и тема “Мертвых душ” подсказана тоже им. В 1842 г. писатель возвращается на несколько месяцев в Россию, чтобы издать написанные им в Европе “Мертвые души”, а также полное собрание своих сочинений. Он уже очень известен и почитаем, но пьесы “Свадьба” и “Игроки” не имеют успеха.

Постепенно, работая над вторым томом “Мертвых душ”, писатель впадает в религиозность, начинает считать себя пророком и в 1847 г. пишет “Выбранные места из переписки с друзьями”, где ставит целью душевно настроить читателя на восприятие второй части “Мертвых душ”. В "Выбранных местах..." он берет на себя роль проповедника-моралиста. Все от него отворачиваются, а Белинский публично резко отвечает ему. Гоголь абсолютно не понимает, что происходит и почему, и отправляется в паломничество в Иерусалим.

Можно согласиться с Набоковым, который считал, что Гоголь — это писатель лишь нескольких книг и стремление создать свой главный шедевр (II часть “Мертвых душ”) совпало с истощением его творческих возможностей. Это такая трагедия для писателя, что он предпринимает любые попытки найти дополнительные силы, хотя бы получив их извне. Ему кажется, что он подвержен дьявольским наклонностям и от этого его дар иссякает. Чтобы восстановить душевное равновесие, он буквально бичует себя, носит вериги, ездит по святым местам и попадает под влияние отца Матвея и, в конце концов, сжигает своё последнее детище, может быть, даже понимая, что оно не соответствует всему написанному им прежде.

Через десять дней после этого Гоголь умирает в ужасных мучениях. Это случилось 21 февраля 1852 года.

НЕВСКИЙ ПРОСПЕКТ

Нет ничего лучше Невского проспекта, по крайней мере в Петербурге; для него он составляет все. Чем не блестит эта улица — красавица нашей столицы! Я знаю, что ни один из бледных и чиновных ее жителей не променяет на все блага Невского проспекта. Не только кто имеет двадцать пять лет от роду, прекрасные усы и удивительно сшитый сюртук, но даже тот, у кого на подбородке выскакивают белые волоса и голова гладка, как серебряное блюдо, и тот в восторге от Невского проспекта. А дамы! О, дамам еще больше приятен Невский проспект. Да и кому же он не приятен? едва только взойдешь на Невский проспект, как уже пахнет одним гуляньем. Хотя бы имел какое-нибудь нужное, необходимое дело, но взошедши на него, верно, позабудешь о всяком деле. Здесь единственное место, где показываются люди не по необходимости, куда не загнала их надобность и меркантильный интерес, объемлющий весь Петербург. Кажется, человек, встреченный на Невском проспекте, менее эгоист, нежели в Морской, Гороховой, Литейной, Мещанской и других улицах, где жадность, и корысть, и надобность выражаются на идущих и летящих в каретах и на дрожках. Невский проспект есть всеобщая коммуникация Петербурга. Здесь житель Петербургской или Выборгской части, несколько лет не бывавший у своего приятеля на Песках или у Московской заставы, может быть уверен, что встретится с ним непременно. Никакой адрес-календарь и справочное место не доставят такого верного известия, как Невский проспект. Всемогущий Невский проспект! — единственное развлечение бедного на гулянье Петербурга! Как чисто подметены его тротуары, и, Боже, сколько ног оставило на нем следы свои! И неуклюжий грязный сапог отставного солдата, под тяжестью которого, кажется, трескается самый гранит, и миниатюрный, легкий, как дым, башмачок молоденькой дамы, оборачивающей свою головку к блестящим окнам магазина, как подсолнечник к солнцу, и гремящая сабля исполненного надежд прапорщика, проводящая по нем резкую царапину, — все вымещает на нем могущество силы или могущество слабости. Какая быстрая совершается на нем фантасмагория в течение одного только дня! Сколько вытерпит он перемен в течение одних суток! Начнем с самого раннего утра, когда весь Петербург пахнет горячими, только что выпеченными хлебами и наполнен старухами в изодранных платьях и салопах, совершающими свои наезды на церкви и на сострадательных прохожих. Тогда Невский проспект пуст: плотные содержатели магазинов и их комми еще спят в своих голландских рубашках или мылят свою благородную щеку и пьют кофий; нищие собираются у дверей кондитерских, где сонный ганимед, летавший вчера, как муха, с шоколадом, вылезает, с метлой в руке, без галстука и швыряет им черствые пироги и объедки. По улицам плетется нужный народ: иногда переходят ее русские мужики, спешащие на работу, в сапогах, запачканных известью, которых и — Екатерининский канал, известный своею чистотою, не в состоянии бы был обмыть. В это время неприлично ходить дамам, потому что русский народ любит изъясняться такими резкими выражениями, каких они, верно, не услышат даже в театре. Иногда сонный чиновник проплетется с портфелем подмышкою, если через Невский проспект лежит ему дорога в департамент. Можно сказать решительно, что в это время, то есть до двенадцати часов, Невский проспект не составляет ни для кого цели, он служит только средством: он постепенно наполняется лицами, имеющими свои заботы, свои досады, но вовсе не думающими о нем. Русский мужик говорит о гривне или о семи грошах меди, старики и старухи размахивают руками или говорят сами с собою, иногда с довольно разительными жестами, но никто их не слушает и не смеется над ними, выключая только разве мальчишек в пестрядевых халатах, с пустыми штофами или готовыми сапогами в руках, бегущих молниями по Невскому проспекту. В это время, что бы вы на себя ни надели, хотя бы даже вместо шляпы картуз был у вас на голове, хотя бы воротнички слишком далеко высунулись из вашего галстука, — никто этого не заметит.

В двенадцать часов на Невский проспект делают набеги гувернеры всех наций с своими питомцами в батистовых воротничках. Английские Джонсы и французские Коки идут под руку с вверенными их родительскому попечению питомцами и с приличною солидностию изъясняют им, что вывески над магазинами делаются для того, чтобы можно было посредством их узнать, что находится в самых магазинах. Гувернантки, бледные миссы и розовые славянки, идут величаво позади своих легеньких, вертлявых девчонок, приказывая им поднимать несколько выше плечо и держаться прямее; короче сказать, в это время Невский проспект — педагогический Невский проспект. Но чем ближе к двум часам, тем уменьшается число гувернеров, педагогов и детей: они, наконец, вытесняются нежными их родителями, идущими под руку с своими пестрыми, разноцветными, слабонервными подругами. Мало-помалу присоединяются к их обществу все, окончившие довольно важные домашние занятия, как то: поговорившие с своим доктором о погоде и о небольшом прыщике, вскочившем на носу, узнавшие о здоровьи лошадей и детей своих, впрочем показывающих большие дарования, прочитавшие афишу и важную статью в газетах о приезжающих и отъезжающих, наконец выпивших чашку кофию и чаю; к ним присоединяются и те, которых завидная судьба наделила благословенным званием чиновников по особым поручениям. К ним присоединяются и те, которые служат в иностранной коллегии и отличаются благородством своих занятий и привычек. Боже, какие есть прекрасные должности и службы! как они возвышают и услаждают душу! Но, увы! я не служу и лишен удовольствия видеть тонкое обращение с собою начальников. Все, что вы ни встретите на Невском проспекте, все исполнено приличия: мужчины в длинных сюртуках, с заложенными в карманы руками, дамы в розовых, белых и бледноголубых атласных рединготах и шляпках. Вы здесь встретите бакенбарды единственные, пропущенные с необыкновенным и изумительным искусством под галстук, бакенбарды бархатные, атласные, черные, как соболь или уголь, но, увы, принадлежащие только одной иностранной коллегии. Служащим в других департаментах провидение отказало в черных бакенбардах, они должны, к величайшей неприятности своей, носить рыжие. Здесь вы встретите усы чудные, никаким пером, никакою кистью неизобразимые; усы, которым посвящена лучшая половина жизни, — предмет долгих бдений во время дня и ночи, усы, на которые излилились восхитительнейшие духи и ароматы и которых умастили все драгоценнейшие и редчайшие сорты помад, усы, которые заворачиваются на ночь тонкою веленевою бумагою, усы, к которым дышит самая трогательная привязанность их посессоров и которым завидуют проходящие. Тысячи сортов шляпок, платьев, платков — пестрых, легких, к которым иногда в течение целых двух дней сохраняется привязанность их владетельниц, ослепят хоть кого на Невском проспекте. Кажется, как будто целое море мотыльков поднялось вдруг со стеблей и волнуется блестящею тучею над черными жуками мужеского пола. Здесь вы встретите такие талии, какие даже вам не снились никогда: тоненькие, узенькие талии, никак не толще бутылочной шейки, встретясь с которыми, вы почтительно отойдете к сторонке, чтобы как-нибудь неосторожно не толкнуть невежливым локтем; сердцем вашим овладеет робость и страх, чтобы как-нибудь от неосторожного даже дыхания вашего не переломилось прелестнейшее произведение природы и искусства. А какие встретите вы дамские рукава на Невском проспекте! Ах, какая прелесть! Они несколько похожи на два воздухоплавательные шара, так что дама вдруг бы поднялась на воздух, если бы не поддерживал ее мужчина; потому что даму так же легко и приятно поднять на воздух, как подносимый ко рту бокал, наполненный шампанским. Нигде при взаимной встрече не раскланиваются так благородно и непринужденно, как на Невском проспекте. Здесь вы встретите улыбку единственную, улыбку верх искусства, иногда такую, что можно растаять от удовольствия, иногда такую, что увидите себя вдруг ниже травы и потупите голову, иногда такую, что почувствуете себя выше адмиралтейского шпица и поднимете ее вверх. Здесь вы встретите разговаривающих о концерте или о погоде с необыкновенным благородством и чувством собственного достоинства. Тут вы встретите тысячу непостижимых характеров и явлений. Создатель! какие странные характеры встречаются на Невском проспекте! — есть множество таких людей, которые, встретившись с вами, непременно посмотрят на сапоги ваши, и, если вы пройдете, они оборотятся назад, чтобы посмотреть на ваши фалды. Я до сих пор не могу понять, отчего это бывает. Сначала я думал, что они сапожники, но, однако же, ничуть не бывало: они большею частию служат в разных департаментах, многие из них превосходным образом могут написать отношение из одного казенного места в другое; или же люди, занимающиеся прогулками, чтением газет по кондитерским, — словом, большею частию все порядочные люди. В это благословенное время от двух до трех часов пополудни, которое может назваться движущеюся столицею Невского проспекта, происходит главная выставка всех лучших произведений человека. Один показывает щегольской сюртук с лучшим бобром, другой — греческий прекрасный нос, третий несет превосходные бакенбарды, четвертая — пару хорошеньких глазок и удивительную шляпку, пятый — перстень с талисманом на щегольском мизинце, шестая — ножку в очаровательном башмачке, седьмой — галстук, возбуждающий удивление, осьмой — усы, повергающие в изумление. Но бьет три часа, и выставка оканчивается, толпа редеет... В три часа — новая перемена. На Невском проспекте вдруг настает весна: он покрывается весь чиновниками в зеленых вицмундирах. Голодные титулярные, надворные и прочие советники стараются всеми силами ускорить свой ход. Молодые коллежские регистраторы, губернские и коллежские секретари спешат еще воспользоваться временем и пройтиться по Невскому проспекту с осанкою, показывающею, что они вовсе не сидели шесть часов в присутствии. Но старые коллежкие секретари, титулярные и надворные советники идут скоро, потупивши голову, им не до того, чтобы заниматься рассматриванием прохожих; они еще не вполне оторвались от забот своих; в их голове ералаш и целый архив начатых и неоконченных дел; им долго вместо вывестки показывается картонка с бумагами или полное лицо правителя канцелярии.

С четырех часов Невский проспект пуст, и вряд ли вы встретите на нем хотя одного чиновника. Какая-нибудь швея из магазина перебежит через Невский проспект с коробкою в руках, какая-нибудь жалкая добыча человеколюбивого повытчика, пущенная по миру во фризовой шинели, какой-нибудь заезжий чудак, которому все часы равны, какая-нибудь длинная высокая англичанка с ридикулем и книжкою в руках, какой-нибудь артельщик, русский человек в демикотоновом сюртуке с талией на спине, с узенькою бородою, живущий всю жизнь на живую нитку, в котором все шевелится: спина, и руки, и ноги, и голова, когда он учтиво проходит по тротуару, иногда низкий ремесленник; больше никого не встретите вы на Невском проспекте.

Но как только сумерки упадут на домы и улицы и будочник, накрывшись рогожею, вскарабкается на лестницу зажигать фонарь, а из низеньких окошек магазинов выглянут те эстампы, которые не смеют показаться среди дня, тогда Невский проспект опять оживает и начинает шевелиться, тогда настает то таинственное время, когда лампы дают всему какой-то заманчивый, чудесный свет. Вы встретите очень много молодых людей, большею частию холостых, в теплых сюртуках и шинелях. В это время чувствуется какая-то цель, или, лучше, что-то похожее на цель, что-то чрезвычайно безотчетное; шаги всех ускоряются и становятся вообще очень неровны. Длинные тени мелькают по стенам и мостовой и чуть не достигают головами Полицейского моста. Молодые коллежские секретари очень долго прохаживаются; но старые коллежские регистраторы, титулярные и надворные советники большею частию сидят дома, или потому, что это народ женатый, или потому, что им очень хорошо готовят кушанье живущие у них в домах кухарки-немки. Здесь вы встретите почтенных стариков, которые с такою важностью и с таким удивительным благородством прогуливались в два часа по Невскому проспекту. Вы их увидите бегущими также, как молодые коллежские регистраторы, с тем чтобы заглянуть под шляпку издали завиденной дамы, которой толстые губы и щеки, нащекатуренные румянами, так нравятся многим гуляющим, а более всего сидельцам, артельщикам, купцам, всегда в немецких сюртуках гуляющим целою толпою и обыкновенно под руку.

— Стой! — закричал в это время поручик Пирогов, дернув шедшего с ним молодого человека во фраке и плаще. — Видел?

— Видел; чудная, совершенно Перуджинова Бианка.

— Да ты о ком говоришь?

— Об ней, о той, что с темными волосами. И какие глаза ! Боже, какие глаза! Все положение, и контура, и оклад лица — чудеса!

— Я говорю тебе о блондинке, что прошла за ней в ту сторону. Что ж ты не идешь за брюнеткою, когда она так тебе понравилась?

— О, как можно! — воскликнул, закрасневшись, молодой человек во фраке. — Как будто она из тех, которые ходят ввечеру по Невскому проспекту. Это должна быть очень знатная дама, — продолжал он, вздохнувши: — один плащ на ней стоит рублей восемьдесят!

— Простак! — закричал Пирогов, насильно толкнувши его в ту сторону, где развевался яркий плащ ее. — Ступай, простофиля, прозеваешь! а я пойду за блондинкою.

Оба приятеля разошлись.

«Знаем мы вас всех», — думал про себя с самодовольною и самонадеянною улыбкою Пирогов, уверенный, что нет красоты, могшей бы ему противиться.

Молодой человек во фраке и плаще робким и трепетным шагом пошел в ту сторону, где развевался вдали пестрый плащ, то окидывавшийся ярким блеском по мере приближения к свету фонаря, то мгновенно покрывавшийся тьмою по удалении от него. Сердце его билось, и он невольно ускорял шаг свой. Он не смел и думать о том, чтобы получить какое-нибудь право на внимание улетавшей вдали красавицы, тем более допустить такую черную мысль, о какой намекал ему поручик Пирогов; но ему хотелось только видеть дом, заметить, где имеет жилище это прелестное существо, которое, казалось слетело с неба прямо на Невский проспект и, верно, улетит неизвестно куда. Он летел так скоро, что сталкивал беспрестанно с тротуара солидных господ с седыми бакенбардами. Этот молодой человек принадлежал к тому классу, который составляет у нас довольно странное явление и столько же принадлежит к гражданам Петербурга, сколько лицо, являющееся нам в сновидении, принадлсжит к существенному миру. Это исключительное сословие очень необыкновенно в том городе, где все или чиновники, или купцы, или мастеровые немцы. Это был художник. Не правда ли, странное явление? Художник петербургский! художник в земле снегов, художник в стране финнов, где все мокро, гладко, ровно, бледно, серо, туманно. Эти художники вовсе не похожи на художников итальянских, гордых, горячих, как Италия и ее небо; напротив того, это большею частию добрый, кроткий народ, застенчивый, беспечный, любящий тихо свое искусство, пьющий чай с двумя приятелями своими в маленькой комнате, скромно толкующий о любимом предмете и вовсе небрегущий об излишнсм. Он вечно зазовет к себе какую-нибудь нищую старуху и заставит ее просидеть битых часов шесть, с тем чтобы перевести на полотно ее жалкую, бесчувственную мину. Он рисует перспективу своей комнаты, в которой является всякий художественный вздор: гипсовые руки и ноги, сделавшиеся кофейными от времени и пыли, изломанные живописные станки, опрокинутая палитра, приятель, играющий на гитаре, стены, запачканные красками, с растворенным окном, сквозь которое мелькает бледная Нева и бедные рыбаки в красных рубашках. У них всегда почти на всем серенький мутный колорит — неизгладимая печать севера. При всем том они с истинным наслаждением трудятся над своею работою. Они часто питают в себе истинный талант, и если бы только дунул на них свежий воздух Италии, он бы, верно, развился так же вольно, широко и ярко, как растение, которое выносят, наконец, из комнаты на чистый воздух. Они вообще очень робки: звезда и толстый эполет приводят их в такое замешательство, что они невольно понижают цену своих произведений. Они любят иногда пощеголять, но щегольство это всегда кажется на них слишком резким и несколько походит на заплату. На них встретите вы иногда отличный фрак и запачканный плащ, дорогой бархатный жилет и сюртук весь в красках. Таким же самым образом, как на неоконченном их пейзаже увидите вы иногда нарисованную вниз головою нимфу, которую он, не найдя другого места, набросал на запачканном грунте прежнего своего произведения, когда-то писанного им с наслаждением. Он никогда не глядит вам прямо в глаза; если же глядит, то как-то мутно, неопределенно; он не вонзает в вас ястребиного взора наблюдателя или соколиного взгляда кавалерийского офицера. Это происходит оттого, что он в одно и то же время видит и ваши черты, и черты какого-нибудь гипсового Геркулеса, стоящего в его комнате, или ему представляется его же собственная картина, которую он еще думает произвесть. От этого он отвечает часто несвязно, иногда невпопад, и мешающиеся в его голове предметы еще более увеличивают его робость. К такому роду принадлежал описанный нами молодой человек, художник Пискарев, застенчивый, робкий, но в душе своей носивший искры чувства, готовые при удобном случае превратиться в пламя. С тайным трепетом спешил он за своим предметом, так сильно его поразившим, и, казалось, дивился сам своей дерзости. Незнакомое существо, к которому так прильнули его глаза, мысли и чувства, вдруг поворотило голову и взглянуло на него. Боже, какие божественные черты! Ослепительной белизны прелестнейший лоб осенен был прекрасными, как агат, волосами. Они вились, эти чудные локоны, и часть их, падая из-под шляпки, касалась щеки, тронутой тонким свежим румянцем, проступившим от вечернего холода. Уста были замкнуты целым роем прелестнейших грез.

Все, что остается от воспоминания о детстве, что дает мечтание и тихое вдохновение при светящейся лампаде, — все это, казалось, совокупилось, слилось и отразилось в ее гармонических устах. Она взглянула на Пискарева, и при этом взгляде затрепетало его сердце; она взглянула сурово, чувство негодования проступило у ней на лице при виде такого наглого преследования; но на этом прекрасном лице и самый гнев был обворожителен. Постигнутый стыдом и робостью, он остановился, потупив глаза; но как утерять это божество и не узнать даже той святыни, где оно опустилось гостить? Такие мысли пришли в голову молодому мечтателю, и он решился преследовать. Но, чтобы не дать этого заметить, он отдалился на дальнее расстояние, беспечно глядел по сторонам и рассматривал вывески, а между тем не упускал из виду ни одного шага незнакомки. Проходящие реже начали мелькать, улица становилась тише; красавица оглянулась, и ему показалось, как будто легкая улыбка сверкнула на губах ее. Он весь задрожал и не верил своим глазам. Нет, это фонарь обманчивым светом своим выразил на лице ее подобие улыбки; нет, это собственные мечты смеются над ним. Но дыхание занялось в его груди, все в нем обратилось в неопределенный трепет, все чувства его горели и все перед ним окинулось каким-то туманом. Тротуар несся под ним, кареты со скачущими лошадьми казались недвижимы, мост растягивался и ломался на своей арке, дом стоял крышею вниз, будка валилась к нему навстречу и алебарда часового вместе с золотыми словами вывески и нарисованными ножницами блестела, казалось, на самой реснице его глаз. И все это произвел один взгляд, один поворот хорошенькой головки. Не слыша, не видя, не внимая, он несся по легким следам прекрасных ножек, стараясь сам умерить быстроту своего шага, летевшего под такт сердца. Иногда овладевало им сомнение: точно ли выражение лица ее было так благосклонно, — и тогда он на минуту останавливался; но сердечное биение, непреодолимая сила и тревога всех чувств стремила его вперед. Он даже не заметил, как вдруг возвысился перед ним четырехэтажный дом, все четыре ряда окон, светившиеся огнем, глянули на него разом и перила у подъезда противупоставили ему железный толчок свой. Он видел, как незнакомка летела по лестнице, оглянулась, положила на губы палец и дала знак следовать за собою. Колени его дрожали; чувства, мысли горели; молния радости нестерпимым острием вонзилась в его сердце. Нет, это уже не мечта! Боже, столько счастия в один миг! такая чудесная жизнь в двух минутах!

Но не во сне ли это все? Ужели та, за один небесный взгляд которой он готов бы был отдать свою жизнь, приблизиться к жилищу которой уже он почитал за неизъяснимое блаженство, ужели та была сейчас так благосклонна и внимательна к нему? Он взлетел на лестницу. Он не чувствовал никакой земной мысли; он не был разогрет пламенем земной страсти, нет, он был в эту минуту чист и непорочен, как девственный юноша, еще дышущий неопределенною духовною потребностью любви. И то, что возбудило бы в развратном человеке дерзкие помышления, то самое, напротив, еще более освятило их. Это доверие, которое оказало ему слабое прекрасное существо, это доверие наложило на него обет строгости рыцарской, обет рабски исполнять все повеления ее. Он только желал, чтоб эти веления были как можно более трудны и неудобоисполняемы, чтобы с большим напряжением сил лететь преодолевать их. Он не сомневался, что какое-нибудь тайное и вместе важное происшествие заставило незнакомку ему ввериться; что от него, верно, будут требоваться значительные услуги, и он чувствовал уже в себе вину и решимость на все.

Лестница вилась, и вместе с нею вились его быстрые мечты. "Идите осторожнее!" — зазвучал, как арфа, голос и наполнил все жилы его новым трепетом. В темной вышине четвертого этажа незнакомка постучала в дверь, — она отворилась, и они вошли вместе. Женщина довольно недурной наружности встретила их со свечою в руке, но так странно и нагло посмотрела на Пискарева, что он опустил невольно свои глаза. Они вошли в комнату. Три женские фигуры в разных углах представились его глазам. Одна раскладывала карты; другая сидела за фортепианом и играла двумя пальцами какое-то жалкое подобие старинного полонеза; третья сидела перед зеркалом, расчесывая гребнем свои длинные волосы, и вовсе не думала оставить туалета своего при входе незнакомого лица. Какой-то неприятный беспорядок, который можно встретить только в беспечной комнате холостяка, царствовал во всем. Мебели довольно хорошие были покрыты пылью; паук застилал своею паутиною лепной карниз; сквозь непритворенную дверь другой комнаты блестел сапог со шпорой и краснела выпушка мундира; громкий мужской голос и женский смех раздавались без всякого принуждения.

Боже, куда зашел он! Сначала он не хотел верить и начал пристальнее всматриваться в предметы, наполнявшие комнату; но голые стены и окна без занавес не показывали никакого присутствия заботливой хозяйки; изношенные лица этих жалких созданий, из которых одна села почти перед его носом и так же спокойно его рассматривала, как пятно на чужом платье, — все это уверило его, что он зашел в тот отвратительный приют, где основал свое жилище жалкий разврат, порожденный мишурною образованностью и страшным многолюдством столицы. Тот приют, где человек святотатственно подавил и посмеялся над всем чистым и святым, украшающим жизнь, где женщина, эта красавица мира, венец творения, обратилась в какое-то странное, двусмысленное существо, где она вместе с чистотою души лишилась всего женского и отвратительно присвоила себе ухватки и наглости мужчины и уже перестала быть тем слабым, тем прекрасным и так отличным от нас существом. Пискарев мерил ее с ног до головы изумленными глазами, как бы еще желая увериться, та ли это, которая так околдовала и унесла его на Невском проспекте. Но она стояла перед ним так же хороша; волосы ее были так же прекрасны; глаза ее казались все еще небесными. Она была свежа; ей было только семнадцать лет; видно было, что еще недавно настигнул ее ужасный разврат, он еще не смел коснуться к ее щекам, они были свежи и легко оттенены тонким румянцем, — она была прекрасна.

Он неподвижно стоял перед нею и уже готов был так же простодушно позабыться, как позабылся прежде. Но красавица наскучила таким долгим молчанием и значительно улыбнулась, глядя ему прямо в глаза. Но эта улыбка была исполнена какой-то жалкой наглости; она так была странна и так же шла к ее лицу, как идет выражение набожности роже взяточника или бухгалтерская книга поэту. Он содрогнулся. Она раскрыла свои хорошенькие уста и стала говорить что-то, но все это было так глупо, так пошло... Как будто вместе с непорочностию оставляет и ум человека. Он уже ничего не хотел слышать. Он был чрезвычайно смешон и прост, как дитя. Вместо того, чтобы воспользоваться такою благосклонностью, вместо того, чтобы обрадоваться такому случаю, какому, без сомнения, обрадовался бы на его месте всякий другой, он бросился со всех ног, как дикая коза, и выбежал на улицу.

Повесивши голову и опустивши руки, сидел он в своей комнате, как бедняк, нашедший бесценную жемчужину и тут же выронивший ее в море. «Такая красавица, такие божественные черты — и где же? в каком месте!..» вот все, что он мог выговорить.

В самом деле, никогда жалость так сильно не овладевает нами, как при виде красоты, тронутой тлетворным дыханием разврата. Пусть бы еще безобразие дружилось с ним, но красота, красота нежная... она только с одной непорочностью и чистотой сливается в наших мыслях. Красавица, так околдовавшая бедного Пискарева, была действительно чудесное, необыкновенное явление. — Ее пребывание в этом презренном кругу еще более казалось необыкновенным. Все черты ее были так чисто образованы, все выражение прекрасного лица ее было означено таким благородством, что никак бы нельзя было думать, чтобы разврат распустил над нею страшные свои когти. Она бы составила неоцененный перл, весь мир, весь рай, все богатство страстного супруга; она была бы прекрасной тихой звездой в незаметном семейном кругу и одним движением прекрасных уст своих давала бы сладкие приказания. Она бы составила божество в многолюдном зале, на светлом паркете, при блеске свечей, при безмолвном благововении толпы поверженных у ног ее поклонников, — но, увы! она была какою-то ужасною волею адского духа, жаждущего разрушить гармонию жизни, брошена с хохотом в его пучину.

Проникнутый разрывающею жалостью, сидел он перед нагоревшею свечою. Уже и полночь давно минула, колокол башни бил половину первого, а он сидел неподвижный, без сна, без деятельного бдения. Дремота, воспользовавшись его неподвижностью, уже было начала тихонько одолевать его, уже комната начала исчезать, один только огонь свечи просвечивал сквозь одолевавшие его грезы, как вдруг стук у дверей заставил его вздоргнуть и очнуться. Дверь отворилась, и вошел лакей в богатой ливрее. В его уединенную комнату никогда не заглядывала богатая ливрея, при том в такое необыкновенное время... Он недоумевал и с нетерпеливым любопытством смотрел на пришедшего лакея.

— Та барыня, — произнес с учтивым поклоном лакей, — у которой вы изволили за несколько часов пред сим быть, приказала просить вас к себе и прислала за вами карету.

Пискарев стоял в безмолвном удивлении: «Карету, лакей в ливрее!.. Нет, здесь, верно, есть какая-нибудь ошибка...»

— Послушайте, любезный, — произнес он с робостью, — вы, верно, не туда изволили зайти. Вас барыня, без сомнения, прислала за кем-нибудь другим, а не за мною.

— Нет, сударь, я не ошибся, Ведь вы изволили проводить барыню пешком к дому, что в Литейной, в комнату четвертого этажа?

— Я.

— Ну, так пожалуйте поскорее, барыня непременно желает видеть вас и просит вас уже пожаловать прямо к ним на дом.

Пискарев сбежал с лестницы. На дворе точно стояла карета. Он сел в нее, дверцы хлопнули, камни мостовой загремели под колесами и копытами — и освещенная перспектива домов с яркими вывесками понеслась мимо каретных окон. Пискарев думал во всю дорогу и не знал, как разрешить это приключение. Собственный дом, карета, лакей в богатой ливрее... — все это он никак не мог согласить с комнатою в четвертом этаже, пыльными окнами и расстроенным фортепианом.

Карета остановилась перед ярко освещенным подъездом, и его разом поразили: ряд экипажей, говор кучеров, ярко освещенные окна и звуки музыки. Лакей в богатой ливрее высадил его из кареты и почтительно проводил в сени с мраморными колоннами, с облитым золотом швейцаром, с разбросанными плащами и шубами, с яркою лампою. Воздушная лестница с блестящими перилами, надушенная ароматами, неслась вверх. Он уже был на ней, уже взошел в первую залу, испугавшись и попятившись с первым шагом от ужасного многолюдства. Необыкновенная пестрота лиц привела его в совершенное замешательство; ему казалось, что какой-то демон искрошил весь мир на множество разных кусков и все эти куски без смысла, без толку смешал вместе. Сверкающие дамские плечи и черные фраки, люстры, лампы, воздушные летящие газы, эфирные ленты и толстый контрабас, выглядывавший из-за перил великолепных хоров, — всё было для него блистательно. Он увидел за одним разом столько почтенных стариков и полустариков с звездами на фраках, дам, так легко, гордо и грациозно выступавших по паркету или сидевших рядами, он услышал столько слов французских и английских, к тому же молодые люди в черных фраках были исполнены такого благородства, с таким достоинством говорили и молчали, так не умели сказать ничего лишнего, так величаво шутили, так почтительно улыбались, такие превосходные носили бакенбарды, так искусно умели показывать отличные руки, поправляя галстук, дамы так были воздушны, так погружены в совершенное самодовольство и упоение, так очаровательно потупляли глаза, что... но один уже смиренный вид Пискарева, прислонившегося с боязнию к колонне, показывал, что он растерялся вовсе. В это время толпа обступила танцующую группу. Они неслись, увитые прозрачным созданием Парижа, в платьях, сотканных из самого воздуха; небрежно касались они блестящими ножками паркета и были более эфирны, нежели если бы вовсе его не касались. Но одна между ими всех лучше, всех роскошнее и блистательнее одета. Невыразимое, самое тонкое сочетание вкуса разлилось во всем ее уборе, и при всем том она, казалось, вовсе о нем не заботилась и оно вылилось невольно, само собою. Она и глядела, и не глядела на обступившую толпу зрителей, прекрасные длинные ресницы опустились равнодушно, и сверкающая белизна лица ее еще ослепительнее бросилась в глаза, когда легкая тень осенила при наклоне головы очаровательный лоб ее.

Пискарев употребил все усилия, чтобы раздвинуть толпу и рассмотреть ее; но, к величайшей досаде, какая-то огромная голова с темными курчавыми волосами заслоняла ее беспрестанно; притом толпа его притиснула так, что он не смел податься вперед, не смел попятиться назад, опасаясь толкнуть каким-нибудь образом какого-нибудь тайного советника. Но вот он продрался-таки вперед и взглянул на свое платье, желая прилично оправиться. Творец небесный, что это! На нем был сюртук и весь запачканный красками: спеша ехать, он позабыл даже переодеться в пристойное платье. Он покраснел до ушей и, потупив голову, хотел провалиться, но провалиться решительно было некуда: камер-юнкеры в блестящем костюме сдвинулись позади его совершенною стеною. Он уже желал быть как можно подалее от красавицы с прекрасным лбом и ресницами. Со страхом поднял он глаза посмотреть, не глядит ли она на него: Боже! она стоит перед ним... Но что это? «Это она!» — вскрикнул он почти во весь голос. В самом деле, это была она, та самая, которую встретил он на Невском и которую проводил к ее жилищу.

Она подняла между тем свои ресницы и глянула на всех своим ясным взглядом. «Ай, ай, ай, как хороша!..» — мог только выговорить он с захватившимся дыханием. Она обвела своими глазами весь круг, наперерыв жаждавший остановить ее внимание, но с каким-то утомлением и невниманием она скоро отвратила их и встретилась с глазами Пискарева. О, какое небо! какой рай! дай силы, создатель, перенести это! жизнь не вместит его, он разрушит и унесет душу! Она подала знак, но не рукою, не наклонением головы — нет: в ее сокрушительных глазах выразился этот знак таким тонким незаметным выражением, что никто не мог его видеть, но он видел, он понял его. Танец длился долго; утомленная музыка, казалось, вовсе погасала и замирала, и опять вырывалась, визжала и гремела; наконец — конец! Она села, грудь ее воздымалась под тонким дымом газа; рука ее (создатель, какая чудесная рука!) упала на колени, сжала под собою ее воздушное платье, и платье под нею, казалось, стало дышать музыкою, и тонкий сиреневый цвет его еще виднее означил яркую белизну этой прекрасной руки. Коснуться бы только ее — и ничего больше! Никаких других желаний — они все дерзки... Он стоял у ней за стулом, не смея говорить, не смея дышать.

— Вам было скучно? — произнесла она. — Я также скучала. Я замечаю, что вы меня ненавидите...— прибавила она, потупив свои длинные ресницы.

— Вас ненавидеть! мне? я...— хотел было произнесть совершенно потерявшийся Пискарев и наговорил бы, верно, кучу самых несвязных слов, но в это время подошел камергер с острыми и приятными замечаниями, с прекрасным завитым на голове хохлом. Он довольно приятно показывал ряд довольно недурных зубов и каждою остротою своею вбивал острый гвоздь в его сердце. Наконец кто-то из посторонних, к счастию, обратился к камергеру с каким-то вопросом.

— Как это несносно! — сказала она, подняв на него свои небесные глаза. — Я сяду на другом конце зала; будьте там!

Она проскользнула между толпою и исчезла. Он, как помешанный, растолкал толпу и был уже там.

Так, это она; она сидела, как царица, всех лучше, всех прекраснее, и искала его глазами.

— Вы здесь, — произнесла она тихо. — Я буду откровенна перед вами: вам, верно, странными показались обстоятельства нашей встречи. Неужели вы думаете, что я могу принадлежать к тому презренному классу творений, в котором вы встретили меня? Вам кажутся странными мои поступки, но я вам открою тайну: будете ли вы в состоянии, — произнесла она, устремив пристально на его глаза свои, — никогда не изменить ей?

— О, буду! буду! буду!..

Но в это время подошел довольно пожилой человек, заговорил с ней на каком-то непонятном для Пискарева языке и подал ей руку. Она умоляющим взглядом посмотрела на Пискарева и дала знак остаться на своем месте и ожидать ее прихода, но в припадке нетерпения он не в силах был слушать никаких приказаний даже из ее уст. Он отправился вслед за нею; но толпа разделила их. Он уже не видел сиреневого платья; с беспокойством проходил он из комнаты в комнату и толкал без милосердия всех встречных, но во всех комнатах все сидели тузы за вистом, погруженные в мертвое молчание. В одном углу комнаты спорило несколько пожилых людей о преимуществе военной службы перед статскою; в другом люди в превосходных фраках бросали легкие замечания о многотомных трудах поэта-труженика. Пискарев чувствовал, что один пожилой человек с почтенною наружностью схватил за пуговицу его фрака и представлял на его суждение одно весьма справедливое свое замечание, но он грубо оттолкнул его, даже не заметивши, что у него на шее был довольно значительный орден. Он перебежал в другую комнату — и там нет ее. В третью — тоже нет. «Где же она? дайте ее мне! о, я не могу жить, не взглянувши на нее! мне хочется выслушать, что она хотела сказать». Но все поиски его оставались тщетными. Беспокойный, утомленный, он прижался к углу и смотрел на толпу; но напряженные глаза его начали ему представлять всё в каком-то неясном виде. Наконец ему начали явственно показываться стены его комнаты. Он поднял глаза; перед ним стоял подсвечник с огнем, почти потухавшим в глубине его; вся свеча истаяла; сало было налито на столе его.

Так это он спал! Боже, какой сон! И зачем было просыпаться? зачем было одной минуты не подождать: она бы, верно, опять явилась! Досадный свет неприятным своим тусклым сиянием глядел в его окна. Комната в таком сером, таком мутном беспорядке... О, как отвратительна действительность! Что она против мечты? Он разделся наскоро и лег в постель, закутавшись одеялом, желая на миг призвать улетевшее сновидение. Сон, точно, не замедлил к нему явиться, но представлял ему вовсе не то, что бы желал он видеть: то поручик Пирогов являлся с трубкою, то академический сторож, то действительный статский советник, то голова чухонки, с которой он когда-то рисовал портрет, и тому подобная чепуха.

До самого полудня пролежал он в постеле, желая заснуть; но она не являлась. Хотя бы на минуту показала прекрасные черты свои, хотя бы на минуту зашумела ее легкая походка, хотя бы ее обнаженная, яркая, как заоблачный снег, рука мелькнула перед ним.

Всё откинувши, всё позабывши, сидел он с сокрушенным, с безнадежным видом, полный только одного сновидения. Ни к чему не думал он притронуться; глаза его без всякого участия, без всякой жизни глядели в окно, обращенное в двор, где грязный водовоз лил воду, мерзнувшую на воздухе, и козлиный голос разносчика дребезжал: «Старого платья продать». Вседневное и действительное странно поражало его слух. Так просидел он до самого вечера и с жадностью бросился в постель. Долго боролся он с бессонницею, наконец пересилил ее. Опять какой-то сон, какой-то пошлый, гадкий сон. «Боже, умилосердись: хотя на минуту, хотя на одну минуту покажи ее!» Он опять ожидал вечера, опять заснул, опять снился какой-то чиновник, который был вместе и чиновник, и фагот; о, это нестерпимо! Наконец она явилась! ее головка и локоны... она глядит... О, как не надолго! Опять туман, опять какое-то глупое сновидение.

Наконец сновидения сделались его жизнию, и с этого времени вся жизнь его приняла странный оборот: он, можно сказать, спал наяву и бодрствовал во сне. Если бы его кто-нибудь видел сидящим безмолвно перед пустым столом или шедшим по улице, то, верно бы, принял его за лунатика или разрушенного крепкими напитками; взгляд его был вовсе без всякого значения, природная рассеянность, наконец, развилась и властительно изгоняла на лице его все чувства, все движения. Он оживлялся только при наступлении ночи.

Такое состояние расстроило его силы, и самым ужасным мучением было для него то, что, наконец, сон начал его оставлять вовсе. Желая спасти это единственное свое богатство, он употреблял все средства восстановить его. Он слышал, что есть средство восстановить сон — для этого нужно принять только опиум. Но где достать этого опиума? Он вспомнил про одного персиянина, содержавшего магазин шалей, который всегда почти, когда ни встречал его, просил нарисовать ему красавицу. Он решился отправиться к нему, предполагая, что у него, без сомнения, есть этот опиум. Персиянин принял его сидя на диване и поджавши под себя ноги.

— На что тебе опиум? — спросил он его.

Пискарев рассказал ему про свою бессонницу.

— Хорошо, я дам тебе опиуму, только нарисуй мне красавицу. Чтоб хорошая была красавица! чтобы брови были черные и очи большие, как маслины; а я сама чтобы лежала возле нее и курила трубку! Слышишь? чтобы хорошая была! чтобы была красавица!

Пискарев обещал всё. Персиянин на минуту вышел и возвратился с баночкою, наполненною темною жидкостью, бережно отлил часть ее в другую баночку и дал Пискареву с наставлением употреблять не больше как по семи капель в воде. С жадностью схватил он эту драгоценную баночку, которую не отдал бы за груду золота, и опрометью побежал домой.

Пришедши домой, он отлил несколько капель в стакан с водою и, проглотив, завалился спать.

Боже, какая радость! Она! опять она! но уже совершенно в другом виде. О, как хорошо сидит она у окна деревенского светлого домика! Наряд ее дышит такою простотою, в какую только облекается мысль поэта. Прическа на голове ее... Создатель, как проста эта прическа и как она идет к ней! Коротенькая косынка была слегка накинута на стройной ее шейке; всё в ней скромно, всё в ней — тайное, неизъяснимое чувство вкуса. Как мила ее грациозная походка! Как музыкален шум ее шагов и простенького платья! Как хороша рука ее, стиснутая волосяным браслетом! Она говорит ему со слезою на глазах: «Не презирайте меня: я вовсе не та, за которую вы принимаете меня. Взгляните на меня, взгляните пристальнее и скажите: разве я способна к тому, что вы думаете?» — «О! нет, нет! пусть тот, кто осмелится подумать, пусть тот...» Но он проснулся, растроганный, растерзанный, с слезами на глазах. «Лучше бы ты вовсе не существовала! не жила в мире, а была бы создание вдохновенного художника! я бы не отходил от холста, я бы вечно глядел на тебя и целовал бы тебя. Я бы жил и дышал тобою, как прекраснейшею мечтою, и я бы был тогда счастлив. Никаких бы желаний не простирал далее. Я бы призывал тебя, как ангела-хранителя, пред сном и бдением, и тебя бы ждал я, когда бы случилось изобразить божественное и святое. Но теперь... какая ужасная жизнь! Что пользы в том, что она живет? Разве жизнь сумасшедшего приятна его родственникам и друзьям, некогда его любившим? Боже что за жизнь наша! вечный раздор мечты с существенностью!» Почти такие мысли занимали его беспрестанно. Ни о чем он не думал, даже почти ничего не ел и с нетерпением, со страстию любовника ожидал вечера и желанного видения. Беспрестанное устремление мыслей к одному, наконец, взяло такую власть над всем бытием его и воображением, что желанный образ являлся ему почти каждый день, всегда в положении противуположном действительности, потому что мысли его были совершенно чисты, как мысли ребенка. Чрез эти сновидения самый предмет как-то более делался чистым и вовсе преображался.

Приемы опиума еще более раскалили его мысли, и если был когда-нибудь влюбленный до последнего градуса безумия, стремительно, ужасно, разрушительно, мятежно, то этот несчастный был он.

Из всех сновидений одно было радостнее для него всех: ему представилась его мастерская, он так был весел, с таким наслаждением сидел с палитрою в руках! И она тут же. Она была уже его женою. Она сидела возле него, облокотившись прелестным локотком своим на спинку его стула, и смотрела на его работу. В ее глазах, томных, усталых, написано было бремя блаженства; все в комнате его дышало раем; было так светло, так убрано. Создатель! она склонила к нему на грудь прелестную свою головку... Лучшего сна он еще никогда не видывал. Он встал после него как-то свежее и менее рассеянный, нежели прежде. В голове его родились странные мысли. «Может быть, — думал он, — она вовлечена каким-нибудь невольным ужасным случаем в разврат; может быть, она желала бы сама вырваться из ужасного состояния своего. И неужели равнодушно допустить ее гибель, и притом тогда, когда только стоит подать руку, чтобы спасти ее от потопления?» Мысли его простирались еще далее. «Меня никто не знает, — говорил он сам себе, — да и кому какое до меня дело, да и мне тоже нет до них дела. —сли она изъявит чистое раскаяние и переменит жизнь свою, я женюсь тогда на ней. Я должен на ней жениться и, верно, сделаю гораздо лучше, нежели многие, которые женятся на своих ключницах и даже часто на самых презренных тварях. Но мой подвиг будет бескорыстен и может быть даже великим. Я возвращу миру прекраснейшее его украшение».

Составивши такой легкомысленный план, он почувствовал краску, вспыхнувшую на его лице; он подошел к зеркалу и испугался сам впалых щек и бледности своего лица. Тщательно начал он принаряжаться; приумылся, пригладил волоса, надел новый фрак, щегольской жилет, набросил плащ и вышел на улицу. Он дохнул свежим воздухом и почувствовал свежесть на сердце, как выздоравливающий, решившийся выйти в первый раз после продолжительной болезни. Сердце его билось, когда он подходил к той улице, на которой нога его не была со времени роковой встречи.

Долго он искал дома; казалось, память ему изменила. Он два раза прошел улицу и не знал, перед которым остановиться. Наконец один показался ему похожим. Он быстро взбежал на лестницу, постучал в дверь: дверь отворилась, и кто же вышел к нему навстречу? — его идеал, его таинственный образ, оригинал мечтательных картин, та, которою он жил, так ужасно, так страдательно, так сладко жил. Она сама стояла перед ним. Он затрепетал; он едва мог удержаться на ногах от слабости, обхваченный порывом радости. Она стояла перед ним так же прекрасна, хотя глаза ее были заспаны, хотя бледность кралась на лице ее, уже не так свежем, но она всё была прекрасна.

— А! — вскрикнула она, увидевши Пискарева и протирая глаза свои (тогда было уже два часа). Зачем вы убежали тогда от нас?

Он в изнеможении сел на стул и глядел на нее.

— А я только что теперь проснулась; меня привезли в семь часов утра. Я была совсем пьяна, — прибавила она с улыбкою.

О, лучше бы ты была нема и лишена вовсе языка, чем произносить такие речи! Она вдруг показала ему, как в панораме, всю жизнь ее. Однако ж, несмотря на это, скрепившись сердцем, решился попробовать он, не будут ли иметь над нею действия его увещевания. Собравшись с духом, он дрожащим и вместе пламенным голосом начал представлять ей ужасное ее положение. Она слушала его с внимательным видом и с тем чувством удивления, которое мы изъявляем при виде чего-нибудь неожиданного и странного. Она взглянула, легко улыбнувшись, на сидевшую в углу свою приятельницу, которая, оставивши вычищать гребешок, тоже слушала со вниманием нового проповедника.

— Правда, я беден, — сказал, наконец, после долгого и поучительного увещания Пискарев, — но мы станем трудиться; мы постараемся наперерыв, один перед другим, улучшить нашу жизнь. Нет ничего приятнее, как быть обязану во всем самому себе. Я буду сидеть за картинами, ты будешь, сидя возле меня, одушевлять мои труды, вышивать или заниматься другим рукоделием, и мы ни в чем не будем иметь недостатка.

— Как можно! — прервала она речь с выражением какого-то презрения. — Я не прачка и не швея, чтобы стала заниматься работою.

Боже! в этих словах выразилась вся низкая, вся презренная жизнь, — жизнь, исполненная пустоты и праздности, верных спутников разврата.

— Женитесь на мне! — подхватила с наглым видом молчавшая дотоле в углу ее приятельница. — Если я буду женою, я буду сидеть вот как!

При этом она сделала какую-то глупую мину на жалком лице своем, которою чрезвычайно рассмешила красавицу.

О, это уже слишком! этого нет сил перенести. Он бросился вон, потерявши чувства и мысли. Ум его помутился: глупо, без цели, не видя ничего, не слыша, не чувствуя, бродил он весь день. Никто не мог знать, ночевал он где-нибудь или нет; на другой только день каким-то глупым инстинктом зашел он на свою квартиру, бледный, с ужасным видом, с растрепанными волосами, с признаками безумия на лице. Он заперся в свою комнату и никого не впускал, ничего не требовал. Протекли четыре дня, и его запертая комната ни разу не отворялась; наконец прошла неделя, и комната всё так же была заперта. Бросились к дверям, начали звать его, но никакого не было ответа; наконец выломали дверь и нашли бездыханный труп его с перерезанным горлом. Окровавленная бритва валялась на полу. По судорожно раскинутым рукам и по страшно искаженному виду можно было заключить, что рука его была неверна и что он долго еще мучился, прежде нежели грешная душа его оставила тело.

Так погиб, жертва безумной страсти, бедный Пискарев, тихий, робкий, скромный, детски-простодушный, носивший в себе искру таланта, быть может со временем бы вспыхнувшего широко и ярко. Никто не поплакал над ним; никого не видно было возле его бездушного трупа, кроме обыкновенной фигуры квартального надзирателя и равнодушной мины городового лекаря. Гроб его тихо, даже без обрядов религии, повезли на Охту; за ним идучи, плакал один только солдат-сторож, и то потому, что выпил лишний штоф водки. Даже поручик Пирогов не пришел посмотреть на труп несчастного бедняка, которому он при жизни оказывал свое высокое покровительство. Впрочем, ему было вовсе не до того: он был занят чрезвычайным происшествием. Но обратимся к нему.

Я не люблю трупов и покойников и мне всегда неприятно, когда переходит мою дорогу длинная погребальная процессия и инвалидный солдат, одетый каким-то капуцином, нюхает левою рукою табак, потому что правая занята факелом. Я всегда чувствую на душе досаду при виде богатого катафалка и бархатного гроба; но досада моя смешивается с грустью, когда я вижу, как ломовой извозчик тащит красный, ничем не покрытый гроб бедняка и только одна какая-нибудь нищая, встретившись на перекрестке, плетется за ним, не имея другого дела.

Мы, кажется, оставили поручика Пирогова на том, как он расстался с бедным Пискаревым и устремился за блондинкою. Эта блондинка была легенькое, довольно интересное созданьице. Она останавливалась перед каждым магазином и заглядывалась на выставленные в окнах кушаки, косынки, серьги, перчатки и другие безделушки, беспрестанно вертелась, глазела во все стороны и оглядывалась назад. «Ты, голубушка, моя!» — говорил с самоуверенностию Пирогов, продолжая свое преследование и закутавши лицо свое воротником шинели, чтобы не встретить кого-нибудь из знакомых. Но не мешает известить читателей, кто таков был поручик Пирогов.

Но прежде нежели мы скажем, кто таков был поручик Пирогов, не мешает кое-что рассказать о том обществе, к которому принадлежал Пирогов. Есть офицеры, составляющие в Петербурге какой-то средний класс общества. На вечере, на обеде у статского советника или у действительного статского, который выслужил этот чин сорокалетними трудами, вы всегда найдете одного из них. Несколько бледных, совершенно бесцветных, как Петербург, дочерей, из которых иные перезрели, чайный столик, фортепиано, домашние танцы — все это бывает нераздельно с светлым эполетом, который блещет при лампе, между благонравной блондинкой и черным фраком братца или домашнего знакомого. Этих хладнокровных девиц чрезвычайно трудно расшевелить и заставить смеяться; для этого нужно большое искусство или, лучше сказать, совсем не иметь никакого искусства. Нужно говорить так, чтобы не было ни слишком умно, ни слишком смешно, чтобы во всем была та мелочь, которую любят женщины. В этом надобно отдать справедливость означенным господам. Они имеют особенный дар заставлять смеяться и слушать этих бесцветных красавиц. Восклицания, задушаемые смехом: «Ах, перестаньте! не стыдно ли вам так смешить!» — бывают им часто лучшею наградою. В высшем классе они попадаются очень редко или, лучше сказать, никогда. Оттуда они совершенно вытеснены тем, что называют в этом обществе аристократами; впрочем, они считаются учеными и воспитанными людьми. Они любят потолковать об литературе; хвалят Булгарина, Пушкина и Греча и говорят с презрением и остроумными колкостями об А.А. Орлове. Они не пропускают ни одной публичной лекции, будь она о бухгалтерии или даже о лесоводстве. В театре, какая бы ни была пьеса, вы всегда найдете одного из них, выключая разве если уже играются какие-нибудь «Филатки», которыми очень оскорбляется их разборчивый вкус. В театре они бессменно. Это самые выгодные люди для театральной дирекции. Они особенно любят в пьесе хорошие стихи, также очень любят громко вызывать актеров; многие из них, преподавая в казенных заведениях или приготовляя к казенным заведениям, заводятся, наконец, кабриолетом и парою лошадей. Тогда круг их становится обширнее; они достигают, наконец, до того, что женятся на купеческой дочери, умеющей играть на фортепиано, с сотнею тысяч, или около того, наличных и кучею брадатой родни. Однако же этой чести они не прежде могут достигнуть, как выслуживши по крайней мере до полковничьего чина. Потому что русские бородки, несмотря на то, что от них еще несколько отзывается капустою, никаким образом не хотят видеть дочерей своих ни за кем, кроме генералов или по крайней мере полковников. Таковы главные черты этого сорта молодых людей. Но поручик Пирогов имел множество талантов, собственно ему принадлежавших. Он превосходно декламировал стихи из «Дмитрия Донского» и «Горе от ума», и имел особенное искусство пускать из трубки дым кольцами так удачно, что вдруг мог нанизать их около десяти одно на другое. Умел очень приятно рассказать анекдот о том, что пушка сама по себе, а единорог сам по себе. Впрочем, он несколько трудно перечесть все таланты, которыми судьба наградила Пирогова. Он любил поговорить об актрисе и танцовщице, но уже не так резко, как обыкновенно изъясняется об этом предмете молодой прапорщик. Он был произведен недавно, и хотя иногда, ложась на диван, он говорил: «Ох, ох! суета, всё суета! Что из этого, что я поручик?» Но втайне его очень льстило это новое достоинство; он в разговоре часто старался намекнуть о нем обиняком, и один раз, когда попался ему на улице какой-то писарь, показавшийся ему невежливым, он немедленно остановил его и в немногих, но резких словах дал заметить ему, что перед ним стоял поручик, а не другой какой офицер. Тем более старался он изложить это красноречивее, что тогда проходили мимо его две весьма недурные дамы. Пирогов вообще показывал страсть ко всему изящному и поощрял художника Пискарева; впрочем, это происходило, может быть, оттого, что ему весьма желалось видеть мужественную физиономию свою на портрете. Но довольно о качествах Пирогова. Человек такое дивное существо, что никогда не можно исчислить вдруг всех его достоинств, и чем более в него всматриваешься, тем более является новых особенностей и описание их было бы бесконечно.

Итак, Пирогов не переставал преследовать незнакомку, от времени до времени занимая ее вопросами, на которые она отвечала резко, отрывисто и какими-то неясными звуками. Они вошли темными Казанскими воротами в Мещанскую улицу, улицу табачных и мелочных лавок, немцев-ремесленников и чухонских нимф. Блондинка бежала скорее и впорхнула в ворота одного довольно запачканного дома. Пирогов — за нею. Она взбежала по узенькой темной лестнице и вошла в дверь, в которую тоже смело пробрался Пирогов. Он увидел себя в большой комнате с черными стенами, с закопченным потолком. Куча железных винтов, слесарных инструментов, блестящих кофейников и подсчетников была на столе; пол был засорен медными и железными опилками. Пирогов тотчас смекнул, что это была квартира мастерового. Незнакомка порхнула далее в боковую дверь. Он было на минуту задумался, но, следуя русскому правилу, решился идти вперед. Он вошел в комнату, вовсе не похожую на первую, убранную очень опрятно, показывавшую, что хозяин был немец. Он был поражен необыкновенно странным видом.

Перед ним сидел Шиллер, не тот Шиллер, который написал «Вильгельма Телля» и «Историю Тридцатилетней войны», но известный Шиллер, жестяных дел мастер в Мещанской улице. Возле Шиллера стоял Гофман, — не писатель Гофман, но довольно хороший сапожник с Офицерской улицы, большой приятель Шиллера. Шиллер был пьян и сидел на стуле, топая ногою и говоря что-то с жаром, все это еще бы не удивило Пирогова, но удивило его чрезвычайно странное положение фигур. Шиллер сидел, выставив свой довольно толстый нос и поднявши вверх голову; а Гофман держал его за этот нос двумя пальцами и вертел лезвием своего сапожнического ножа на самой его поверхности. Обе особы говорили на немецком языке, и потому поручик Пирогов, который знал по-немецки только «гут морген», ничего не мог понять из всей этой истории. Впрочем, слова Шиллера заключались вот в чем:

«Я не хочу, мне нужен нос! — говорил он, размахивая руками. — У меня на один нос выходит три фунта табаку в месяц. И я плачу в русский скверный магазин, потому что немецкий магазин не держит русского табаку, я плачу в русский скверный магазин за каждый фунт по сорок копеек; это будет рубль двадцать копеек; двенадцать раз рубль двадцать копеек — это будет четырнадцать рублей сорок копеек. Слышишь, друг мой Гофман? на один нос четырнадцать рублей сорок копеек. Да по праздникам я нюхаю рапе, потому что я не хочу нюхать по праздникам русский скверный табак. В год я нюхаю два фунта рапе, по два рубля фунт. Шесть да четырнадцать — двадцать рублей сорок копеек на один табак. Это разбой! Я спрашиваю тебя, мой друг Гофман, не так ли? — Гофман, который сам был пьян, отвечал утвердительно. — Двадцать рублей сорок копеек! Я швабский немец; у меня есть король в Германии. Я не хочу носа! Режь мне нос! Вот мой нос!»

И если бы не внезапное появление поручика Пирогова, то, без всякого сомнения, Гофман отрезал бы ни за что ни про что Шиллеру нос, потому что он уже привел нож свой в такое положение, как бы хотел кроить подошву.

Шиллеру показалось очень досадно, что вдруг незнакомое, непрошенное лицо так некстати ему помешало. Он, несмотря на то, что был в упоительном чаду пива и вина, чувствовал, что несколько неприлично в таком виде и при таком действии находиться в присутствии постороннего свидетеля. Между тем Пирогов слегка наклонился и с своейственною ему приятностию сказал:

— Вы извините меня...

— Пошел вон! — отвечал протяжно Шиллер.

Это озадачило поручика Пирогова. Такое обращение ему было совершенно ново. Улыбка, слегка было показавшаяся на его лице, вдруг пропала. С чувством огорченного достоинства он сказал:

— Мне странно, милостивый государь... вы, верно, не заметили... я офицер...

— Что такое офицер! Я — швабский немец. Мой сам (при этом Шиллер ударил кулаком по столу) будет офицер: полтора года юнкер, два года поручик, и я завтра сейчас офицер. Но я не хочу служить. Я с офицером сделает этак: фу! — при этом Шиллер подставил ладонь и фукнул на нее.

Поручик Пирогов увидел, что ему больше ничего не оставалось, как только удалиться; однако ж такое обхождение, вовсе неприличное его званию, ему было неприятно. Он несколько раз останавливался на лестнице, как бы желая собраться с духом и подумать о том, каким образом дать почувствовать Шиллеру его дерзость. Наконец рассудил, что Шиллера можно извинить, потому что голова его была наполнена пивом; к тому же представилась ему хорошенькая блондинка, и он решился предать это забвению. На другой день поручик Пирогов рано поутру явился в мастерской жестяных дел мастера. В передней комнате встретила его хорошенькая блондинка и довольно суровым голосом, который очень шел к ее личику, спросила:

— Что вам угодно?

— А, здравствуйте, моя миленькая! вы меня не узнали? плутовочка, какие хорошенькие глазки! — при этом поручик Пирогов хотел очень мило поднять пальцем ее подбородок.

Но блондинка произнесла пугливое восклицание и с тою же суровостию спросила:

— Что вам угодно?

— Вас видеть, больше ничего мне не угодно, — произнес поручик Пирогов, довольно приятно улыбаясь и подступая ближе; но, заметив, что пугливая блондинка хотела проскользнуть в дверь, прибавил: — Мне нужно, моя миленькая, заказать шпоры. Вы можете мне сделать шпоры? хотя для того, чтобы любить вас, вовсе не нужно шпор, а скорее бы уздечку. Какие миленькие ручки!

Поручик Пирогов всегда бывал очень любезен в изъяснениях подобного рода.

— Я сейчас позову моего мужа, вскрикнула немка и ушла, и чрез несколько минут Пирогов увидел Шиллера, выходившего с заспанными глазами, едва очнувшегося от вчерашнего похмелья. Взглянувши на офицера, он припомнил, как в смутном сне, происшествие вчерашнего дня. Он ничего не помнил в таком виде, в каком было, но чувствовал, что сделал какую-то глупость, и потому принял офицера с очень суровым видом.

— Я за шпоры не могу взять меньше пятнадцати рублей, — произнес он, желая отделаться от Пирогова, потому что ему, как честному немцу, очень совестно было смотреть на того, кто видел его в неприличном положении. Шиллер любил пить совершенно без свидетелей, с двумя, тремя приятелями, и запирался на это время даже от своих работников.

— Зачем же так дорого? — ласково сказал Пирогов.

— Немецкая работа, — хладнокровно произнес Шиллер, поглаживая подбородок. — Русский возьмется сделать за два рубля.

— Извольте, чтобы доказать, что я вас люблю и желаю с вами познакомиться, я плачу пятнадцать рублей.

Шиллер минуту оставался в размышлении: ему, как честному немцу, сделалось немного совестно. Желая сам отклонить его от заказывания, он объявил, что раньше двух недель не может сделать. Но Пирогов без всякого прекословия изъявил совершенное согласие.

Немец задумался и стал размышлять о том, как бы лучше

сделать свою работу, чтобы она действительно стоила пятнадцать рублей. В это время блондинка вошла в мастерскую и начала рыться на столе, уставленном кофейниками. Поручик воспользовался задумчивостию Шиллера, подступил к ней и пожал ручку, обнаженную до самого плеча. Это Шиллеру очень не понравилось.

— Мейн фрау! — закричал он.

— Вас волен зи дох? — отвечала блондинка.

— Гензи на кухня![1] — Блондинка удалилась.

— Так через две недели? — сказал Пирогов.

— Да, через две недели, — отвечал в размышлении Шиллер: — у меня теперь очень много работы.

— До свидания! я к вам зайду.

— До свидания, — отвечал Шиллер, запирая за ним дверь.

Поручик Пирогов решился не оставлять своих исканий, несмотря на то, что немка оказала явный отпор. Он не мог понять, чтобы можно было ему противиться, тем более что любезность его и блестящий чин давали полное право на внимание. Надобно, однако же, сказать и то, что жена Шиллера, при всей миловидности своей, была очень глупа. Впрочем, глупость составляет особенную прелесть в хорошенькой жене, по крайней мере я знал много мужей, которые в восторге от глупости своих жен и видят в ней все признаки младенческой невинности. Красота производит совершенные чудеса. Все душевные недостатки в красавице, вместо того чтобы произвести отвращение, становятся как-то необыкновенно привлекательны; самый порок дышит в них миловидностью; но исчезни она — и женщине нужно быть в двадцать раз умнее мужчины, чтобы внушить к себе если не любовь, то по крайней мере уважение. Впрочем, жена Шиллера, при всей глупости, была всегда верна своей обязанности, и потому Пирогову довольно трудно было успеть в смелом своем предприятии; но с победою препятствий всегда соединяется наслаждение, и блондинка становилась для него интереснее день ото дня. Он начал довольно часто осведомляться о шпорах, так что Шиллеру это, наконец наскучило. Он употреблял все усилия, чтобы окончить скорее начатые шпоры; наконец шпоры были готовы.

— Ах, какая отличная работа! — закричал поручик Пирогов, увидевши шпоры. — Господи, как это хорошо сделано! У нашего генерала нет этаких шпор.

Чувство самодовольствия распустилось по душе Шиллера. Глаза его начали глядеть довольно весело, и он совершенно примирился с Пироговым. «Русский офицер — умный человек», — думал он сам про себя.

— Так вы, стало быть, можете сделать и оправу, например к кинжалу или другим вещам?

— О, очень могу, — сказал Шиллер с улыбкою.

— Так сделайте мне оправу к кинжалу. Я вам принесу; у меня очень хороший турецкий кинжал, но мне бы хотелось оправу к нему сделать другую.

Шиллера это как бомбою хватило. Лоб его вдруг наморщился. «Вот тебе на!» — подумал он про себя, внутренно ругая себя за то, что накликал сам работу. Отказаться он почитал уже бесчестным, притом же русский офицер похвалил его работу. Он, несколько покачавши головою, изъявил свое согласие; но поцелуй, который, уходя, Пирогов влепил нахально в самые губки хорошенькой блондинки, поверг его в совершенное недоумение.

Я почитаю не излишним познакомить читателя несколько покороче с Шиллером. Шиллер был совершенный немец, в полном смысле этого слова. Еще с двадцатилетнего возраста, с того счастливого времени, в которое русский живет на фуфу, уже Шиллер размерил всю свою жизнь и никакого, ни в каком случае, не делал исключения. Он положил вставать в семь часов, обедать в два, быть точным во всем и быть пьяным каждое воскресенье. Он положил себе в течение десяти лет составить капитал из пятидесяти тысяч, и уже это было так верно и неотразимо, как судьба, потому что скорее чиновник позабудет заглянуть в швейцарскую своего начальника, нежели немец решится переменить свое слово. Ни в каком случае не увеличивал он своих издержек, и если цена на картофель слишком поднималась против обыкновенного, он не прибавлял ни одной копейки, но уменьшал только количество, и хотя оставался иногда несколько голодным, но, однако же, привыкал к этому. Аккуратность его простиралась до того, что он положил целовать жену свою в сутки не более двух раз, а чтобы как-нибудь не поцеловать лишний раз, он никогда не клал перцу более одной ложечки в свой суп; впрочем, в воскресный день это правило не так строго исполнялось, потому что Шиллер выпивал тогда две бутылки пива и одну бутылку тминной водки, которую, однако же, он всегда бранил. Пил он вовсе не так, как англичанин, который тотчас после обеда запирает дверь на крючок и нарезывается один. Напротив, он, как немец, пил всегда вдохновенно, или с сапожником Гофманом, или с столяром Кунцом, тоже немцем и большим пьяницею. Таков был характер благородного Шиллера, который, наконец, был приведен в чрезвычайно затруднительное положение. Хотя он был флегматик и немец, однако ж поступки Пирогова возбудили в нем что-то похожее на ревность. Он ломал голову и не мог придумать, каким образом ему избавиться от этого русского офицера. Между тем Пирогов, куря трубку в кругу своих товарищей, — потому что уже так провидение устроило, что где офицеры, там и трубки, — куря трубку в кругу своих товарищей, намекал значительно и с приятною улыбкою об интрижке с хорошенькою немкою, с которою, по словам его, он уже совершенно был накоротке и которую он на самом деле едва ли не терял уже надежды преклонить на свою сторону.

В один день прохаживался он по Мещанской, поглядывая на дом, на котором красовалась вывеска Шиллера с кофейниками и самоварами; к величайшей радости своей, увидел он головку блондинки, свесившуюся в окошко и разглядывавшую прохожих. Он остановился, сделал ей ручкою и сказал: «Гут морген!» Блондинка поклонилась ему как знакомому.

— Что, ваш муж дома?

— Дома, — отвечала блондинка.

— А когда он не бывает дома?

— Он по воскресеньям не бывает дома: — сказала глупенькая блондинка.

«Это недурно, — подумал про себя Пирогов, — этим нужно воспользоваться».

И в следующее воскресенье, как снег на голову, явился перед блондинкою. Шиллера действительно не было дома. Хорошенькая хозяйка испугалась; но Пирогов поступил на этот раз довольно осторожно, обошелся очень почтительно и, раскланявшись, показал всю красоту своего гибкого перетянутого стана. Он очень приятно и учтиво шутил, но глупенькая немка отвечала на всё односложными словами. Наконец, заходивши со всех сторон и видя, что ничто не может занять ее, он предложил ей танцовать. Немка согласилась в одну минуту, потому что немки всегда охотницы до танцев. На этом Пирогов очень много основывал свою надежду: во-первых, это уже доставляло ей удовольствие, во-вторых, это могло показать его торнюру и ловкость, в-третьих, в танцах ближе всего можно сойтись, обнять хорошенькую немку и проложить начало всему; короче, он выводил из этого совершенный успех. Он начал какой-то гавот, зная, что немкам нужна постепенность. Хорошенькая немка выступила на средину комнаты и подняла прекрасную ножку. Это положение так восхитило Пирогова, что он бросился ее целовать. Немка начала кричать и этим сще более увеличила свою прелесть в глазах Пирогова; он ее засыпал поцелуями. Как вдруг дверь отворилась, и вошел Шиллер с Гофманом и столяром Кунцом. Все эти достойные ремесленники были пьяны, как сапожники.

Но я предоставляю самим читателям судить о гневе и негодовании Шиллера.

— Грубиян! — закричал он в величайшем негодовании: — как ты смеешь целовать мою жену? Ты подлец, а не русский офицер. Черт побери, мой друг Гофман, я немец, а не русская свинья!

Гофман отвечал утвердительно.

— О, я не хочу иметь роги! бери его, мой друг Гофман, за воротник, я не хочу, — продолжал он, сильно размахивая руками, причем лицо его было похоже на красное сукно его жилета. — Я восемь лет живу в Петербурге, у меня в Швабии мать моя, и дядя мой в Нюренберге; я немец, а не рогатая говядина! прочь с него всё мой друг Гофман! держи его за рука и нога, камрат мой Кунц!

И немцы схватили за руки и ноги Пирогова.

Напрасно силился он отбиваться; эти три ремесленника были самый дюжий народ из всех петербургских немцев и поступили с ним так грубо и невежливо, что, признаюсь, я никак не нахожу слов к изображению этого печального события.

Я уверен, что Шиллер на другой день был в сильной лихорадке, что он дрожал, как лист, ожидая с минуты на минуту прихода полиции, что он Бог знает чего бы не дал, чтобы всё происходившее вчера было во сне. Но что уже было, того нельзя переменить. Ничто не могло сравниться с гневом и негодованием Пирогова. Одна мысль об таком ужасном оскорблении приводила его в бешенство. Сибирь и плети он почитал самым малым наказанием для Шиллера. Он летел домой, чтобы одевшись, оттуда идти прямо к генералу, описать ему самыми разительными красками буйство немецких ремесленников. Он разом хотел подать и письменную просьбу в главный штаб. Если же назначение наказания будет неудовлетворительно, тогда идти дальше и дальше.

Но всё это как-то странно кончилось: по дороге он зашел в кондитерскую, съел два слоеных пирожка, прочитал кое-что из «Северной пчелы» и вышел уже не в столь гневном положении. Притом довольно приятный прохладный вечер заставил его несколько пройтись по Невскому проспекту; к девяти часам он успокоился и нашел, что в воскресенье нехорошо беспокоить генерала, притом он, без сомнения, куда-нибудь отозван, и потому он отправился на вечер к одному правителю контрольной коллегии, где было очень приятное собрание чиновников и офицеров. Там с удовольствием провел вечер и так отличился в мазурке, что привел в восторг не только дам, но даже и кавалеров.

«Дивно устроен свет наш! — думал я, идя третьего дня по Невскому проспекту и приводя на память эти два происшествия. — Как странно, как непостижимо играет нами судьба наша! Получаем ли мы когда-нибудь то, чего желаем? Достигаем ли мы того, к чему, кажется, нарочно приготовлены наши силы? Всё происходит наоборот. Тому судьба дала прекраснейших лошадей, и он равнодушно катается на них, вовсе не замечая их красоты, — тогда как другой, которого сердце горит лошадиною страстью, идет пешком и довольствуется только тем, что пощелкивает языком, когда мимо его проводят рысака. Тот имеет отличного повара, но, к сожалению, такой маленький рот, что больше двух кусочков никак не может пропустить; другой имеет рот величиною в арку Главного штаба, но, увы! должен довольствоваться каким-нибудь немецким обедом из картофеля. Как странно играет нами судьба наша!»

Но страннее всего происшествия, случающиеся на Невском проспекте. О, не верьте этому Невскому проспекту! Я всегда закутываюсь покрепче плащом своим, когда иду по нем, и стараюсь вовсе не глядеть на встречающиеся предметы. Всё обман, всё мечта, всё не то, чем кажется! Вы думаете, что этот господни, который гуляет в отлично сшитом сюртучке, очень богат? Ничуть не бывало: он весь состоит из своего сютучка. Вы воображаете, что эти два толстяка, остановившиеся перед строящеюся церковью, судят об архитектуре ее? Совсем нет: они говорят о том, как странно сели две вороны одна против другой. Вы думаете, что этот энтузиаст, размахивающий руками, говорит о том, как жена его бросила из окна шариком в незнакомого ему вовсе офицера? Совсем нет, он говорит о Лафайете. Вы думаете, что эти дамы... но дамам меньше всего верьте. Менее заглядывайте в окна магазинов: безделушки, в них выставленные, прекрасны, но пахнут страшным количеством ассигнаций. Но Боже вас сохрани заглядывать дамам под шляпки! Как ни развевайся вдали плащ красавицы, я ни за что не пойду за нею любопытствовать. Далее, ради Бога, далее от фонаря! и скорее, сколько можно скорее, проходите мимо. Это счастие еще, если отделаетесь тем, что он зальет щегольской сюртук ваш вонючим своим маслом. Но и кроме фонаря, всё дышит обманом. Он лжет во всякое время, этот Невский проспект, но более всего тогда, когда ночь сгущенною массою наляжет на него и отделит белые и палевые стены домов, когда весь город превратится в гром и блеск, мириады карет валятся с мостов, форейторы кричат и прыгают на лошадях и когда сам демон зажигает лампы для того только, чтобы показать всё не в настоящем виде.

НОС

I

Марта 25 числа случилось в Петербурге необыкновенно-странное происшествие. Цырюльник Иван Яковлевич, живущий на Вознесенском проспекте (фамилия его утрачена, и даже на вывеске его — где изображен господин с намыленною щекою и надписью: «И кровь отворяют» — не выставлено ничего более), цырюльник Иван Яковлевич проснулся довольно рано и услышал запах горячего хлеба. Приподнявшись немного на кровати, он увидел, что супруга его, довольно почтенная дама, очень любившая пить кофий, вынимала из печи только что испеченные хлебы.

— Сегодня, я Прасковья Осиповна, не буду пить кофию, — сказал Иван Яковлевич, — а вместо того хочется мне съесть горячего хлебца с луком.

(То есть Иван Яковлевич хотел бы и того и другого, но знал, что было совершенно невозможно требовать двух вещей разом: ибо Прасковья Осиповна очень не любила таких прихотей.) «Пусть дурак ест хлеб; мне же лучше, — подумала про себя супруга: — останется кофию лишняя порция». И бросила один хлеб на стол.

Иван Яковлевич для приличия надел сверх рубашки фрак и, усевшись перед столом, насыпал соль, приготовил две головки луку, взял в руки нож и, сделавши значительную мину, принялся резать хлеб. Разрезавши хлеб на две половины, он поглядел в середину и, к удивлению своему, увидел что-то белевшееся. Иван Яковлевич ковырнул осторожно ножом и пощупал пальцем. «Плотное! — сказал он сам про себя: — что бы это такое было?»

Он засунул пальцы и вытащил — нос!.. Иван Яковлевич и руки опустил; стал протирать глаза и щупать: нос, точно, нос! и еще, казалось, как будто чей-то знакомый. Ужас изобразился в лице

Ивана Яковлевича. Но этот ужас был ничто против негодования, которое овладело его супругою.

— Где это ты, зверь, отрезал нос? — закричала она с гневом. — Мошенник! пьяница! Я сама на тебя донесу полиции. Разбойник какой! Вот уж я от трех человек слышала, что ты во время бритья так теребишь за носы, что еле держатся.

Но Иван Яковлевич был ни жив ни мертв. Он узнал, что этот нос был не чей другой, как коллежского асессора Ковалева, которого он брил каждую середу и воскресенье.

— Стой, Прасковья Осиповна! Я положу его, завернувши в тряпку, в уголок: пусть там маленечко полежит; а после его вынесу.

— И слушать не хочу! Чтобы я позволила у себя в комнате лежать отрезанному носу?.. Сухарь поджаристый! Знай умеет только бритвой возить по ремню, а долга своего скоро совсем не в состоянии будет исполнять, потаскушка, негодяй! Чтобы я стала за тебя отвечать полиции?.. Ах ты, пачкун, бревно глупое! Вон его! вон! неси куда хочешь! чтобы я духу его не слыхала!

Иван Яковлевич стоял совершенно как убитый. Он думал, думал — и не знал, что подумать.

— Черт его знает, как это сделалось, — сказал он, наконец, или нет, уж наверное сказать не могу. А по всем приметам должно быть происшествие несбыточное: ибо хлеб — дело печеное, а нос совсем не то. Ничего не разберу!..

Иван Яковлевич замолчал. Мысль о том, что полицейские отыщут у него нос и обвинят его, привела его в совершенное беспамятство. Уже ему мерещился алый воротник, красиво вышитый серебром; шпага... и он дрожал всем телом. Наконец достал он свое исподнее платье и сапоги, натащил на себя всю эту дрянь и, сопровождаемый нелегкими увещаниями Прасковьи Осиповны, завернул нос в тряпку и вышел на улицу.

Он хотел его куда-нибудь подсунуть: или в тумбу под воротами, или так как-нибудь нечаянно выронить, да и повернуть в переулок. Но на беду ему попадался какой-нибудь знакомый человек, который начинал тотчас запросом: «Куда идешь?» или: «Кого так рано собрался брить?» — так что Иван Яковлевич никак не мог улучить минуты. В другой раз он уже совсем уронил его, но будочник еще издали указал ему алебардою, примолвив: «Подыми! вон ты что-то уронил!» И Иван Яковлевич должен был поднять нос и спрятать его в карман. Отчаяние овладело им, тем более что народ беспрестанно умножался на улице, по мере того как начали отпираться магазины и лавочки.

Он решился идти к Исакиевскому мосту: не удастся ли как-нибудь швырнуть его в Неву?.. Но я несколько виноват, что до сих пор не сказал ничего об Иване Яковлевиче, человеке почтенном во многих отношениях.

Иван Яковлевич, как всякий порядочный русский мастеровой, был пьяница страшный. И хотя каждый день брил чужие подбородки, но его собственный был у него вечно не брит. Фрак у Ивана Яковлевича (Иван Яковлевич никогда не ходил в сюртуке) был пегий; то есть он был черный, но весь в коричнево-желтых и серых яблоках; воротник лоснился, а вместо трех поговиц висели одни только ниточки. Иван Яковлевич был большой циник, и когда коллежский асессор Ковалев обыкновенно говорил ему во время бритья: «У тебя, Иван Яковлевич, вечно воняют руки!», то Иван Яковлевич отвечал на это вопросом: «Отчего ж бы им вонять?» — «Не знаю, братец, только воняют», — говорил коллежский асессор, — и Иван Яковлевич, понюхавши табаку, мылил ему за это и на щеке, и под носом, и за ухом, и под бородою, — одним словом, где только ему была охота.

Этот почтенный гражданин находился уже на Исакиевском мосту. Он прежде всего осмотрелся; потом нагнулся на перила, будто бы посмотреть под мост: много ли рыбы бегает, и швырнул потихоньку тряпку с носом. Он почувствовал, как будто бы с него разом свалилось десять пуд; Иван Яковлевич даже усмехнулся. Вместо того чтобы идти брить чиновничьи подбородки, он отправился в заведение с надписью: «Кушанье и чай» спросить стакан пуншу, как вдруг заметил в конце моста квартального надзирателя благородной наружности, с широкими бакенбардами, в треугольной шляпе, со шпагою. Он обмер; а между тем квартальный кивал ему пальцем и говорил:

— А подойди сюда, любезный!

Иван Яковлевич, зная форму, снял издали еще картуз и, подошедши проворно, сказал:

— Желаю здравия вашему благородию!

— Нет, нет, братец, не благородию; скажи-ка, что ты там делал, стоя на мосту?

— Ей-Богу, сударь, ходил брить, да посмотрел только, шибко ли река идет.

— Врешь, врешь! Этим не отделаешься. Изволь-ка отвечать!

— Я вашу милость два раза в неделю, или даже три, готов брить без всякого прекословия, — отвечал Иван Яковлевич.

— Нет, приятель, это пустяки! Меня три цырюльника бреют, да еще за большую честь почитают. А вот изволь-ка рассказать, что ты там делал?

Иван Яковлевич побледнел... Но здесь происшествие совершенно закрывается туманом, и что далее произошло, решительно ничего неизвестно.

II

Коллежский асессор Ковалев проснулся довольно рано и сделал губами: «брр...», что всегда он делал, когда просыпался, хотя сам не мог растолковать, по какой причине. Ковалев потянулся, приказал себе подать небольшое, стоявшее на столе, зеркало. Он хотел взглянуть на прыщик, который вчерашнего дня вскочил у него на носу; но к величайшему изумлению, увидел, что у него вместо носа совершенно гладкое место! Испугавшись, Ковалев велел подать воды и протер полотенцем глаза: точно нет носа! Он начал щупать рукою, чтобы узнать: не спит ли он? кажется, не спит. Коллежский асессор Ковалев вскочил с кровати, встряхнулся: нет носа!.. Он велел тотчас подать себе одеться и полетел прямо к обер-полицмейстеру.

Но между тем необходимо сказать что-нибудь о Ковалеве, чтобы читатель мог видеть, какого рода был этот коллежский асессор. Коллежских асессоров, которые получают это звание с помощию ученых аттестатов, никак нельзя сравнивать с теми коллежскими асессорами, которые делались на Кавказе. Это два совершенно особенные рода. Ученые коллежские асессоры... Но Россия такая чудная земля, что если скажешь об одном коллежском асессоре, то все коллежские асессоры, от Риги до Камчатки, непременно примут на свой счет. То же разумей и о всех званиях и чинах. Ковалев был кавказский коллежский асессор. Он два года только еще состоял в этом звании и потому ни на минуту не мог его позабыть; а чтобы более придать себе благородства и веса, он никогда не называл себя коллежским асессором, но всегда майором. «Послушай, голубушка, — говорил он обыкновенно, встретивши на улице бабу, продававшую манишки: — ты приходи ко мне на дом; квартира моя в Садовой; спроси только: здесь ли живет майор Ковалев? тебе всякий покажет». Если же встречал какую-нибудь смазливенькую, то давал ей сверх того секретное приказание, прибавляя: «Ты спроси, душенька, квартиру майора Ковалева». Поэтому-то самому и мы будем вперед этого коллежского асессора называть майором.

Майор Ковалев имел обыкновение каждый день прохаживаться по Невскому проспекту. Воротничок его манишки был всегда чрезвычайно чист и накрахмален. Бакенбарды у него были такого рода, какие и теперь еще можно видеть у губернских и уездных землемеров, у архитекторов и полковых докторов, также у отправляющих разные полицейские обязанности и вообще у всех тех мужей, которые имеют полные, румяные щеки и очень хорошо играют в бостон, эти бакенбарды идут по самой середине щеки и прямехонько доходят до носа. Майор Ковалев носил множество печаток, сердоликовых, и с гербами, и таких, на которых было вырезано, середа, четверг, понедельник и проч.

Майор Ковалев приехал в Петербург по надобности, а именно искать приличного своему званию места: если удастся, то вице-губернаторского, а не то — экзекуторского в каком-нибудь видном департаменте. Майор Ковалев был непрочь и жениться, но только в таком случае, когда за невестою случится двести тысяч капиталу. И потому читатель теперь может судить сам, каково было положение этого майора, когда он увидел вместо довольно недурного и умеренного носа преглупое, ровное и гладкое место.

Как на беду, ни один извозчик не показывался на улице, и он должен был идти пешком, закутавшись в свой плащ и закрывши платком лицо, показывая вид, как будто у него шла кровь. «Но авось-либо мне так представилось: не может быть, чтобы нос пропал сдуру» — подумал он и зашел в кондитерскую нарочно с тем, чтобы посмотреться в зеркало. К счастию, в кондитерской никого не было; мальчишки мели комнаты и расставляли стулья; некоторые с сонными глазами выносили на подносах горячие порожки; на столах и стульях валялись залитые кофием вчерашние газеты. «Ну, слава Богу, никого нет, — произнес он, — теперь можно поглядеть». Он робко подошел к зеркалу и взглянул. «Черт знает что, какая дрянь! — произнес он, плюнувши. — Хотя бы уже что-нибудь было вместо носа, а то ничего!..»

С досадою закусив губы, вышел он из кондитерской и решился, против своего обыкновения, не глядеть ни на кого и никому не улыбаться. Вдруг он стал как вкопанный у дверей одного дома; в глазах его произошло явление неизъяснимое, перед подъездом остановилась карета; дверцы отворились; выпрыгнул, согнувшись господин в мундире и побежал вверх по лестнице. Каков же был ужас и вместе изумление Ковалева, когда он узнал, что это был собственный его нос! При этом необыкновенном зрелище, казалось ему, всё переворотилось у него в глазах; он чувствовал, что едва мог стоять; но решился во что бы ни стало ожидать его возвращения в карету, весь дрожа как в лихорадке. Чрез две минуты нос действительно вышел. Он был в мундире, шитом золотом, с большим стоячим воротником; на нем были замшевые панталоны; при боку шпага. По шляпе с плюмажем можно было заключить, что он считался в ранге статского советника. По всему заметно было, что он ехал куда-нибудь с визитом. Он поглядел на обе стороны, закричал кучеру: «Подавай!», сел и уехал.

Бедный Ковалев чуть не сошел с ума. Он не знал, как и подумать о таком странном происшествии. Как же можно, в самом деле, чтобы нос, который еще вчера был у него на лице, не мог ездить и ходить, — был в мундире! Он побежал за каретою, которая, к счастию, проехала недалеко и остановилась перед Казанским собором.

Он поспешил в собор, пробрался сквозь ряд нищих старух с завязанными лицами и двумя отверстиями для глаз, над которыми он прежде так смеялся, и вошел в церковь. Молельщиков внутри церкви было немного; они все стояли только при входе в двери. Ковалев чувствовал себя в таком расстроенном состоянии, что никак не в силах был молиться, и искал глазами этого господина по всем углам. Наконец увидел его стоявшего в стороне. Нос спрятал совершенно лицо свое в большой стоячий воротник и с выражением величайшей набожности молился.

«Как подойти к нему? — думал Ковалев. — По всему, по мундиру, по шляпе видно, что он статский советник. Черт его знает, как это сделать!»

Он начал около него покашливать; но нос ни на минуту не оставлял набожного своего положения и отвешивал поклоны.

— Милостивый государь... — сказал Ковалев, внутренно принуждая себя ободриться, — милостивый государь...

— Что вам угодно? — отвечал нос, оборотившись.

— Мне странно, милостивый государь... мне кажется... вы должны знать свое место. И вдруг я вас нахожу, и где же? — в церкви. Согласитесь...

— Извините меня, я не могу взять в толк, о чем вы изволите говорить... Объяснитесь.

«Как мне ему объяснить?» — подумал Ковалев и, собравшись с духом, начал:

— Конечно, я... впрочем, я майор. Мне ходить без носа, согласитесь, это неприлично. Какой-нибудь торговке, которая продает на Воскресенском мосту очищенные апельсины, можно сидеть без носа; но, имея в виду получить,.. притом будучи во многих домах знаком с дамами: Чехтарева, статская советница, и другие... Вы посудите сами... я не знаю, милостивый государь... (При этом майор Ковалев пожал плечами.)... Извините... если на это смотреть сообразно с правилами долга и чести... вы сами можете понять...

— Ничего решительно не понимаю, — отвечал нос. — Изъяснитесь удовлетворительнсе.

— Милостивый государь... — сказал Ковалев с чувством собственного достоинства, — я не знаю, как понимать слова ваши... Здесь всё дело, кажется, совершенно очевидно... или вы хотите... Ведь вы мой собственный нос!

Нос посмотрел на майора, и брови его несколько нахмурились.

— Вы ошибаетесь, милостивый государь. Я сам по себе. Притом между нами не может быть никаких тесных отношений. Судя по пуговицам вашего вицмундира, вы должны служить по другому ведомству.

Сказавши это, нос отвернулся и продолжал молиться.

Ковалев совершенно смешался, не зная, что делать и что даже

подумать. В это время послышался приятный шум дамского платья: подошла пожилая дама, вся убранная кружевами, и с нею тоненькая, в белом платье, очень мило рисовавшемся на ее стройной талии, в палевой шляпке, легкой, как пирожное. За ними остановился и открыл табакерку высокий гайдук с большими бакенбардами и целой дюжиной воротников.

Ковалев подступил поближе, высунул батистовый воротничок манишки, поправил висевшие на золотой цепочке свои печатки и, улыбаясь по сторонам, обратил внимание на легонькую даму, которая, как весенний цветочек, слегка наклонялась и подносила ко лбу свою беленькую ручку с полупрозрачными пальцами. Улыбка на лице Ковалева раздвинулась еще далее, когда он увидел из-под шляпки ее кругленький, яркой белизны подбородок и часть щеки, осененной цветом первой весенней розы. Но вдруг он отскочил, как будто бы обжегшись. Он вспомнил, что у него вместо носа совершенно нет ничего, и слезы выдавились из глаз его. Он оборотился с тем, чтобы напрямик сказать господину в мундире, что он только прикинулся статским советником, что он плут и подлец и что он больше ничего, как только его собственный нос... Но носа уже не было: он успел ускакать, вероятно опять к кому-нибудь с визитом.

Это повергло Ковалева в отчаяние. Он пошел назад и остановился с минуту под колоннадою, тщательно смотря во все стороны, не попадется ли где нос. Он очень хорошо помнил, что шляпа на нем была с плюмажем и мундир с золотым шитьем; но шинель не заметил, ни цвета его кареты, ни лошадей, ни даже того, был ли у него сзади какой-нибудь лакей и в какой ливрее. Притом карет неслось такое множество взад и вперед и с такою быстротою, что трудно было даже приметить; но если бы и приметил он какую-нибудь из них, то не имел бы никаких средств остановить. День был прекрасный и солнечный. На Невском народу была тьма; дам целый цветочный водопад сыпался по всему тротуару, начиная от Полицейского до Аничкина моста. Вон и знакомый ему надворный советник идет, которого он называл подполковником, особливо ежели то случалось при посторонних. Вон и Ярыжкин, столоначальник в сенате, большой приятель, который вечно в бостоне обремизивался, когда играл восемь. Вон и другой майор, получивший на Кавказе асессорство, махает рукой, чтобы шел к нему...

— А, черт возьми! — сказал Ковалев. — Эй, извозчик, вези прямо к обер-полицмейстеру!

Ковалев сел в дрожки и только покрикивал извозчику: «Валяй во всю ивановскую!»

— У себя обер-полицмейстер? — вскричал он, зашедши в сени.

— Никак нет, — отвечал привратник, — только что уехал.

— Вот тебе раз!

— Да, прибавил привратник, — оно и не так давно, но уехал. Минуточкой бы пришли раньше, то, может, застали бы дома.

Ковалев, не отнимая платка от лица, сел на извозчика и закричал отчаянным голосом:

— Пошел!

— Куда? — сказал извозчик.

— Пошел прямо!

— Как прямо? тут поворот: направо или налево?

Этот вопрос остановил Ковалева и заставил его опять подумать. В его положении следовало ему прежде всего отнестись в Управу благочиния; не потому, что оно имело прямое отношение к полиции, но потому, что ее распоряжения могли быть гораздо быстрее, чем в других местах; искать же удовлетворения по начальству того места, при котором нос объявил себя служащим, было бы безрассудно, потому что из собственных ответов носа уже можно было видеть, что для этого человека ничего не было священного и он мог так же солгать и в этом случае, как солгал, уверяя, что он никогда не видался с ним. Итак, Ковалев уже хотел было ехать в Управу благочиния, как опять пришла мысль ему, что этот плут и мошенник, который поступил уже при первой встрече таким бессовестным образом, мог опять удобно, пользуясь временем, как-нибудь улизнуть из города, — и тогда все искания будут тщетны или могут продолжиться, чего Боже сохрани, на целый месяц. Наконец, казалось, само небо вразумило его. Он решился отнестись прямо в газетную экспедицию и заблаговременно сделать публикацию с обстоятельным описанием всех качеств, дабы всякий, встретивший его, мог в ту же минуту его представить к нему или по крайней мере дать знать о месте пребывания. Итак, он, решив на этом, велел извозчику ехать в газетную экспедицию и во всю дорогу не переставал его тузить кулаком в спину, приговаривая: «Скорей, подлец! скорей, мошенник!» — «Эх, барин!» — говорил извозчик, потряхивая головой и стегая вожжой свою лошадь, на которой шерсть была длинная, как на болонке. Дрожки, наконец, остановились, и Ковалев, запыхавшись, вбежал в небольшую приемную комнату, где седой чиновник, в старом фраке и очках, сидел за столом и, взявши в зубы перо, считал принесенные медные деньги.

— Кто здесь принимает объявления? — закричал Ковалев. — А, здравствуйте!

— Мое почтение, — сказал седой чиновник, поднявши на минуту глаза и опустивши их снова на разложенные кучи денег.

— Я желаю припечатать...

— Позвольте. Прошу немножно повременить, — произнес чиновник, ставя одною рукою цифру на бумаге и передвигая пальцами левой руки два очка на счетах.

Лакей с галунами и наружностию, показывавшею пребывание

его в аристократическом доме, стоял возле стола, с запискою в руках, и почел приличным показать свою общежительность:

— Поверите ли, сударь, что собачонка не стоит восьми гривен, то есть я не дал бы за нее и восьми грошей; а графиня любит, ей-Богу любит, — и вот тому, кто ее отыщет, сто рублей! Если сказать по приличию, то вот так, как мы теперь с вами, вкусы людей совсем не совместны: уж когда охотник, то держи легавую собаку или пуделя; не пожалей пятисот, тысячу дай, но зато уж чтоб была собака хорошая.

Почтенный чиновник слушал это с значительною миною и в то же время занимался сметою: сколько букв в принесенной записке. По сторонам стояло множество старух, купеческих сидельцев и дворников с записками. В одной значилось, что отпускается в услужение кучер трезвого поведения; в другой — малоподержанная коляска, вывезенная в 1814 году из Парижа; там отпускалась дворовая девка девятнадцати лет, упражнявшаяся в прачечном деле, годная и для других работ; прочные дрожки без одной рессоры; молодая горячая лошадь в серых яблоках, семнадцати лет от роду, новые, полученные из Лондона, семена репы и редиса; дача со всеми угодьями: двумя стойлами для лошадей и местом, на котором можно развести превосходный березовый или еловый сад; там же находился вызов желающих купить старые подошвы, с приглашением явиться к переторжке каждый день от восьми до трех часов утра. Комната, в которой местилось всё это общество, была маленькая, и воздух в ней был чрезвычайно густ; но коллежский асессор Ковалев не мог слышать запаха, потому что закрылся платком и потому что самый нос его находился Бог знает в каких местах.

— Милостивый государь, позвольте вас попросить... Мне очень нужно, — сказал он, наконец, с нетерпением.

— Сейчас, сейчас! Два рубля сорок три копейки! Сию минуту! Рубль шестьдесят четыре копейки! — говорил седовласый господин, бросая старухам и дворникам записки в глаза. — Вам что угодно? — наконец сказал он, обратившись к Ковалеву.

— Я прошу... — сказал Ковалев: — случилось мошенничество или плутовство, я до сих пор не могу никак узнать. Я прошу только припечатать, что тот, кто ко мне этого подлеца представит, получит достаточное вознаграждение.

— Позвольте узнать, как ваша фамилия?

— Нет, зачем же фамилию? Мне нельзя сказать её. У меня много знакомых: Чехтарева, статская советница, Палагея Григорьевна Подточина, штаб-офицерша...

Вдруг узнают, Боже сохрани! Вы можете просто написать: коллежский асессор, или еще лучше, состоящий в майорском чине.

— А сбежавший был ваш дворовый человек?

— Какое дворовый человек? Это бы еще не такое большое мошенничество! Сбежал от меня... нос...

— Гм! какая странная фамилия! И на большую сумму этот господин Носов обокрал вас?

— Нос, то есть... вы не то думаете! Нос, мой собственный нос пропал неизвестно куда. Черт хотел подшутить надо мною!

— Да каким же образом пропал? Я что-то не могу хорошенько понять.

— Да я не могу вам сказать, каким образом; но главное то, что он разъезжает теперь по городу и называет себя статским советником. И потому я вас прошу объявить, чтобы поймавший представил его немедленно ко мне в самом скорейшем времени. Вы посудите, в самом деле, как же мне быть без такой заметной части тела? Это не то, что какой-нибудь мизинный палец на ноге, которую я в сапог — и никто не увидит, если его нет. Я бываю по четвергам у статской советницы Чехтаревой; Подточина Палагея Григорьевна, штаб-офицерша, и у ней дочка очень хорошенькая, тоже очень хорошие знакомые, и вы посудите сами, как же мне теперь... Мне теперь к ним нельзя явиться.

Чиновник задумался, что означали крепко сжавшиеся его губы.

— Нет, я не могу поместить такого объявления в газетах, — сказал он, наконец, после долгого молчания.

— Как? отчего?

— Так. Газета может потерять репутацию. Если всякий начнет писать, что у него сбежал нос, то... И так уже говорят, что печатается много несообразностей и ложных слухов.

— Да чем же это дело несообразное? Тут, кажется, ничего нет такого.

— Это вам так кажется, что нет. А вот на прошлой неделе такой же был случай. Пришел чиновник таким же образом, как вы теперь пришли, принес записку, денег по расчету пришлось два рубля семьдесят три копейки, и всё объявление состояло в том, что сбежал пудель черной шерсти. Кажется, что бы тут такое? А вышел пасквиль: пудель-то этот был казначей, не помню какого-то заведения.

— Да ведь я вам не о пуделе делаю объявление, а о собственном моем носе: стало быть, почти то же, что о самом себе.

— Нет, такого объявления я никак не могу поместить.

— Да когда у меня точно пропал нос!

— Если пропал, то это дело медика. Говорят, что есть такие люди, которые могут приставить какой угодно нос. Но, впрочем, я замечаю, что вы должны быть человек веселого нрава и любите в обществе пошутить.

— Клянусь вам, вот как Бог свят! Пожалуй, уже если до того дошло, то я покажу вам.

— Зачем беспокоиться! — продолжал чиновник, нюхая табак.

— Впрочем, если не в беспокойство, — прибавил он с движением любопытства, — то желательно бы взглянуть.

Коллежский асессор отнял от лица платок.

— В самом деле, чрезвычайно странно! — сказал чиновник: — место совершенно гладкое, как будто бы только что выпеченный блин. Да, до невероятности ровное!

— Ну, вы и теперь будете спорить? Вы видите сами, что нельзя не напечатать. Я вам буду особенно благодарен; и очень рад, что этот случай доставил мне удовольствие с вами познакомиться...

Майор, как видно из этого, решился на сей раз немного поподличать.

— Напечатать-то, конечно, дело небольшое, — сказал чиновник, — только я не предвижу в этом никакой для вас выгоды. Если уже хотите, то отдайте тому, кто имеет искусное перо, описать это как редкое произведение натуры и напечатать эту статейку в «Северной пчеле» (тут он понюхал еще раз табаку) для пользы юношества (тут он утер нос), или так, для общего любопытства.

Коллежский асессор был совершенно обезнадежен. Он опустил глаза вниз газеты, где было извещение о спектаклях; уже лицо его было готово улыбнуться, встретив имя актрисы, хорошенькой собою, и рука взялась за карман: есть ли при нем синяя ассигнация, потому что штаб-офицеры, по мнению Ковалева, должны сидеть в креслах, — но мысль о носе всё испортила!

Сам чиновник, казалось, был тронут затруднительным положением Ковалева. Желая сколько-нибудь облегчить его горесть, он почел приличным выразить участие свое в нескольких словах:

— Мне, право, очень прискорбно, что с вами случился такой анекдот. Не угодно ли вам понюхать табачку? это разбивает головные боли и печальные расположения; даже в отношении к гемороидам это хорошо.

Говоря это, чиновник поднес Ковалеву табакерку, довольно ловко подвернув под нее крышку с портретом какой-то дамы в шляпке.

Этот неумышленный поступок вывел из терпения Ковалева.

— Я не понимаю, как вы находите место шуткам, — сказал он с сердцем: — разве вы не видите, что у меня именно нет того, чем бы я мог понюхать? Чтоб черт побрал ваш табак! Я теперь не могу смотреть на него, и не только на скверный ваш березинский, но хоть бы вы поднесли мне самого рапе́.

Сказавши это, он вышел глубоко раздосадованный, из газетной экспедиции и отправился к частному приставу, чрезвычайному охотнику до сахару. На дому его вся передняя, она же и столовая, была установлена сахарным головами, которые несли к нему из дружбы купцы. Кухарка в это время скидала с частного пристава казенные ботфорты; шпага и все военные доспехи уже мирно развесились по углам, и грозную трехугольную шляпу уже затрагивал трехлетний сынок его; и он, после боевой, бранной жизни, готовился вкусить удовольствия мира.

Ковалев вошел к нему в то время, когда он потянулся, крякнул и сказал: «Эх, славно засну два часика!» И потому можно было предвидеть, что приход коллежского асессора был совершенно не во-время; и не знаю, хотя бы он даже принес ему в то время несколько фунтов чаю или сукна, он бы не был принят слишком радушно. Частный был большой поощритель всех искусств и мануфактурностей, но государственную ассигнацию предпочитал всему. «Это вещь, — обыкновенно говорил он, — уж нет ничего лучше этой вещи: есть не просит, места займет немного, в кармане всегда поместится, уронишь — не расшибется».

Частный принял довольно сухо Ковалева и сказал, что после обеда не то время, чтобы производить следствие, что сама натура назначила, чтобы наевшись, немного отдохнуть (из этого коллежский асессор мог видеть, что частному приставу были небезызвестны изречения древних мудрецов), что у порядочного человека не оторвут носа и что много есть на свете всяких майоров, которые не имеют даже и исподнего в приличном состоянии и таскаются по всяким непристойным местам.

То есть не в бровь, а прямо в глаз! Нужно заметить, что Ковалев был чрезвычайно обидчивый человек. Он мог простить всё, что ни говорили о нем самом, но никак не извинял, если это относилось к чину или званию. Он даже полагал, что в театральных пьесах можно пропускать всё, что относится к оберофицерам, но на штаб-офицеров никак не должно нападать. Прием частного так его сконфузил, что он тряхнул головою и сказал с чувством достоинства, немного расставив свои руки: «Признаюсь, после этаких обидных с вашей стороны замечаний я ничего не могу прибавить...» — и вышел.

Он приехал домой, едва слыша под собою ноги. Были уже сумерки. Печальною или чрезвычайно гадкою показалась ему квартира после всех этих неудачных исканий. Взошедши в переднюю, увидел он на кожаном запачканном диване лакея своего Ивана, который лежа на спине, плевал в потолок и попадал довольно удачно в одно и то же место. Такое равнодушие человека взбесило его; он ударил его шляпою по лбу, примолвив: «Ты, свинья, всегда глупостями занимаешься!»
Иван вскочил вдруг с своего места и бросился со всех ног снимать с него плащ.

Вошедши в свою комнату, майор, усталый и печальный, бросился в кресла и, наконец, после нескольких вздохов сказал:

— Боже мой! Боже мой! За что это такое несчастие? Будь я без руки или без ноги — всё бы это лучше; будь я без ушей —

скверно, однако ж всё сноснее; но без носа человек — черт знает что: птица не птица, гражданин не гражданин, — просто возьми да и вышвырни за окошко! И пусть бы уже на войне отрубили или на дуэли, или я сам был причиною; но ведь пропал ни за что ни про что, пропал даром, ни за грош!.. Только нет, не может быть, — прибавил он, немного подумав. — Невероятно, чтобы нос пропал; никаким образом невероятно. Это, верно, или во сне снится, или просто грезится; может быть, я как-нибудь ошибкою выпил вместо воды водку, которою вытираю после бритья себе бороду. Иван, дурак, не принял, и я, верно, хватил ее.

Чтобы действительно увериться, что он не пьян, майор ущипнул себя так больно, что сам вскрикнул. Эта боль совершенно уверила его, что он действует и живет наяву. Он потихоньку приблизился к зеркалу и сначала зажмурил глаза с тою мыслию, что авось-либо нос покажется на своем месте; но в ту же минуту отскочил назад, сказавши:

— Экой пасквильный вид!

Это было, точно, непонятно. Если бы пропала пуговица, серебряная ложка, часы или что-нибудь подобное; но пропасть, и кому же пропасть? и притом еще на собственной квартире!.. Майор Ковалев, сообразя все обстоятельства, предполагал едва ли не ближе всего к истине, что виною этого должен быть не кто другой, как штаб-офицерша Подточина, которая желала, чтобы он женился на ее дочери. Он и сам любил за нею приволокнуться, но избегал окончательной разделки. Когда же штаб-офицерша объявила ему напрямик, что она хочет выдать ее за него, он потихоньку отчалил с своими комплиментами, сказавши, что еще молод, что нужно ему прослужить лет пяток, чтобы уже ровно было сорок два года. И потому штаб-офицерша, верно из мщения, решилась его испортить и наняла для этого каких-нибудь колдовок-баб, потому что никаким образом нельзя было предположить, чтобы нос был отрезан: никто не входил к нему в комнату; цырюльник же Иван Яковлевич брил его еще в среду, а в продолжение всей среды и даже во весь четверток нос у него был цел, — это он помнил и знал очень хорошо; притом была бы им чувствуема боль, и, без сомнения, рана не могла бы так скоро зажить и быть гладкою как блин. Он строил в голове планы: звать ли штаб-офицершу формальным порядком в суд, или явиться к ней самому и уличить ее. Размышления его прерваны были светом, блеснувшим сквозь все скважины дверей, который дал знать, что свеча в передней уже зажжена Иваном. Скоро показался и сам Иван, неся ее перед собою и озаряя ярко всю комнату. Первым движением Ковалева было схватить платок и закрыть то место, где вчера еще был нос, чтобы в самом деле глупый человек не зазевался, увидя у барина такую странность.

Не успел Иван уйти в конуру свою, как послышался в передней незнакомый голос, произнесший:

— Здесь ли живет коллежский асессор Ковалев?

— Войдите. Майор Ковалев здесь, — сказал Ковалев, вскочивши поспешно и отворяя дверь.

Вошел полицейский чиновник красивой наружности, с бакенбардами не слишком светлыми и не темными, с довольно полными щеками, тот самый, который в начале повести стоял в конце Исакиевского моста.

— Вы изволили затерять нос свой?

— Так точно.

— Он теперь найден.

— Что вы говорите? — закричал майор Ковалев. Радость отняла у него язык. Он глядел в оба на стоявшего перед ним квартального, на полных губах и щеках которого ярко мелькал трепетный свет свечи. — Каким образом?

— Странным случаем: его перехватили почти на дороге. Он уже садился в дилижанс и хотел уехать в Ригу и пашпорт давно был написан на имя одного чиновника. И странно то, что я сам принял его сначала за господина. Но, к счастию, были со мной очки, и я тот час увидел, что это был нос. Ведь я близорук, и если вы станете передо мною, то я вижу только, что у вас лицо, но ни носа, ни бороды, ничего не замечу. Моя теща, то есть мать жены моей, тоже ничего не видит.

Ковалев был вне себя.

— Где же он? Где? Я сейчас побегу.

— Не беспокойтесь. Я, зная, что он вам нужен, принес его с собою. И странно то, что главный участник в этом деле есть мошенник цырюльник на Вознесенской улице, который сидит теперь на съезжей. Я давно подозревал его в пьянстве и воровстве, и еще третьего дня стащил он в одной лавочке бортище пуговиц. Нос ваш совершенно таков, как был.

При этом квартальный полез в карман и вытащил оттуда завернутый в бумажке нос.

— Так, он! — закричал Ковалев. — Точно, он! Выкушайте сегодня со мною чашечку чаю.

— Почел бы за большую приятность, но никак не могу: мне нужно заехать отсюда в смирительный дом... Очень большая поднялась дороговизна на все припасы... У меня в доме живет и теща, то есть мать моей жены, и дети; старший особенно подает большие надежды: очень умный мальчишка, но средств для воспитания совершенно нет никаких...

Ковалев догадался и, схватив со стола красную ассигнацию, сунул в руки надзирателю, который, расшаркавшись, вышел за дверь, и в ту же почти минуту Ковалев слышал уже голос его на улице, где он увещевал по зубам одного глупого мужика, наехавшего с своею телегою как раз на бульвар.

Коллежский асессор по уходе квартального несколько минут

оставался в каком-то неопределенном состоянии и едва через несколько минут пришел в возможность видеть и чувствовать: в такое беспамятство повергла его неожиданная радость. Он взял бережливо найденный нос в обе руки, сложенные горстью, и еще раз рассмотрел его внимательно.

— Так, он, точно он! — говорил майор Ковалев. — Вот и прыщик на левой стороне, вскочивший вчерашнего дня.

Майор чуть не засмеялся от радости.

Но на свете нет ничего долговременного, а потому и радость в следующую минуту за первою уже не так жива; в третью минуту она становится еще слабее и, наконец, незаметно сливается с обыкновенным положением души, как на воде круг, рожденный падением камешка, наконец сливается с гладкою поверхностью. Ковалев начал размышлять и смекнул, что дело еще не кончено: нос найден, но ведь нужно же его приставить, поместить на свое место.

— А что, если он не пристанет?

При таком вопросе, сделанном самому себе, майор побледнел.

С чувством неизъяснимого страха бросился он к столу, придвинул зеркало, чтобы как-нибудь не поставить нос криво. Руки его дрожали. Осторожно и осмотрительно наложил он его на прежнее место. О, ужас! Нос не приклеивался!.. Он поднес его ко рту, нагрел его слегка своим дыханием и опять поднес к гладкому месту, находившемуся между двух щек; но нос никаким образом не держался.

— Ну! ну же! полезай, дурак! говорил он ему. Но нос был как деревянный и падал на стол с таким странным звуком, как будто бы пробка. Лицо майора судорожно скривилось. — Неужели он не прирастет? — говорил он в испуге. Но сколько раз ни подносил он его на его же собственное место, старание было попрежнему неуспешно.

Он кликнул Ивана и послал его за доктором, который занимал в том же самом доме лучшую квартиру в бельэтаже. Доктор этот был видный из себя мужчина, имел прекрасные смолистые бакенбарды, свежую, здоровую докторшу, ел поутру свежие яблоки и держал рот в необыкновенной чистоте, полоща его каждое утро почти три четверти часа и шлифуя зубы пятью разных родов щеточками. Доктор явился в ту же минуту. Спросивши, как давно случилось несчастие, он поднял майора Ковалева за подбородок и дал ему большим пальцем щелчка в то самое место, где прежде был нос, так что майор должен был откинуть свою голову назад с такою силою, что ударился затылком в стену. Медик сказал, что это ничего, и, посоветовавши отодвинуться немного от стены, велел ему перегнуть голову сначала на правую сторону и, пощупавши то место, где прежде был нос, сказал: «Гм!» Потом велел ему перегнуть голову на левую сторону и сказал: «Гм!» и в заключение дал опять ему большим пальцем щелчка, так что майор Ковалев дернул головою, как конь, которому смотрят в зубы. Сделавши такую пробу, медик покачал головою и сказал:

— Нет нельзя. Вы уж лучше так оставайтесь, потому что можно сделать еще хуже. Оно конечно, приставить можно; я бы, пожалуй, вам сейчас приставил его; но я вас уверяю, что это для вас хуже.

— Вот хорошо! как же мне оставаться без носа? — сказал Ковалев. — Уже хуже не может быть, как теперь. Это просто черт знает что! Куда же я с этакою пасквильностию покажуся? Я имею хорошее знакомство; вот и сегодня мне нужно быть на вечере в двух домах. Я со многими знаком: статская советница Чехтарева, Подточина штаб-офицерша... хоть после теперешнего поступка ее я не имею с ней другого дела, как только через полицию. Сделайте милость, — произнес Ковалев умоляющим голосом: — нет ли средства? как-нибудь приставьте, хоть не хорошо, лишь бы только держался; я даже могу его слегка подпирать рукою в опасных случаях. Я же притом и не танцую, чтобы мог вредить каким-нибудь неосторожным движением. Всё, что относится насчет благодарности за визиты, уж будьте уверены, сколько дозволят мои средства...

— Верите ли, — сказал доктор ни громким, ни тихим голосом, но чрезвычайно уветливым и магнетическим, — что я никогда из корысти не лечу. Правда, я беру за визиты, но единственно с тем только, чтобы не обидеть моим отказом. Конечно, я бы приставил ваш нос; но я вас уверяю честью, если уже вы не верите моему слову, что это будет гораздо хуже. Предоставьте лучше действию самой натуры. Мойте чаще холодною водою, и я вас уверяю, что вы, не имея носа, будете так же здоровы, как если бы имели его. А нос я вам советую положить в банку со спиртом или, еще лучше, влить туда две столовые ложки острой водки и подогретого уксуса, — и тогда вы можете взять за него порядочные деньги. Я даже сам возьму его, если вы только не подорожитесь.

— Нет, нет! ни за что не продам! — вскричал отчаянный майор Ковалев: — лучше пусть он пропадет!

— Извините! — сказал доктор, откланиваясь, — я хотел быть вам полезным... Что ж делать! По крайней мере вы видели мое старание.

Сказавши это, доктор с благородною осанкою вышел из комнаты. Ковалев не заметил даже лица его и в глубокой бесчувственности видел только выглядывавшие из рукавов его черного фрака рукавчики белой и чистой, как снег, рубашки.

Он решился на другой же день, прежде представления жалобы, писать к штаб-офицерше, не согласится ли она без бою возвратить ему то, что следует. Письмо было такого содержания:

«Милостивая государыня,
Александра Григорьевна!

Не могу понять странного со стороны вашей действия. Будьте уверены, что, поступая таким образом, ничего вы не выиграете и ничуть не принудите меня жениться на вашей дочери. Поверьте, что история насчет моего носа мне совершенно известна, равно как то, что в этом вы есть главные участницы, а не кто другой. Внезапное его отделение с своего места, побег и маскирование, то под видом одного чиновника, то, наконец, в собственном виде, есть больше ничего, кроме следствие волхвований, произведенных вами или теми, которые упражняются в подобных вам благородных занятиях. Я с своей стороны почитаю долгом вас предуведомить: если упоминаемый мною нос не будет сегодня же на своем месте, то я принужден буду прибегнуть к защите и покровительству законов.

Впрочем, с совершенным почтением к вам имею честь быть

Ваш покорный слуга
Платон Ковалев».

«Милостивый государь,
Платон Кузьмич!

Чрезвычайно удивило меня письмо ваше. Я, признаюсь вам по откровенности, никак не ожидала, а тем более относительно несправедливых укоризн со стороны вашей. Предуведомляю вас, что я чиновника, о котором упоминаете вы, никогда не принимала у себя в доме, ни замаскированного, ни в настоящем виде. Бывал у меня, правда, Филипп Иванович Потанчиков. И хотя он, точно искал руки моей дочери, будучи сам хорошего, трезвого поведения и великой учености, но я никогда не подавала ему никакой надежды. Вы упоминаете еще о носе. Если вы разумеете под сим, что будто бы я хотела оставить вас с носом, то есть дать вам формальный отказ, то меня удивляет, что вы сами об этом говорите, тогда как я, сколько вам известно, была совершенно противного мнения, и если вы теперь же посватаетесь на моей дочери законным образом, я готова сей же час удовлетворить вас, ибо это составляло всегда предмет моего живейшего желания, в надежде чего остаюсь всегда готовою к услугам вашим

Александра Подточина».

— Нет, — говорил Ковалев, прочитавши письмо. — Она точно не виновата. Не может быть! Письмо так написано, как не может написать человек, виноватый в преступлении. — Коллежский асессор был в этом сведущ потому, что был посылан несколько раз на следствие еще в Кавказской области. — Каким же образом, какими судьбами это приключилось? Только черт разберет это! — сказал он, наконец, опустив руки.

Между тем слухи об этом необыкновенном происшествии распространились по всей столице и, как водится, не без особенных прибавлений. Тогда умы всех именно настроены были к чрезвычайному: недавно только что занимали публику опыты действия магнетизма. Притом история о танцующих стульях в Конюшенной улице была еще свежа, и потому нечего удивляться, что скоро начали говорить, будто нос коллежского асессора Ковалева ровно в три часа прогуливается по Невскому проспекту. Любопытных стекалось каждый день множество. Сказал кто-то, что нос будто бы находился в магазине Юнкера — и возле Юнкера такая сделалась толпа и давка, что должна была даже полиция вступиться. Один спекулятор почтенной наружности, с бакенбардами, продававший при входе в театр разные сухие кондитерские пирожки, нарочно поделал прекрасные деревянные прочные скамьи, на которые приглашал любопытных становиться за восемьдесят копеек от каждого посетителя. Один заслуженный полковник нарочно для этого вышел раньше из дому и с большим трудом пробрался сквозь толпу; но, к большому негодованию своему, увидел в окне магазина вместо носа обыкновенную шерстяную фуфайку и литографированную картинку с изображением девушки, поправлявшей чулок, и глядевшего на нее из-за дерева франта с откидным жилетом и небольшою бородкою, — картинку, уже более десяти лет висящую всё на одном месте. Отошед, он сказал с досадою: «Как можно этакими глупыми и неправдоподобными слухами смущать народ?»

Потом пронесся слух, что не на Невском проспекте, а в Таврическом саду прогуливается нос майора Ковалева, что будто бы он давно уже там; что когда еще проживал там Хозрев-Мирза, то очень удивлялся этой странной игре природы. Некоторые из студентов Хирургической академии отправились туда. Одна знатная, почтенная дама просила особенным письмом смотрителя за садом показать детям ее этот редкий феномен и, если можно, с объяснением наставительным и назидательным для юношей.

Всем этим происшествиям были чрезвычайно рады все светские, необходимые посетители раутов, любившие смешить дам, у которых запас в то время совершенно истощился. Небольшая часть почтенных и благонамеренных людей была чрезвычайно недовольна. Один господин говорил с негодованием, что он не понимает, как в нынешний просвещенный век могут распространяться нелепые выдумки, и что он удивляется, как не обратит на это внимание правительство. Господин этот, как видно, принадлежал к числу тех господ, которые желали бы впутать правительство во всё, даже в свои ежедневные ссоры с женою. Вслед за этим... но здесь вновь всё происшествие скрывается туманом, и что было потом, решительно неизвестно.

III

Чепуха совершенная делается на свете. Иногда вовсе нет никакого правдоподобия: вдруг тот самый нос, который разъезжал в чине статского советника и наделал столько шуму в городе, очутился как ни в чем не бывало вновь на своем месте, то есть именно между двух щек майора Ковалева. Это случилось уже апреля 7 числа. Проснувшись и нечаянно взглянув в зеркало, видит он: нос! хвать рукою — точно нос! «Эге!» — сказал Ковалев и в радости чуть не дернул по всей комнате босиком тропака, но вошедший Иван помешал. Он приказал тот же час дать себе умыться и, умываясь, взглянул еще раз в зеркало: нос! Вытираясь утиральником, он опять взглянул в зеркало: нос!

— А посмотри, Иван, кажется у меня на носу как будто прыщик, — сказал он и между тем думал: «Вот беда, как Иван скажет: да нет, сударь, не только прыщика, и самого носа нет!»

Но Иван сказал:

— Ничего-с, никакого прыщика: нос чистый!

— Хорошо, черт побери! — сказал сам себе майор и щелкнул пальцами. В это время выглянул в дверь цырюльник Иван Яковлевич, но так боязливо, как кошка, которую только что высекли за кражу сала.

— Говори вперед: чисты руки? — кричал еще издали ему Ковалев.

— Чисты.

— Врешь!

— Ей-Богу-с, чисты, судырь.

— Ну, смотри же.

Ковалев сел. Иван Яковлевич закрыл его салфеткою и в одно мгновенье с помощью кисточки превратил всю бороду его и часть щеки в крем, какой подают на купеческих именинах.

— Вишь ты! — сказал сам себе Иван Яковлевич, взглянувши на нос, и потом перегнул голову на другую сторону и посмотрел на него сбоку. — Вона! эк его, право, как подумаешь, — продолжал он и долго смотрел на нос. Наконец легонько, с бережливостью, какую только можно себе вообразить, он приподнял два пальца, с тем чтобы поймать его за кончик. Такова уж была система Ивана Яковлевича.

— Ну, ну, ну, смотри! — закричал Ковалев.

Иван Яковлевич и руки опустил, оторопел и смутился, как никогда не смущался. Наконец осторожно стал он щекотать бритвой у него под бородою; и хотя ему было совсем несподручно и трудно брить без придержки за нюхательную часть тела, однако же, кое-как упираясь своим шероховатым большим пальцем ему в щеку и в нижнюю десну, наконец одолел все препятствия и выбрил.

Когда всё было готово, Ковалев поспешил тот же час одеться, взял извозчика и поехал прямо в кондитерскую. Входя, закричал он еще издали: «Мальчик, чашку шоколаду!», а сам в ту же минуту к зеркалу: есть нос! Он весело оборотился назад и с сатирическим видом посмотрел, несколько прищуря глаз, на двух военных, у одного из которых был нос никак не больше жилетной пуговицы. После того отправился он в канцелярию того департамента, где хлопотал об вице-губернаторском месте, а в случае неудачи об экзекуторском. Проходя чрез приемную, он взглянул в зеркало: есть нос! Потом поехал он к другому коллежскому асессору, или майору, большому насмешнику, которому он часто говорил в ответ на разные занозистые заметки: «Ну, уж ты, я тебя знаю, ты шпилька!» Дорогою он подумал: «Если и майор не треснет со смеху, увидевши меня, тогда уж верный знак, что всё, что ни есть, сидит на своем месте». Но коллежский асессор ничего. «Хорошо, хорошо, черт побери!» — подумал про себя Ковалев. На дороге встретил он штаб-офицершу Подточину вместе с дочерью, раскланялся с ними и был встречен радостными восклицаньями: стало быть, ничего, в нем нет никакого ущерба. Он разговаривал с ними очень долго и, нарочно вынувши табакерку, набивал перед ними весьма долго свой нос с обоих подъездов, приговаривая про себя: «Вот, мол, вам, бабьё, куриный народ! а на дочке всё-таки не женюсь. Так просто, *par amour*[2], изволь!» и майор Ковалев с техпор прогуливался, как ни в чем не бывало, и на Невском проспекте, и в театрах, и везде. И нос тоже, как ни в чем не бывало, сидел на его лице, не показывая даже вида, чтобы отлучался по сторонам. И после того майора Ковалева видели вечно в хорошем юморе, улыбающегося, преследующего решительно всех хорошеньких дам и даже остановившегося один раз перед лавочкой в Гостином дворе и покупавшего какую-то орденскую ленточку, неизвестно для каких причин, потому что он сам не был кавалером никакого ордена.

Вот какая история случилась в северной столице нашего обширного государства! Теперь только, по соображении всего, видим, что в ней есть много неправдоподобного. Не говоря уже о том, что точно странно сверхъестественное отделение носа и появленье его в разных местах в виде статского советника, — как Ковалев не смекнул, что нельзя чрез газетную экспедицию объявлять о носе? Я здесь не в том смысле говорю, чтобы мне казалось дорого заплатить за объявление: это вздор, и я совсем не из числа корыстолюбивых людей. Но неприлично, неловко, нехорошо! и опять тоже — как нос очутился в печеном хлебе и как сам Иван Яковлевич?.. нет, этого я никак не понимаю, решительно не понимаю! Но что страннее, что непонятнее всего, — это то, как авторы могут брать подобные сюжеты. Признаюсь, это уж совсем непостижимо, это точно... нет, нет, совсем не понимаю. Во-первых, пользы отечеству решительно никакой; во-вторых... но и во-вторых тоже нет пользы. Просто я не знаю, что это...

А однако же, при всем том, хотя, конечно, можно допустить и то, и другое, и третье, может даже... ну да и где ж не бывает несообразностей?.. А всё, однако же, как поразмыслишь, во всем этом, право, есть что-то. Кто что ни говори, а подобные происшествия бывают на свете, — редко, но бывают.

ПОРТРЕТ

Часть I

Нигде не останавливалось столько народа, как перед картинною лавочкою на Щукином дворе. Эта лавочка представляла, точно, самое разнородное собрание диковинок: картины большею частью были писаны масляными красками, покрыты темно-зеленым лаком, в темножелтых мишурных рамах. Зима с белыми деревьями, совершенно красный вечер, похожий на зарево пожара, фламандский мужик с трубкою и выломанною рукою, похожий более на индейского петуха в манжетах, нежели на человека, — вот их обыкновенные сюжеты. К этому нужно присовокупить несколько гравированных изображений: портрет Хозрева-Мирзы в бараньей шапке, портреты каких-то генералов в треугольных шляпах, с кривыми носами. Сверх того, двери такой лавочки обыкновенно бывают увешаны связками произведений, отпечатанных лубками на больших листах, которые свидетельствуют самородное дарованье русского человека. На одном была царевна Миликтриса Кирбитьевна, на другом город Иерусалим, по домам и церквам которого без церемонии прокатилась красная краска, захватившая часть земли и двух молящихся русских мужиков в рукавицах. Покупателей этих произведений обыкновенно немного, но зато зрителей — куча. Какой-нибудь забулдыга-лакей уже, верно, зевает перед ними, держа в руке судки с обедом из трактира для своего барина, который, без сомнения, будет хлебать суп не слишком горячий. Перед ним уже, верно, стоит в шинели солдат, этот кавалер толкучего рынка, продающий два перочинные ножика; торговка-охтенка с коробкою, наполненною башмаками. Всякий восхищается по-своему: мужики обыкновенно тыкают пальцами; кавалеры рассматривают серьезно; лакеи-мальчики и мальчишки-мастеровые смеются и дразнят друг друга нарисованными карикатурами; старые лакеи во фризовых шинелях смотрят потому только, чтобы где-нибудь позевать; а торговки, молодые русские бабы, спешат по инстинкту, чтобы послушать, о чем калякает народ, и посмотреть, на что он смотрит.

В это время невольно остановился перед лавкою проходивший мимо молодой художник Чартков. Старая шинель и нещегольское платье показывали в нем того человека, который с самоотвержением предан был своему труду и не имел времени заботиться о своем наряде, всегда имеющем таинственную привлекательность для молодости. Он остановился перед лавкою и сперва внутренно смеялся над этими уродливыми картинами. Наконец овладело им невольное размышление: он стал думать о том, кому бы нужны были эти произведения. Что русский народ заглядывается на *Еруслановых Лазаревичей*, на *объедал и обпивал*, на *Фому и Ерему*, это не казалось ему удивительным: изображенные предметы были очень доступны и понятны народу; но где покупатели этих пестрых, грязных масляных малеваний? кому нужны эти фламандские мужики, эти красные и голубые пейзажи, которые показывают какое-то притязание на несколько уже высший шаг искусства, но в котором выразилось всё глубокое его унижение? Это, казалось, не были вовсе труды ребенка-самоучки. Иначе в них бы, при всей бесчувственной карикатурности целого, вырывался острый порыв. Но здесь было видно просто тупоумие, бессильная, дряхлая бездарность, которая самоуправно стала в ряды искусств, тогда как ей место было среди низких ремесл, бездарность, которая была верна, однако ж, своему призванию и внесла в самое искусство свое ремесло. Те же краски, та же манера, та же набившаяся, приобыкшая рука, принадлежавшая скорее грубо сделанному автомату, нежели человеку!.. Долго стоял он пред этими грязными картинами, уже, наконец, не думая вовсе о них, а между тем хозяин лавки, серенький человечек во фризовой шинели, с бородой, небритой с самого воскресенья, толковал ему уже давно, торговался и условливался в цене, еще не узнав, что ему понравилось и что нужно.

— Вот за этих мужичков и за ландшафтик возьму беленькую. Живопись-то какая! Просто глаз прошибет; только что получены с биржи; еще лак не высох. Или вот зима, возьмите зиму! Пятнадцать рублей! Одна рамка чего стоит. Вон она какая зима! — Тут купец дал легкого щелчка в полотно, вероятно чтобы показать всю доброту зимы. — Прикажете связать их вместе и снести за вами? Где изволите жить? Эй, малый, подай веревочку.

— Постой, брат, не так скоро, — сказал очнувшийся художник, видя, что уж проворный купец принялся не в шутку их связывать вместе. Ему сделалось несколько совестно не взять ничего, застоявшись так долго в лавке, и он сказал:

— А вот постой, я посмотрю, нет ли для меня чего-нибудь

здесь, — и, наклонившись, стал доставать с полу наваленные громоздко, истертые, запыленные старые малеванья, не пользовавшиеся, как видно, никаким почетом. Тут были старинные фамильные портреты, которых потомков, может быть, и на свете нельзя было отыскать, совершенно неизвестные изображения с прорванным холстом, рамки, лишенные позолоты, — словом, всякий ветхий сор. Но художник принялся рассматривать, думая втайне: «Авось, что-нибудь и отыщется». Он слышал не раз рассказы о том, как иногда у лубочных продавцов были отыскиваемы в сору картины великих мастеров.

Хозяин, увидев, куда полез он, оставил свою суетливость и, принявши обыкновенное положение и надлежащий вес, поместился сызнова у дверей, зазывая прохожих и указывая им одной рукой на лавку: «Сюда, батюшка, вот картины! зайдите, зайдите; с биржи получены». Уже накричался он вдоволь и большею частью бесплодно, наговорился досыта с лоскутным продавцом, стоявшим насупротив его также у дверей своей лавочки, и, наконец, вспомнив, что у него в лавке есть покупатель, поворотил народу спину и отправился во внутрь ее. «Что, батюшка, выбрали что-нибудь?» Но художник уже стоял несколько времени неподвижно перед одним портретом в больших, когда-то великолепных рамах, но на которых чуть блестели теперь следы позолоты.

Это был старик с лицом бронзового цвета, скулистым, чахлым; черты лица, казалось, были схвачены в минуту судорожного движенья и отзывались не северною силою. Пламеный полдень был запечатлен в них. Он был драпирован в широкий азиатский костюм. Как ни был поврежден и запылен портрет, но когда удалось ему счистить с лица пыль, он увидел следы работы высокого художника. Портрет, казалось, был не кончен; но сила кисти была разительна. Необыкновеннее всего были глаза: казалось, в них употребил всю силу кисти и всё старательное тщание свое художник. Они, просто, глядели, глядели даже из самого портрета, как будто разрушая его гармонию своею странною живостью. Когда поднес он портрет к дверям, еще сильнее глядели глаза. Впечатление почти то же произвели они и в народе. Женщина, остановившаяся позади его, вскрикнула: «Глядит, глядит», и попятилась назад. Какое-то неприятное, непонятное самому себе чувство почувствовал он и поставил портрет на землю.

— А что ж, возьмите портрет! — сказал хозяин.

— А сколько? — сказал художник.

— Да что за него дорожиться? три четвертачка давайте!

— Нет.

— Ну, да что ж дадите?

— Двугривенный, — сказал художник, готовясь идти.

— Эк цену какую завернули! да за двугривенный одной рамки не купишь. Видно, завтра собираетесь купить? Господин, господин, воротитесь! гривенничек хоть прикиньте. Возьмите, возьмите, давайте двугривенный. Право, для почину только, вот только, что первый покупатель.

За сим он сделал жест рукой, как будто бы говоривший: «Так уж и быть, пропадай картина!»

Таким образом Чартков совершенно неожиданно купил старый портрет и в то же время подумал: «Зачем я его купил? на что он мне?» Но делать было нечего. Он вынул из кармана двугривенный, отдал хозяину, взял портрет подмышку и потащил его с собою. Дорогою он вспомнил, что двугривенный, который он отдал, был у него последний. Мысли его вдруг омрачились; досада и равнодушная пустота обняли его в ту же минуту. «Черт побери! гадко на свете!» — сказал он с чувством русского, у которого дела плохи. И почти машинально шел скорыми шагами, полный бесчувствия ко всему. Красный свет вечерней зари оставался еще на половине неба; еще домы, обращенные к той стороне, чуть озарялись ее теплым светом; а между тем уже холодное синеватое сиянье месяца становилось сильнее. Полупрозрачные легкие тени хвостами падали на землю, отбрасываемые домами и ногами пешеходцев. Уже художник начинал мало-помалу заглядываться на небо, озаренное каким-то прозрачным, тонким, сомнительным светом, и почти в одно время излетали из уст его слова: «Какой легкий тон!» и слова: «Досадно, черт побери!» И он, поправляя портрет, беспрестанно съезжавший из подмышек, ускорял шаг.

Усталый и весь в поту, дотащился он к себе в Пятнадцатую линию на Васильевский остров. С трудом и с отдышкой взобрался он по лестнице, облитой помоями и украшенной следами кошек и собак. На стук его в дверь не было никакого ответа: человека не было дома. Он прислонился к окну и расположился ожидать терпеливо, пока не раздались, наконец, позади его шаги парня в синей рубахе, его приспешника, натурщика, краскотерщика и выметателя полов, пачкавшего их тут же своими сапогами. Парень назывался Никитою и проводил всё время за воротами, когда барина не было дома. Никита долго силился попасть ключом в замочную дырку, вовсе незаметную по причине темноты. Наконец дверь была отперта. Чартков вступил в свою переднюю, нестерпимо холодную, как всегда бывает у художников, чего, впрочем, они не замечают. Не отдавая Никите шинели, он вошел вместе с нею в свою студию, квадратную комнату, большую, но низенькую, с мерзнувшими окнами, уставленную всяким художеским хламом: кусками гипсовых рук, рамками, обтянутыми холстом, эскизами начатыми и брошенными, драпировкой, развешанной по стульям. Он устал сильно, скинул шинель, поставил рассеянно принесенный портрет между двух небольших холстов и бросился на узкий диванчик, о котором нельзя было сказать, что он обтянут кожею, потому что ряд медных гвоздиков, когда-то прикреплявших ее, давно уже остался сам по себе, а кожа осталась тоже сверху сама по себе, так что Никита засовывал под нее черные чулки, рубашки и всё немытое белье. Посидев и разлегшись, сколько можно было разлечься на этом узеньком диване, он, наконец, спросил свечу.

— Свечи нет, — сказал Никита.

— Как нет?

— Да ведь и вчера еще не было, — сказал Никита.

Художник вспомнил, что действительно и вчера еще не было свечи, успокоился и замолчал. Он дал себя раздеть и надел свой крепко и сильно заношенный халат.

— Да вот еще, хозяин был, — сказал Никита.

— Ну, приходил за деньгами? знаю, — сказал художник, махнув рукой.

— Да он не один приходил, — сказал Никита.

— С кем же?

— Не знаю, с кем... какой-то квартальный.

— А квартальный зачем?

— Не знаю, зачем; говорит, затем, что за квартиру не плачено.

— Ну, что из того выйдет?

— Я не знаю, что выйдет; он говорил: коли не хочет, так пусть, говорит, съезжает с квартиры; хотели завтра еще придти оба.

— Пусть их приходят, — сказал с грустным равнодушием Чартков. И ненастное расположение духа овладело им вполне.

Молодой Чартков был художник с талантом, пророчившим многое: вспышками и мгновеньями его кисть отзывалась наблюдательностию, соображением, шибким порывом приблизиться более к природе. «Смотри, брат, — говорил ему не раз его профессор, — у тебя есть талант; грешно будет, если ты его погубишь. Но ты нетерпелив. Тебя одно что-нибудь заманит, одно что-нибудь тебе полюбится — ты им занят, а прочее у тебя дрянь, прочее тебе нипочем, ты уж и глядеть на него не хочешь. Смотри, чтоб из тебя не вышел модный живописец. У тебя и теперь уже что-то начинают слишком бойко кричать краски. Рисунок у тебя не строг, а подчас и вовсе слаб, линия не видна; ты уж гоняешься за модным освещеньем, за тем, что бьет на первые глаза. Смотри, как раз попадешь в английский род. Берегись; тебя уж начинает свет тянуть; уж я вижу у тебя иной раз на шее щегольский платок, шляпа с лоском... Оно заманчиво, можно пуститься писать модные картинки, портретики за деньги. Да ведь на этом губится, а не развертывается талант. Терпи. Обдумывай всякую работу, брось щегольство — пусть их набирают другие деньги. Твое от тебя не уйдет».

Профессор был отчасти прав. Иногда хотелось, точно, нашему художнику кутнуть, щегольнуть, — словом, кое-где показать свою молодость. Но при всем том он мог взять на собою власть. Временами он мог позабыть всё, принявшись за кисть, и отрывался от нее не иначе, как от прекрасного прерванного сна. Вкус его развивался заметно. Еще не понимал он всей глубины Рафаэля, но уже увлекался быстрой, широкой кистью Гвида, останавливался перед портретами Тициана, восхищался фламандцами. Еще потемневший облик, облекающий старые картины, не весь сошел перед ним; но он уж прозревал в них кое-что, хотя внутренно не соглашался с профессором, чтобы старинные мастера так недосягаемо ушли от нас; ему казалось даже, что девятнадцатый век кое в чем значительно их опередил, что подражание природе как-то сделалось теперь ярче, живее, ближе; словом, он думал в этом случае так, как думает молодость, уже постигшая кое-что и чувствующая это в гордом внутреннем сознании. Иногда становилось ему досадно, когда он видел, как заезжий живописец, француз или немец, иногда даже вовсе не живописец по призванью, одной только привычной замашкой, бойкостью кисти и яркостью красок производил всеобщий шум и скапливал себе вмиг денежный капитал. Это приходило к нему на ум не тогда, когда, занятый весь своей работой, он забывал и питье, и пищу, и весь свет, но тогда, когда, наконец, сильно приступала необходимость, когда не на что было купить кистей и красок, когда неотвязчивый хозяин приходил раз по десяти на день требовать платы за квартиру. Тогда завидно рисовалась в голодном его воображеньи участь богача-живописца; тогда пробегала даже мысль, пробегающая часто в русской голове: бросить всё и закутить с горя назло всему. И теперь он почти был в таком положении.

— Да! терпи, терпи! — произнес он с досадою. — Есть же, наконец, и терпенью конец. Терпи! а на какие деньги я завтра буду обедать? Взаймы ведь никто не даст. А понеси я продавать все мои картины и рисунки, за них мне за все двугривенный дадут. Они полезны, конечно, я это чувствую: каждая из них предпринята недаром, в каждой из них я что-нибудь узнал. Да ведь что пользы? этюды, попытки — и всё будут этюды, попытки, и конца не будет им. Да и кто купит, не зная меня по имени? да и кому нужны рисунки с антиков из натурного класса, или моя неоконченная любовь Психеи, или перспектива моей комнаты, или портрет моего Никиты, хотя он, право, лучше портретов какого-нибудь модного живописца? Что в самом деле? Зачем я мучусь и, как ученик, копаюсь над азбукой, тогда как мог бы блеснуть ничем не хуже других и быть таким, как они, с деньгами.

Произнесши это, художник вдруг задрожал и побледнел: на него глядело, высунувшись из-за поставленного холста, чье-то судорожно искаженное лицо. Два страшные глаза прямо вперились в него, как бы готовясь сожрать его; на устах написано было грозное повеленье молчать. Испуганный, он хотел вскрикнуть и позвать Никиту, который уже успел запустить в своей передней богатырское храпенье; но вдруг остановился и засмеялся. Чувство страха отлегло вмиг. Это был им купленный портрет, о котором он позабыл вовсе. Сияние месяца, озаривши комнату, упало и на него и сообщило ему странную живость. Он принялся его рассматривать и оттирать. Омакнул в воду губку, прошел ею по нем несколько раз, смыл с него почти всю накопившуюся и набившуюся пыль и грязь, повесил перед собой на стену и подивился еще более необыкновенной работе: всё лицо почти ожило, и глаза взглянули на него так, что он, наконец, вздрогнул и, попятившись назад, произнес изумленным голосом: «Глядит, глядит человеческими глазами!» Ему пришла вдруг на ум история, слышанная давно им от своего профессора, об одном портрете знаменитого Леонардо да Винчи, над которым великий мастер трудился несколько лет и всё еще почитал его неоконченным и который, по словам Вазари, был, однако же, почтен от всех за совершеннейшее и окончательнейшее произведение искусства. Окончательнее всего были в нем глаза, которым изумлялись современники; даже малейшие, чуть видные в них жилки были не упущены и приданы полотну. Но здесь, однако же, в сем, ныне бывшем пред ним, портрете было что-то странное. Это было уже не искусство: это разрушало даже гармонию самого портрета. Это были живые, это были человеческие глаза! Казалось, как будто они были вырезаны из живого человека и вставлены сюда. Здесь не было уже того высокого наслажденья, которое объемлет душу при взгляде на произведение художника, как ни ужасен взятый им предмет; здесь было какое-то болезненное, томительное чувство. «Что это? — невольно вопрошал себя художник. — Ведь это, однако же, натура, это живая натура; отчего же это странно-неприятное чувство? Или рабское, буквальное подражание натуре есть уже проступок и кажется ярким, нестройным криком? Или, если возьмешь предмет безучастно, бесчувственно, не сочувствуя с ним, он непременно предстанет только в одной ужасной своей действительности, не озаренный светом какой-то непостижимой, скрытой во всем мысли, предстанет в той действительности, какая открывается тогда, когда, желая постигнуть прекрасного человека, вооружаешься анатомическим ножом, рассекаешь его внутренность и видишь отвратительного человека? почему же простая, низкая природа является у одного художника в каком-то свету, и не чувствуешь никакого низкого впечатления; напротив, кажется, как будто насладился, и после того спокойнее и ровнее всё течет и движется вокруг тебя? И почему же та же самая природа у другого художника кажется низкою, грязною, а, между прочим, он так же был верен природе? Но нет, нет в ней чего-то озаряющего. Всё равно как вид в природе: как он ни великолепен, а всё недостает чего-то, если нет на небе солнца».

Он опять подошел к портету, с тем чтобы рассмотреть эти чудные глаза, и с ужасом заметил, что они точно глядят на него. Это уже не была копия с натуры, это была та странная живость, которою бы озарилось лицо мертвеца, вставшего из могилы. Свет ли месяца, несущий с собой бред мечты и облекающий всё в иные образы, противоположные положительному дню, или что другое было причиною тому, только ему сделалось вдруг, неизвестно отчего, страшно сидеть одному в комнате. Он тихо отошел от портрета, отворотился в другую сторону и старался не глядеть на него, а между тем глаз невольно, сам собою, косясь, окидывал его. Наконец ему сделалось даже страшно ходить по комнате; ему казалось, как будто сей же час кто-то другой станет ходить позади его, и всякий раз робко оглядывался он назад. Он не был никогда труслив; но воображенье и нервы его были чутки, и в этот вечер он сам не мог истолковать себе своей невольной боязни. Он сел в уголок, но и здесь казалось ему, что кто-то вот-вот взглянет через плечо к нему в лицо. Самое храпенье Никиты, раздававшееся из передней, не прогоняло его боязни. Он, наконец, робко, не подымая глаз, поднялся с своего места, отправился к себе за ширмы и лег в постель. Сквозь щелки в ширмах он видел освещенную месяцем комнату и видел прямо висевший на стене портрет. Глаза еще страшнее, еще значительнее вперились в него и, казалось, не хотели ни на что другое глядеть, как только на него. Полный тягостного чувства, он решился встать с постели, схватил простыню и, приблизясь к портрету, закутал его всего.

Сделавши это, он лег в постель спокойнее, стал думать о бедности и жалкой судьбе художника, о тернистом пути, предстоящем ему на этом свете; а между тем глаза его невольно глядели сквозь щелку ширм на закутанный простынею портрет. Сиянье месяца усиливало белизну простыни, и ему казалось, что страшные глаза стали даже просвечивать сквозь холстину. Со страхом вперил он пристальнее глаза, как бы желая увериться, что это вздор. Но, наконец, уже в самом деле... он видит, видит ясно: простыни уже нет... портрет открыт весь и глядит мимо всего, что ни есть вокруг, прямо в него, глядит просто к нему во внутрь... У него захолонуло сердце. И видит: старик пошевелился и вдруг уперся в рамку обеими руками. Наконец приподнялся на руках и, высунув обе ноги, выпрыгнул из рам... Сквозь щелку ширм видны были уже одни только пустые рамы. По комнате раздался стук шагов, который, наконец, становился ближе и ближе к ширмам. Сердце стало сильнее колотиться у бедного художника. С занявшимся от страха дыханьем он ожидал, что вот-вот глянет к нему за ширмы старик. И вот он глянул, точно, за ширмы, с тем же бронзовым лицом и поводя большими глазами. Чартков силился вскрикнуть — и почувствовал, что у него нет голоса, силился пошевельнуться, сделать какое-нибудь движенье — не движутся члены. С раскрытым ртом и замершим дыханьем смотрел он на этот страшный фантом высокого роста, в какой-то широкой азиатской рясе и ждал, что станет он делать. Старик сел почти у самых ног его и вслед за тем что-то вытащил из-под складок своего широкого платья. Это был мешок. Старик развязал его и, схвативши за два конца, встряхнул: с глухим звуком упали на пол тяжелые свертки в виде длинных столбиков; каждый был завернут в синюю бумагу, и на каждом было выставлено: «1000 червонных». Высунув свои длинные костистые руки из широких рукавов, старик начал разворачивать свертки. Золото блеснуло. Как ни велико было тягостное чувство и обеспамятевший страх художника, он вперился весь в золото, глядя неподвижно, как оно разворачивалось в костистых руках, блестело, звенело тонко и глухо и заворачивалось вновь. Тут заметил он один сверток, откатившийся подалее от других, у самой ножки его кровати, в головах у него. Почти судорожно схватил он его, и полный страха, смотрел, не заметит ли старик. Но старик был, казалось, очень занят. Он собрал все свертки свои, уложил их снова в мешок и, не взглянувши на него, ушел за ширмы. Сердце билось сильно у Чарткова, когда он услышал, как раздавался по комнате шелест удалявшихся шагов. Он сжимал покрепче сверток свой в руке, дрожа всем телом за него, и вдруг услышал, что шаги вновь приближаются к ширмам, — видно, старик вспомнил, что недоставало одного свертка. И вот — он глянул к нему вновь за ширмы. Полный отчаяния, стиснул он всею силою в руке своей сверток, употребил всё усилие сделать движенье, вскрикнул — и проснулся.

Холодный пот облил его всего; сердце его билось так сильно, как только можно было биться; грудь была так стеснена, как будто хотело улететь из нее последнее дыханье. «Неужели это был сон?» — сказал он, взявши себя обеими руками за голову; но страшная живость явленья не была похожа на сон. Он видел, уже пробудившись, как старик ушел в рамки, мелькнула даже пола его широкой одежды, и рука его чувствовала ясно, что держала за минуту пред сим какую-то тяжесть. Свет месяца озарял комнату, заставляя выступать из темных углов ее где холст, где гипсовую руку, где оставленную на стуле драпировку, где панталоны и начищенные сапоги. Тут только заметил он, что не лежит в постели, а стоит на ногах прямо перед портретом. Как он добрался сюда — уж этого никак не мог он понять. Еще более изумило его, что портрет был открыт весь и простыни на нем действительно не было. С неподвижным страхом глядел он на него и видел, как прямо вперились в него живые человеческие глаза. Холодный пот выступил на лице его… он хотел отойти, но чувствовал, что ноги его как будто приросли к земле. И видит он: это уже не сон, — черты старика двинулись, и губы его стали вытягиваться к нему, как будто бы хотели его высосать... С воплем отчаянья отскочил он — и проснулся.

«Неужели и это был сон?» С биющимся на разрыв сердцем ощупал он руками вокруг себя. Да, он лежит на постели в таком точно положеньи, как заснул. Пред ним ширмы; свет месяца наполнял комнату. Сквозь щель в ширмах виден был портрет, закрытый как следует простынею, — так, как он сам закрыл его. Итак, это был тоже сон! Но сжатая рука чувствует доныне, как будто бы в ней что-то было. Биение сердца было сильно, почти страшно; тягость в груди невыносимая. Он вперил глаза в щель и пристально глядел на простыню. И вот видит ясно, что простыня начинает раскрываться, как будто бы под нею барахтались руки и силились ее сбросить. «Господи, Боже мой, что это!» — вскрикнул он, крестясь отчаянно, и проснулся!

И это был также сон! Он вскочил с постели, полоумный, обеспамятевший, и уже не мог изъяснить, что это с ним делается: давленье ли кошмара или домового, бред ли горячки или живое виденье. Стараясь утишить сколько-нибудь душевное волненье и расколыхавшуюся кровь, которая билась напряженным пульсом по всем его жилам, он подошел к окну и открыл форточку. Холодный пахнувший ветер оживил его. Лунное сияние лежало всё еще на крышах и белых стенах домов, хотя небольшие тучи стали чаще переходить по небу. Всё было тихо: изредка долетало до слуха отдаленное дребезжанье дрожек извозчика, который где-нибудь в невидном переулке спал, убаюкиваемый своею ленивою клячею, поджидая запоздалого седока. Долго глядел он, высунувши голову в форточку. Уже на небе рождались признаки приближающейся зари; наконец почувствовал он приближающуюся дремоту, захлопнул форточку, отошел прочь, лег в постель и скоро заснул как убитый, самым крепким сном.

Проснулся он очень поздно и почувствовал в себе то неприятное состояние, которое овладевает человеком после угара; голова его неприятно болела. В комнате было тускло; неприятная мокрота сеялась в воздухе и проходила сквозь щели его окон, заставленные картинами или нагрунтованным холстом. Пасмурный, недовольный, как мокрый петух, уселся он на своем оборванном диване, не зная сам, за что приняться, что делать и, вспомнил, наконец, весь свой сон. По мере припоминанья сон тот представлялся в его воображеньи так тягостно-жив, что он даже стал подозревать, точно ли это был сон и простой бред, не было ли здесь чего-то другого, не было ли это виденье. Сдернувши простыню, он рассмотрел при дневном свете этот страшный портрет. Глаза, точно, поражали своей необыкновенной живостью, но ничего он не находил в них особенно страшного; только как будто какое-то неизъяснимое, неприятное чувство оставалось на душе. При всем том он всё-таки не мог совершенно увериться, чтобы это был сон. Ему казалось, что среди сна был какой-то страшный отрывок из действительности. Казалось, даже в самом взгляде и выражении старика как будто что-то говорило, что он был у него эту ночь; рука его чувствовала только что лежавшую в себе тяжесть, как будто бы кто-то за одну только минуту пред сим ее выхватил у него. Ему казалось, что если бы он держал только покрепче сверток, он, верно, остался бы у него в руке и после пробуждения.

«Боже мой, если бы хотя часть этих денег!» — сказал он, тяжело вздохнувши; и в воображеньи его стали высыпаться из мешка все виденные им свертки с заманчивой надписью: «1000 червонных». Свертки разворачивались, золото блестело, заворачивалось вновь, и он сидел, уставивши неподвижно и бессмысленно свои глаза в пустой воздух, не будучи в состояньи оторваться от такого предмета, — как ребенок, сидящий пред сладким блюдом и видящий, глотая слюнки, как едят его другие. Наконец у дверей раздался стук, заставивший его неприятно очнуться. Вошел хозяин с квартальным надзирателем, которого появление для людей мелких, как известно, еще неприятнее, нежели для богатых лицо просителя. Хозяин небольшого дома, в котором жил Чартков, был одно из творений, какими обыкновенно бывают владетели домов где-нибудь в Пятнадцатой линии Васильевского острова, на Петербургской стороне или в отдаленном углу Коломны, — творенье, каких много на Руси и которых характер так же трудно определить, как цвет изношенного сюртука. В молодости своей он был капитан и крикун, употреблялся и по штатским делам, мастер был хорошо высечь, был и расторопен, и щеголь, и глуп; но в старости своей он слил в себе все эти резкие особенности в какую-то тусклую неопределенность. Он был уже вдов, был уже в отставке, уже не щеголял, не хвастал, не задирался, любил только пить чай и болтать за ним всякий вздор; ходил по комнате, поправлял сальный огарок; аккуратно по истечении каждого месяца наведывался к своим жильцам за деньгами; выходил на улицу с ключом в руке, для того, чтобы посмотреть на крышу своего дома; выгонял несколько раз дворника из его конуры, куда он запрятывался спать; одним словом, человек в отставке, которому после всей забубенной жизни и тряски на перекладных остаются одни пошлые привычки.

— Извольте сами глядеть, Варух Кузьмич, — сказал хозяин, обращаясь к квартальному и расставив руки, — вот не платит за квартиру, не платит.

— Что ж, если нет денег? Подождите, я заплачу.

— Мне, батюшка, ждать нельзя, — сказал хозяин в сердцах, делая жест ключом, который держал в руке: — у меня вот Потогонкин подполковник живет, семь лет уж живет; Анна Петровна Бухмистерова и сарай и конюшню нанимает на два стойла, три при ней дворовых человека, — вот какие у меня жильцы. У меня, сказать вам откровенно, нет такого заведенья, чтобы не платить за квартиру. Извольте сейчас же заплатить деньги, да и съезжать вон.

— Да, уж если порядились, так извольте платить, — сказал квартальный надзиратель, с небольшим потряхиваньем головы и заложив палец за пуговицу своего мундира.

— Да чем платить? — вопрос. У меня нет теперь ни гроша.

— В таком случае удовлетворите Ивана Ивановича издельями своей профессии, — сказал квартальный: — он, может быть, согласится взять картинами.

— Нет, батюшка, за картины спасибо. Добро бы были картины с благородным содержанием, чтобы можно было на стену повесить, хоть какой-нибудь генерал со звездой или князя Кутузова портрет, а то вон мужика нарисовал, мужика в рубахе, слуги-то, что трет краски. Еще с него, свиньи, портрет рисовать! Ему я шею наколочу: он у меня все гвозди из задвижек повыдергивал, мошенник. Вот посмотрите, какие предметы: вот комнату рисует. Добро бы уж взял комнату прибранную, опрятную, а он вон как нарисовал ее, со всем сором и дрязгом, какой ни валялся. Вот посмотрите, как запакостил у меня комнату, извольте сами видеть. Да у меня по семи лет живут жильцы, полковники, Бухмистерова Анна Петровна... Нет, я вам скажу: нет хуже жильца, как живописец: свинья свиньей живет, просто не приведи Бог.

И всё это должен был выслушать терпеливо бедный живописец. Квартальный надзиратель между тем занялся рассматриваньем картин и этюдов и тут же показал, что у него душа живее хозяйской и даже была не чужда художественным впечатлениям.

— Хе, — сказал он, тыкнув пальцем на один холст, где была изображена нагая женщина, — предмет, того... игривый. А у этого зачем так под носом черно? табаком, что ли, он себе засыпал?

— Тень, — отвечал на это сурово и не обращая на него глаз Чартков.

— Ну, ее бы можно куда-нибудь в другое место отнести, а под носом слишком видное место, — сказал квартальный. — А это чей портрет? — продолжал он, подходя к портрету старика: — уж страшен слишком. Будто он в самом деле был такой страшный? Ахти, да он, просто, глядит! Эх, какой Громобой! с кого вы писали?

— А это с одного... — сказал Чартков, и не кончил слова:

послышался треск. Квартальный пожал, видно, слишком крепко раму портрета, благодаря топорному устройству полицейских рук своих; боковые досточки вломились во внутрь, одна упала на пол, и вместе с нею упал, тяжело звякнув, сверток в синей бумаге. Чарткову бросилась в глаза надпись: «1000 червонных». Как безумный, бросился он поднять его, схватил сверток, сжал его судорожно в руке, опустившейся вниз от тяжести.

— Никак деньги зазвенели, — сказал квартальный, услышавший стук чего-то упавшего на пол и не могший увидать его за быстротой движенья, с какою бросился Чартков прибрать.

— А вам какое дело знать, что у меня есть?

— А такое дело, что вы сейчас должны заплатить хозяину за квартиру; что у вас есть деньги, да вы не хотите платить, — вот что.

— Ну, я заплачу ему сегодня.

— Ну, а зачем же вы не хотели заплатить прежде, да доставляете беспокойство хозяину, да вот и полицию тоже тревожите?

— Потому что этих денег мне не хотелось трогать; я ему сегодня же ввечеру всё заплачу и съеду с квартиры завтра же, потому что не хочу оставаться у такого хозяина.

— Ну, Иван Иванович, он вам заплатит, — сказал квартальный, обращась к хозяину. — А если насчет того, что вы не будете удовлетворены как следует сегодня ввечеру, тогда уж извините, господин живописец.

Сказавши это, он надел свою треугольную шляпу и вышел в сени, а за ним хозяин, держа вниз голову и, как казалось, в каком-то раздумьи.

— Слава Богу, черт их унес! — сказал Чартков, когда услышал затворившуюся в передней дверь.

Он выглянул в переднюю, услал за чем-то Никиту, чтобы быть совершенно одному, запер за ним дверь и, возвратившись к себе в комнату, принялся с сильным сердечным трепетаньем разворачивать сверток. В нем были червонцы, все до одного новые, жаркие, как огонь. Почти обезумев, сидел он за золотою кучсю, всё еще спрашивая себя, не во сне ли всё это. В свертке было ровно их тысяча; наружность его была совершенно такая, в какой они виделись ему во сне. Несколько минут он перебирал их, пересматривал, и всё еще не мог придти в себя. В воображении его воскресли вдруг все истории о кладах, шкатулках с потаенными ящиками, оставляемых предками для своих разорившихся внуков, в твердой уверенности на будущее их промотавшееся положение. Он мыслил так: не придумал ли и теперь какой-нибудь дедушка оставить своему внуку подарок, заключив его в рамку фамильного портрета? Полный романического бреда, он стал даже думать, нет ли здесь какой-нибудь тайной связи с его судьбою: не связано ли существованье портрета с его собственным существованьем, и самое приобретение его не есть ли уже какое-то предопределение? Он принялся с любопытством рассматривать рамку портрета. В одном боку ее был выдолбленный желобок, задвинутый дощечкой так ловко и неприметно, что если бы капитальная рука квартального надзирателя не произвела пролома, червонцы остались бы до скончания века в покое. Рассматривая портрет, он подивился вновь высокой работе, необыкновенной отделке глаз; они уже не казались ему страшными, но всё еще в душе оставалось всякий раз невольно неприятное чувство. «Нет, — сказал он сам в себе, — чей бы ты ни был дедушка, а я тебя поставлю за стекло и сделаю тебе за это золотые рамки». Здесь он набросил руку на золотую кучу, лежавшую пред ним, и сердце забилось сильно от такого прикосновенья. «Что с ними сделать? — думал он, уставив на них глаза. — Теперь я обеспечен по крайней мере на три года, могу запереться в комнату, работать. На краски теперь у меня есть; на обед, на чай, на содержанье, на квартиру есть; мешать и надоедать мне теперь никто не станет; куплю себе отличный манкен, закажу гипсовый торсик, сформую ножки, поставлю Венеру, накуплю гравюр с первых картин. И если поработаю три года для себя, не торопясь, не на продажу, я зашибу их всех, и могу быть славным художником».

Так говорил он заодно с подсказывавшим ему рассудком; но извнутри раздавался другой голос, слышнее и звонче. И как взглянул он еще раз на золото, не то заговорили в нем двадцать два года и горячая юность. Теперь в его власти было всё то, на что он глядел доселе завистливыми глазами, чем любовался издали глотая слюнки. Ух, как в нем забилось ретивое, когда он только подумал о том! Одеться в модный фрак, разговеться после долгого поста, нанять себе славную квартиру, отправиться тот же час в театр, в кондитерскую, в ..... и прочее, — и он, схвативши деньги, был уже на улице.

Прежде всего зашел к портному, оделся с ног до головы и, как ребенок, стал обсматривать себя беспрестанно; накупил духов, помад, нанял, не торгуясь первую попавшуюся великолепнейшую квартиру на Невском проспекте, с зеркалами и цельными стеклами; купил нечаянно в магазине дорогой лорнет, нечаянно накупил тоже бездну всяких галстуков, более нежели было нужно, завил у парикмахера себе локоны, прокатился два раза по городу в карете без всякой причины, объелся без меры конфектов в кондитерской и зашел к ресторану французу, о котором доселе слышал такие же неясные слухи, как о китайском государстве. Там он обедал подбоченившись, бросая довольно гордые взгляды на других и поправляя беспрестанно против зеркала завитые локоны. Там же он выпил бутылку шампанского, которое тоже доселе было ему знакомо более по слуху. Вино несколько зашумело в голове, и он вышел на улицу живой, бойкий, по русскому выражению: черту не брат. Прошелся по тротуару гоголем, наводя на всех лорнет. На мосту заметил он своего прежнего профессора и шмыгнул лихо мимо его, как будто не заметив его вовсе, так что остолбеневший профессор долго еще стоял неподвижно на мосту, изобразив вопросительный знак на лице своем.

Все вещи и всё, что ни было: станок, холст, картины были в тот же вечер перевезены на великолепную квартиру. Он расставил то, что было получше, на видные места, что похуже — забросил в угол и расхаживал по великолепным комнатам, беспрестанно поглядывая в зеркала. В душе его возродилось желанье непреоборимое схватить славу сей же час за хвост и показать себя свету. Уже чудились ему крики: «Чартков, Чартков!» Какой сильный талант у Чарткова!» Он ходил в восторженном состоянии у себя по комнате, уносился нивесть куда. На другой же день, взявши десяток червонцев, отправился он к одному издателю ходячей газеты, прося великодушной помощи; был принят радушно журналистом, назвавшим его тот же час «почтеннейший», пожавшим ему обе руки, расспросившим подробно об имени, отчестве, месте жительства. И на другой же день появилась в газете вслед за объявлением о новоизобретенных сальных свечах статья с таким заглавием: «*О необыкновенных талантах Чарткова*»: «Спешим обрадовать образованных жителей столицы прекрасным, можно сказать, во всех отношениях приобретением. Все согласны в том, что у нас есть много прекраснейших физиогномий и прекраснейших лиц, но не было до сих пор средства передать их на чудотворный холст, для передачи потомству; теперь недостаток этот пополнен: отыскался художник, соединяющий в себе, что нужно. Теперь красавица может быть уверена, что она будет передана со всей грацией своей красоты воздушной, легкой, очаровательной, чудесной, подобной мотылькам, порхающим по весенним цветкам. Почтенный отец семейства увидит себя окруженным своей семьей. Купец, воин, гражданин, государственный муж — всякий с новой ревностью будет продолжать свое поприще. Спешите, спешите, заходите с гулянья, с прогулки, предпринятой к приятелю, к кузине, в блестящий магазин, спешите, откуда бы ни было. Великолепная мастерская художника (Невский проспект, такой-то номер) уставлена вся портретами его кисти, достойной Вандиков и Тицианов. Не знаешь, чему удивляться: верности ли и сходству с оригиналами, или необыкновенной яркости и свежести кисти. Хвала вам, художник! вы вынули счастливый билет из лотереи. Виват, Андрей Петрович (журналист, как видно, любил фамильярность)! Прославляйте себя и нас. Мы умеем ценить вас.

Всеобщее стечение, а вместе с тем и деньги, хотя некоторые из нашей же братьи журналистов и восстают против них, будут вам наградою».

С тайным удовольствием прочитал художник это объявление; лицо его просияло. О нем заговорили печатно — это было для него новостию; несколько раз перечитывал он строки. Сравнение с Вандиком и Тицианом ему сильно польстило. Фраза: «Виват, Андрей Петрович!» также очень понравилась; печатным образом называют его по имени и по отчеству — честь, доныне ему совершенно неизвестная. Он начал ходить скоро по комнате, ерошить себе волоса, то садился на кресла, то вскакивал с них и садился на диван, представляя поминутно, как он будет принимать посетителей и посетительниц, подходил к холсту и производил над ним лихую замашку кисти, пробуя сообщить грациозные движения руке. На другой день раздался колокольчик у дверей его; он побежал отворять. Вошла дама, предводимая лакеем в ливрейной шинели на меху, и вместе с дамой вошла молоденькая восемнадцатилетняя девочка, дочь ее.

— Вы мсьё Чартков? — сказала дама.

Художник поклонился.

— Об вас столько пишут; ваши портреты, говорят, верх совершенства. — Сказавши это, дама наставила на глаз лорнет и побежала быстро осматривать стены, на которых ничего не было. — А где же ваши портреты?

— Вынесли, — сказал художник, несколько смешавшись: — я только что переехал еще на эту квартиру, так они еще в дороге... не доехали.

— Вы были в Италии? — сказала дама, наводя на него лорнет, не найдя ничего другого, на что бы можно было навесть его.

— Нет, я не был, но хотел быть... впрочем, теперь покамест я отложил... Вот кресла-с, вы устали?..

— Благодарю, я сидела долго в карете. А, вон, наконец, вижу вашу работу! — сказала дама, побежав к супротивной стене и наводя лорнет на стоявшие на полу его этюды, программы, перспективы и портреты. — *C'est charmant Lise! Lise, venez ici!*[3] Комната во вкусе Теньера, видишь: беспорядок, беспорядок, стол, на нем бюст, рука, палитра; вон пыль, — видишь, как пыль нарисована! C'est charmant! А вот на другом холсте женщина, моющая лицо, — *quelle jolie figure!*[4] Ах, мужичок! *Lise, Lise*, мужичок в русской рубашке! смотри: мужичок! Так вы занимаетесь не одними только портретами?

— О, это вздор... Так, шалил... этюды...

— Скажите, какого вы мнения насчет нынешних портретистов? Не правда ли, теперь нет таких, как был Тициан? Нет той силы в колорите, нет той... как жаль, что я не могу вам выразить по-русски (дама была любительница живописи и оббегала с лорнетом все галереи в Италии). Однако мсьё Ноль... ах, как он пишет! Какая необыкновенная кисть! Я нахожу, что у него даже больше выраженья в лицах, нежели у Тициана. Вы не знаете мсьё Ноля?

— Кто этот Ноль? — спросил художник.

— Мсьё Ноль. Ах, какой талант! он написал с нее портрет, когда ей было только двенадцать лет. Нужно, чтобы вы непременно у нас были. *Lise*, ты ему покажи свой альбом. Вы знаете, что мы приехали с тем, чтобы сей же час начали с нее портрет.

— Как же, я готов сию минуту.

И в одно мгновенье придвинул он станок с готовым холстом, взял в руки палитру, вперил глаз в бледное личико дочери. Если бы он был знаток человеческой природы, он прочел бы на нем в одну минуту начало ребяческой страсти к балам, начало тоски и жалоб на длинноту времени до обеда и после обеда, желанья побегать в новом платье на гуляньях, тяжелые следы безучастного прилежания к разным искусствам, внушаемого матерью для возвышения души и чувств. Но художник видел в этом нежном личике одну только заманчивую для кисти почти фарфоровую прозрачность тела, увлекательную легкую томность, тонкую светлую шейку и аристократическую легкость стана. И уже заранее готовился торжествовать, показать легкость и блеск своей кисти, имевшей доселе дело только с жесткими чертами грубых моделей, с строгими антиками и копиями кое-каких классических мастеров. Он уже представлял себе в мыслях, как выйдет это легонькое личико.

— Знаете ли, — сказала дама с несколько даже трогательным выражением лица, — я бы хотела... на ней теперь платье; я бы признаюсь, не хотела, чтобы она была в платье, к которому мы так привыкли; я бы хотела, чтоб она была одета просто и сидела бы в тени зелени, в виду каких-нибудь полей, чтобы стада вдали или роща... чтобы незаметно было, что она едет куда-нибудь на бал или модный вечер. Наши балы, признаюсь, так убивают душу, так умерщвляют остатки чувств... простоты, простоты чтобы было больше.

Увы! на лицах и матушки и дочери написано было, что они до того исплясались на балах, что обе сделались чуть не восковыми.

Чартков принялся за дело, усадил оригинал, сообразил несколько всё это в голове; провел по воздуху кистью, мысленно устанавливая пункты; прищурил несколько глаз, подался назад, взглянул издали — и в один час начал и кончил подмалевку. Довольный ею, он принялся уже писать, работа его завлекла. Уже он позабыл всё, позабыл даже, что находится в присутствии аристократических дам, начал даже выказывать иногда кое-какие художнические ухватки, произнося вслух разные звуки, временами подпевая, как случается с художником, погруженным всею душою в свое дело. Без всякой церемонии, одним движением кисти заставлял он оригинал поднимать голову, который наконец, начал сильно вертеться и выражать совершенную усталость.

— Довольно, на первый раз довольно, — сказала дама.

— Еще немножко, — говорил позабывшийся художник.

— Нет, пора! *Lise*, три часа! — сказала она, вынимая маленькие часы, висевшие на золотой цепи у ее кушака, и вскрикнула: — Ах, как поздно!

— Минуточку только, — говорил Чартков простодушным и просящим голосом ребенка.

Но дама, кажется, совсем не была расположена угождать на этот раз его художественным потребностям и обещала вместо того просидеть в другой раз долее.

«Это, однако ж, досадно, — подумал про себя Чартков: — рука только что расходилась». И вспомнил он, что его никто не перебивал и не останавливал, когда он работал в своей мастерской на Васильевском острове; Никита, бывало, сидел не ворохнувшись на одном месте — пиши с него сколько угодно; он даже засыпал в заказанном ему положении. И, недовольный, положил он свою кисть и палитру на стул и остановился смутно пред холстом. Комплимент, сказанный светской дамой, пробудил его из усыпления. Он бросился быстро к дверям провожать их; на лестнице получил приглашение бывать, придти на следующей неделе обедать, и с веселым видом возвратился к себе в комнату. Аристократическая дама совершенно очаровала его. До сих пор он глядел на подобные существа, как на что-то недоступное, которые рождены только для того, чтобы пронестись в великолепной коляске с ливрейными лакеями и щегольским кучером и бросить равнодушный взгляд на бредущего пешком, в небогатом плащишке человека. И вдруг теперь одно из этих существ вошло к нему в комнату; он пишет портрет, приглашен на обед в аристократический дом. Довольство овладело им необыкновенное; он был упоен совершенно и наградил себя за это славным обедом, вечерним спектаклем и опять проехался в карете по городу без всякой нужды.

Во все эти дни обычная работа ему не шла вовсе на ум. Он только приготовлялся и ждал минуты, когда раздастся звонок. Наконец аристократическая дама приехала вместе с своею бледненькою дочерью. Он усадил их, придвинул холст уже с ловкостью и претензиями на светские замашки и стал писать. Солнечный день и ясное освещение много помогли ему. Он увидел в легоньком своем оригинале много такого, что, быв уловлено и передано на полотно, могло придать высокое достоинство портрету; увидел, что можно сделать кое-что особенное, если выполнить всё в такой окончательности, в какой теперь представлялась ему натура. Сердце его начало даже слегка трепетать, когда он почувствовал, что выразит то, чего еще не заметили другие. Работа заняла его всего, весь погрузился он в кисть, позабыв опять об аристократическом происхождении оригинала. С занимавшимся дыханием видел, как выходили у него легкие черты и это почти прозрачное тело семнадцатилетней девушки. Он ловил всякий оттенок, легкую желтизну, едва заметную голубизну под глазами и уже готовился даже схватить небольшой прыщик, выскочивший на лбу, как вдруг услышал над собою голос матери: «Ах, зачем это? это не нужно, — говорила дама. — У вас тоже... вот, в некоторых местах... как будто бы несколько желто и вот здесь совершенно как темные пятнышки». Художник стал изъяснять, что эти-то пятнышки и желтизна именно разыгрываются хорошо, что они составляют приятные и легкие тоны лица. Но ему отвечали, что они не составят никаких тонов и совсем не разыгрываются; и что это ему только так кажется. «Но позвольте здесь в одном только месте тронуть немножко желтенькой краской», — сказал простодушно художник. Но этого-то ему и не позволили. Объявлено было, что *Lise* только сегодня немножко не расположена, а что желтизны в ней никакой не бывает и лицо поражает особенно свежестью краски. С грустью принялся он изглаживать то, что кисть его заставила выступить на полотно. Исчезло много почти незаметных черт, а вместе с ними исчезло отчасти и сходство. Он бесчувственно стал сообщать ему тот общий колорит, который дается наизусть и обращает даже лица, взятые с натуры, в какие-то холодно-идеальные, видимые на ученических программах. Но дама была довольна тем, что обидный колорит был изгнан вовсе. Она изъявила только удивленье, что работа идет так долго, и прибавила, что слышала, будто он в два сеанса оканчивает совершенно портрет. Художник ничего не нашелся на это отвечать. Дамы поднялись и собирались выдти. Он положил кисть, проводил их до дверей и после того долго оставался смутным на одном и том же месте перед своим портретом. Он глядел на него глупо, а в голове его между тем носились те легкие женственные черты, те оттенки и воздушные тоны, им подмеченные, которые уничтожила безжалостно его кисть. Будучи весь полон ими, он отставил портрет в сторону и отыскал у себя где-то заброшенную головку Психеи, которую когда-то давно и эскизно набросал на полотно. Это было личико, ловко написанное, но совершенно идеальное, холодное, состоявшее из одних общих черт, не принявшее живого тела. От нечего делать он теперь принялся проходить его, припоминая на нем всё, что случилось ему подметить в лице аристократической посетительницы. Уловленные им черты, оттенки и тоны здесь ложились в том очищенном виде, в каком являются они тогда, когда художник, наглядевшись на природу, уже отдаляется от нее и производит ей равное создание. Психея стала оживать, и едва сквозившая мысль начала мало-помалу облекаться в видимое тело. Тип лица молоденькой светской девицы невольно сообщился Психее, и чрез то получила она своеобразное выражение, дающее право на название истинно оригинального произведения. Казалось, он воспользовался по частям и вместе всем, что представил ему оригинал, и привязался совершенно к своей работе. В продолжение нескольких дней он был занят только ею. И за этой самой работой застал его приезд знакомых дам. Он не успел снять со станка картину. Обе дамы издали радостный крик изумленья и всплеснули руками.

— *Lise, Lise*! Ах, как похоже! *Superbe, superbe*![5] Как хорошо вы вздумали, что одели ее в греческий костюм. Ах, какой сюрприз!

Художник не знал, как вывести дам из приятного заблуждения. Совестясь и потупя голову, он произнес тихо:

— Это Психея.

— В виде Психеи? *C'est charmant*![6] — сказала мать улыбнувшись, причем улыбнулась также и дочь. — Не правда ли Lise, тебе больше всего идет быть изображенной в виде Психеи? *Quelle idée délicieuse*![7] Но какая работа! Это Корредж. Признаюсь, я читала и слышала о вас, но я не знала, что у вас такой талант. Нет, вы непременно должны написать также и с меня портрет.

Даме, как видно, хотелось также предстать в виде какой-нибудь Психеи.

«Что мне с ними делать? — подумал художник. — Если они сами того хотят, так пусть Психея пойдет за то, что им хочется», и произнес вслух:

— Потрудитесь еще немножко присесть, я кое-что немножко трону.

— Ах, я боюсь, чтобы вы как-нибудь не... она так теперь похожа.

Но художник понял, что опасенья были насчет желтизны, и успокоил их, сказав, что он только придаст более блеску и выраженья глазам. А по справедливости, ему было слишком совестно и хотелось хотя сколько-нибудь более придать сходства с оригиналом, дабы не укорил его кто-нибудь в решительном бесстыдстве. И точно, черты бледной девушки стали, наконец, выходить яснее из облика Психеи.

— Довольно! — сказала мать, начинавшая бояться, чтобы сходство не приблизилось, наконец, уже чересчур близко.

Художник был награжден всем: улыбкой, деньгами, комплиментом, искренним пожатьем руки, приглашением на обеды; словом, получил тысячу лестных наград. Портрет произвел по городу шум. Дама показала его приятельницам; все изумлялись искусству, с каким художник умел сохранить сходство и вместе с тем придать красоту оригиналу. Последнее замечено было, разумеется, не без легкой краски зависти в лице. И художник вдруг был осажден работами. Казалось, весь город хотел у него писаться. У дверей поминутно раздавался звонок. С одной стороны, это могло быть хорошо, представляя ему бесконечную практику разнообразием, множеством лиц. Но, на беду, это всё был народ, с которым было трудно ладить, народ торопливый, занятой или же принадлежащий свету, — стало быть, еще более занятой, нежели всякий другой, и потому нетерпеливый до крайности. Со всех сторон только требовали, чтоб было хорошо и скоро. Художник увидел, что оканчивать решительно было невозможно, что всё нужно было заменить ловкостью и быстрой бойкостью кисти. Схватывать одно только целое, одно общее выраженье и не углубляться кистью в утонченные подробности; одним словом следить природу в ее окончательности было решительно невозможно. Притом нужно прибавить, что у всех почти писавшихся много было других притязаний на разное. Дамы требовали, чтобы преимущественно только душа и характер изображались в портретах, чтобы остального иногда вовсе не придерживаться, округлить все углы, облегчить все изъянцы и даже, если можно, избежать их вовсе. Словом, чтобы на лицо можно было засмотреться, если даже не совершенно влюбиться. И вследствие этого, садясь писаться, они принимали иногда такие выражения, которые приводили в изумленье художника: та старалась изобразить в лице своем меланхолию, другая мечтательность, третья во что бы ни стало хотела уменьшить рот и сжимала его до такой степени, что он обращался, наконец, в одну точку, не больше булавочной головки. И, несмотря на всё это, требовали от него сходства и непринужденной естественности. Мужчины тоже были ничем не лучше дам. Один требовал себя изобразить в сильном, энергическом повороте головы; другой с поднятыми кверху вдохновенными глазами; гвардейский поручик требовал непременно, чтобы в глазах виден был Марс; гражданский сановник норовил так, чтобы побольше было прямоты, благородства в лице и чтобы рука оперлась на книгу, на которой бы четкими словами было написано: «Всегда стоял за правду». Сначала художника бросали в пот такие требованья: всё это нужно было сообразить, обдумать, а между тем сроку давалось очень немного. Наконец он добрался, в чем было дело, и уж не затруднялся нисколько. Даже из двух, трех слов смекал вперед, кто чем хотел изобразить себя. Кто хотел Марса, он в лицо совал Марса; кто метил в Байрона, он давал ему байроновское положенье и поворот. Коринной ли, Ундиной, Аспазией ли желали быть дамы, он с большой охотой соглашался на всё и прибавлял от себя уже всякому вдоволь благообразия, которое, как известно, нигде не подгадит и за что простят иногда художнику и самое несходство. Скоро он уже сам начал дивиться чудной быстроте и бойкости своей кисти. А писавшиеся, само собою разумеется, были в восторге и провозглашали его гением.

Чартков сделался модным живописцем во всех отношениях. Стал ездить на обеды, сопровождать дам в галереи и даже на гулянья, щегольски одеваться и утверждать гласно, что художник должен принадлежать к обществу, что нужно поддержать его званье, что художники одеваются, как сапожники, не умеют прилично вести себя, не соблюдают высшего тона и лишены всякой образованности. Дома у себя, в мастерской он завел опрятность и чистоту в высшей степени, определил двух великолепных лакеев, завел щегольских учеников, переодевался несколько раз в день в разные утренние костюмы, завивался, занялся улучшением разных манер, с которыми принимать посетителей, занялся украшением всеми возможными средствами своей наружности, чтобы произвести ею приятное впечатление на дам; одним словом, скоро нельзя было в нем вовсе узнать того скромного художника, который работал когда-то незаметно в своей лачужке на Васильевском острове. О художниках и об искусстве он изъяснялся теперь резко: утверждал, что прежним художникам уже чересчур много приписано достоинства, что все они до Рафаэля писали не фигуры, а селедки; что существует только в воображении рассматривателей мысль, будто бы видно в них присутствие какой-то святости; что сам Рафаэль даже писал не всё хорошо и за многими произведениями его удержалась только по преданию слава; что Микель-Анжел хвастун, потому что хотел только похвастать знанием анатомии, что грациозности в нем нет никакой и что настоящий блеск, силу кисти и колорит нужно искать только теперь, в нынешнем веке. Тут, натурально, невольным образом доходило дело и до себя.

— Нет, я не понимаю, — говорил он, — напряженья других сидеть и корпеть за трудом. Этот человек, который копается по нескольку месяцев над картиною, по мне, труженик, а не художник. Я не поверю, чтобы в нем был талант. Гений творит смело, быстро. — Вот у меня, — говорил он, обращаясь обыкновенно к посетителям: — этот портрет я написал в два дня, эту головку в один день, то в несколько часов, это в час с небольшим. Нет, я... я, признаюсь, не признаю художеством того, что лепится строчка за строчкой; это уж ремесло, а не художество.

Так рассказывал он своим посетителям, и посетители дивились силе и бойкости его кисти, издавали даже восклицания, услышав, как быстро они производились, и потом пересказывали друг другу: «Это талант, истинный талант! Посмотрите, как он говорит, как блестят его глаза! *Il y a quelque chose d'extraordinaire dans toute sa figure*![8]

Художнику было лестно слышать о себе такие слухи. Когда в

журналах появлялась печатная хвала ему, он радовался, как ребенок, хотя эта хвала была куплена им за свои же деньги. Он разносил такой печатный лист везде и, будто бы ненарочно, показывал его знакомым и приятелям, и это его тешило до самой простодушной наивности. Слава его росла, работы и заказы увеличивались. Уже стали ему надоедать одни и те же портреты и лица, которых положенье и обороты сделались ему заученными. Уже без большой охоты он писал их, стараясь набросать только кое-как одну голову, а остальное давал доканчивать ученикам. Прежде он всё-таки искал дать какое-нибудь новое положение, поразить силою, эффектом. Теперь и это становилось ему скучно. Ум уставал придумывать и обдумывать. Это было ему невмочь, да и некогда: рассеянная жизнь и общество, где он старался сыграть роль светского человека, — всё это уносило его далеко от труда и мыслей. Кисть его хладела и тупела, и он нечувствительно заключился в однообразные, определенные, давно изношенные формы. Однообразные, холодные, вечно прибранные и, так сказать, застегнутые лица чиновников, военных и штатских не много представляли поля для кисти: она позабывала и великолепные драпировки, и сильные движения, и страсти. О группах, о художественной драме, о высокой ее завязке нечего было и говорить. Пред ним были только мундир, да корсет, да фрак, пред которыми чувствует холод художник и падает всякое воображение. Даже достоинств самых обыкновенных уже не было видно в его произведениях, а между тем они всё еще пользовались славою, хотя истинные знатоки и художники только пожимали плечами, глядя на последние его работы. А некоторые, знавшие Чарткова прежде, не могли понять, как мог исчезнуть в нем талант, которого признаки оказались уже ярко в нем при самом начале, и напрасно старались разгадать, каким образом может угаснуть дарованье в человеке, тогда как он только что достигнул еще полного развития всех сил своих.

Но этих толков не слышал упоенный художник. Уже он начинал достигать поры степенности ума и лет; стал толстеть и видимо раздаваться в ширину. Уже в газетах и журналах читал он прилагательные: «почтенный наш Андрей Петрович», «заслуженный наш Андрей Петрович». Уже стали ему предлагать по службе почетные места, приглашать на экзамены, в комитеты. Уже он начинал, как всегда случается в почетные лета, брать сильно сторону Рафаэля и старинных художников, — не потому, что убедился вполне в их высоком достоинстве, но потому, чтобы колоть ими в глаза молодых художников. Уже он начинал, по обычаю всех, вступающих в такие лета, укорять без изъятья молодежь в безнравственности и дурном направлении духа. Уже начинал он верить, что всё на свете делается просто, вдохновенья свыше нет и всё необходимо должно быть подвергнуто под один строгий порядок аккуратности и однообразья. Одним словом, жизнь его уже коснулась тех лет, когда всё, дышащее порывом, сжимается в человеке, когда могущественный смычок слабее доходит до души и не обвивается пронзительными звуками около сердца, когда прикосновенье красоты уже не превращает девственных сил в огонь и пламя, но все отгоревшие чувства становятся доступнее к звуку золота, вслушиваются внимательней в его заманчивую музыку и мало-помалу нечувствительно позволяют ей совершенно усыпить себя. Слава не может дать наслажденья тому, кто украл ее, а не заслужил; она производит постоянный трепет только в достойном ее. И потому все чувства и порывы его обратились к золоту. Золото сделалось его страстью, идеалом, страхом, наслажденьем, целью. Пуки ассигнаций росли в сундуках, и как всякий, кому достается в удел этот страшный дар, он начал становиться скучным, недоступным ко всему, кроме золота, беспричинным скрягой, беспутным собирателем и уже готов был обратиться в одно из тех странных существ, которых много попадается в нашем бесчувственном свете, на которых с ужасом глядит исполненный жизни и сердца человек, которому кажутся они движущимися каменными гробами с мертвецом внутри наместо сердца. Но одно событие сильно потрясло и разбудило весь его жизненный состав.

В один день увидел он на столе своем записку, в которой Академия художеств просила его, как достойного ее члена, приехать дать суждение свое о новом, присланном из Италии, произведении усовершенствовавшегося там русского художника. Этот художник был один из прежних его товарищей, который от ранних лет носил в себе страсть к искусству, с пламенной душой труженика погрузился в него всей душою своей, оторвался от друзей, от родных, от милых привычек и помчался туда, где в виду прекрасных небес спеет величавый рассадник искусств, — в тот чудный Рим, при имени которого так полно и сильно бьется пламенное сердце художника. Там, как отшельник, погрузился он в труд и в неразвлекаемые ничем занятия. Ему не было до того дела, толковали ли о его характере, о его неумении обращаться с людьми, о несоблюдении светских приличий, о унижении, которое он причинял званию художника своим скудным, нещегольским нарядом. Ему не было нужды, сердились ли, или нет на него его братья. Всем пренебрегал он, всё отдал искусству. Неутомимо посещал галереи, по целым часам застаивался перед произведениями великих мастеров, ловя и преследуя чудную кисть. Ничего он не оканчивал без того, чтобы не поверить себя несколько раз с сими великими учителями и чтобы не прочесть в их созданиях безмолвного и красноречивого себе совета. Он не входил в шумные беседы и споры; он не стоял ни за пуристов, ни против пуристов. Он равно всему отдавал должную ему часть, извлекая изо всего только то, что было в нем прекрасно, и наконец, оставил себе в учители одного божественного Рафаэля. Подобно как великий поэт-художник, перечитавший много всяких творений, исполненных многих прелестей и величавых красот, оставлял, наконец, себе настольною книгой одну только «Илиаду» Гомера, открыв, что в ней всё есть, чего хочешь, и что нет того, чтобы что не отразилось уже здесь в таком глубоком и великом совершенстве. И зато вынес он из своей школы величавую идею созданья, могучую красоту мысли, высокую прелесть небесной кисти.

Вошедши в залу, Чартков нашел уже целую огромную толпу посетителей, собравшихся перед картиною. Глубочайшее безмолвие, какое редко бывает между многолюдными ценителями, на этот раз царствовало всюду. Он поспешил принять значительную физиогномию знатока и приблизился к картине; но, Боже, что он увидел!

Чистое, непорочное, прекрасное, как невеста, стояло пред ним произведение художника. Скромно, божественно, невинно и просто, как гений, возносилось оно над всем. Казалось, небесные фигуры, изумленные столькими устремленными на них взорами, стыдливо опустили прекрасные ресницы. С чувством невольного изумления созерцали знатоки новую, невиданную кисть. Всё тут, казалось, соединилось вместе: изученье Рафаэля, отраженное в высоком благородстве положений, изучение Корреджия, дышавшее в окончательном совершенстве кисти. Но властительней всего видна была сила созданья, уже заключенная в душе самого художника. Последний предмет в картине был им проникнут; во всем постигнут закон и внутренняя сила. Везде уловлена была эта плывучая округлость линий, заключенная в природе, которую видит только один глаз художника-создателя и которая выходит углами у копииста. Видно было, как всё извлеченное из внешнего мира художник заключил сперва себе в душу и уже оттуда, из душевного родника, устремил его одной согласной, торжественной песнью. И стало ясно даже непосвященным, какая неизмеримая пропасть существует между созданьем и простой копией с природы. Почти невозможно было выразить той необыкновенной тишины, которою невольно были объяты все, вперившие глаза на картину, — ни шелеста, ни звука; а картина между тем ежеминутно казалась выше и выше; светлей и чудесней отделялась от всего и вся превратилась, наконец, в один миг, плод налетевшей с небес на художника мысли, миг, к которому вся жизнь человеческая есть одно только приготовление. Невольные слезы готовы были покатиться по лицам посетителей, окруживших картину.

Казалось, все вкусы, все дерзкие, неправильные уклонения вкуса слились в какой-то безмолвный гимн божественному произведению. Неподвижно, с отверстым ртом стоял Чартков перед картиною, и, наконец, когда мало-помалу посетители и знатоки зашумели и начали рассуждать о достоинстве произведения и когда, наконец, обратились к нему с просьбою объявить свои мысли, он пришел в себя; хотел принять равнодушный, обыкновенный вид, хотел сказать обыкновенное, пошлое суждение зачерствелых художников, вроде следующего: «Да, конечно, правда, нельзя отнять таланта от художника; есть кое-что; видно, что хотел он выразить что-то; однако же, что касается до главного...» И вслед за этим прибавить, разумеется, такие похвалы, от которых бы непоздоровилось никакому художнику. Хотел это сделать, но речь умерла на устах его, слезы и рыдания нестройно вырвались в ответ, и он, как безумный, выбежал из залы.

С минуту, неподвижный и бесчувственный, стоял он посреди своей великолепной мастерской. Весь состав, вся жизнь его была разбужена в одно мгновение, как будто молодость возвратилась к нему, как будто потухшие искры таланта вспыхнули снова. С очей его вдруг слетела повязка. Боже! и погубить так безжалостно лучшие годы своей юности; истребить, погасить искру огня, может быть теплившегося в груди, может быть развившегося бы теперь в величии и красоте, может быть также исторгнувшего бы слезы изумления и благодарности! И погубить всё это, погубить без всякой жалости! Казалось, как будто в эту минуту разом и вдруг ожили в душе его те напряжения и порывы, которые некогда были ему знакомы. Он схватил кисть и приблизился к холсту. Пот усилия проступил на его лице; весь обратился он в одно желание и загорелся одною мыслию: ему хотелось изобразить отпадшего ангела. Эта идея была более всего согласна с состоянием его души. Но, увы! фигуры его, позы, группы, мысли ложились принужденно и несвязно. Кисть его и воображение слишком уже заключились в одну мерку, и бессильный порыв преступить границы и оковы, им самим на себя наброшенные, уже отзывался неправильностию и ошибкою. Он пренебрег утомительную, длинную лестницу постепенных сведений и первых основных законов будущего великого. Досада его проникла. Он велел вынесть прочь из своей мастерской все последние произведенья, все безжизненные модные картинки, все портреты гусаров, дам и статских советников. Заперся один в своей комнате, не велел никого впускать и весь погрузился в работу. Как терпеливый юноша, как ученик, сидел он за своим трудом. Но как беспощадно-неблагодарно было всё то, что выходило из под его кисти! На каждом шагу он был останавливаем незнанием самых первоначальных стихий; простой, незначащий механизм охлаждал весь порыв и стоял непереcкочимым порогом для воображения. Кисть невольно обращалась к затверженным формам, руки складывались на один заученный манер, голова не смела сделать необыкновенного поворота, даже самые складки платья отзывались вытверженным и не хотели повиноваться и драпироваться на незнакомом положении тела. И он чувствовал, он чувствовал и видел это сам!

«Но точно ли был у меня талант? — сказал он наконец: — не обманулся ли я?» И, произнесши эти слова, он подошел к прежним своим произведениям, которые работались когда-то так чисто, так бескорыстно, там, в бедной лачужке на уединенном Васильевском острову, вдали людей, изобилья и всяких прихотей. Он подошел теперь к ним и стал внимательно рассматривать их все, и вместе с ними стала представать в его памяти вся прежняя бедная жизнь его. «Да, — проговорил он отчаянно, — у меня был талант. Везде, на всем видны его признаки и следы...»

Он остановился и вдруг затрясся всем телом: глаза его встретились с неподвижно-вперившимися на него глазами. Это был тот необыкновенный портрет, который он купил на Щукином дворе. Всё время он был закрыт, загроможден другими картинами и вовсе вышел у него из мыслей. Теперь же, как нарочно, когда были вынесены все модные портреты и картины, наполнявшие мастерскую, он выглянул наверх вместе с прежними произведениями его молодости. Как вспомнил он всю странную его историю, как вспомнил, что некоторым образом он, этот странный портрет, был причиной его превращенья, что денежный клад, полученный им таким чудесным образом, родил в нем все суетные побужденья, погубившие его талант, — почти бешенство готово было ворваться к нему в душу. Он в ту ж минуту велел вынести прочь ненавистный портрет. Но душевное волненье оттого не умирилось, все чувства и весь состав были потрясены до дна, и он узнал ту ужасную муку, которая, как поразительное исключение, является иногда в природе, когда талант слабый силится выказаться в превышающем его размере и не может выказаться; ту муку, которая в юноше рождает великое, но в перешедшем за грань мечтаний обращается в бесплодную жажду; ту страшную муку, которая делает человека способным на ужасные злодеяния. Им овладела ужасная зависть, зависть до бешенства. Желчь проступала у него на лице, когда он видел произведение, носившее печать таланта. Он скрежетал зубами и пожирал его взором василиска. В душе его возродилось самое адское намерение, какое когда-либо питал человек, и с бешеною силою бросился он приводить его в исполнение. Он начал скупать всё лучшее, что только производило художество. Купивши картину дорогою ценою, осторожно приносил в свою комнату и с бешенством тигра на нее кидался, рвал, разрывал ее, изрезывал в куски и топтал ногами, сопровождая смехом наслажденья. Бесчисленные собранные им богатства доставляли ему все средства удовлетворять этому адскому желанию. Он развязывал все свои золотые мешки и раскрыл сундуки. Никогда ни одно чудовище невежества не истребило столько прекрасных произведений, сколько истребил этот свирепый мститель. На всех аукционах, куда только показывался он, всякий заранее отчаивался в приобретении художественного создания. Казалось, как будто разгневанное небо нарочно послало в мир этот ужасный бич, желая отнять у него всю его гармонию. Эта ужасная страсть набросила какой-то страшный колорит на него: вечная желчь присутствовала на лице его. Хула на мир и отрицание изображалось само собой в чертах его. Казалось, в нем олицетворился тот страшный демон, которого идеально изобразил Пушкин. Кроме ядовитого слова и вечного порицанья, ничего не произносили его уста. Подобно какой-то гарпии, попадался он на улице, и все его даже знакомые, завидя его издали, старались увернуться и избегнуть такой встречи, говоря, что она достаточна отравить потом весь день.

К счастию мира и искусств, такая напряженная и насильственная жизнь не могла долго продолжаться: размер страстей был слишком неправилен и колоссален для слабых сил ее. Припадки бешенства и безумия начали оказываться чаще, и, наконец, всё это обратилось в самую ужасную болезнь. Жестокая горячка, соединенная с самою быстрою чахоткою, овладела им так свирепо, что в три дня оставалась от него одна тень только. К этому присоединились все признаки безнадежного сумасшествия. Иногда несколько человек не могли удержать его. Ему начали чудиться давно забытые, живые глаза необыкновенного портрета, и тогда бешенство его было ужасно. Все люди, окружавшие его постель, казались ему ужасными портретами. Он двоился, четверился в его глазах; все стены казались увешаны портретами, вперившими в него свои неподвижные, живые глаза. Страшные портреты глядели с потолка, с полу, комната расширилась и продолжалась бесконечно, чтобы более вместить этих неподвижных глаз. Доктор, принявший на себя обязанность его пользовать и уже несколько наслышавшийся о странной его истории, старался всеми силами отыскать тайное отношение между грезившимися ему привидениями и происшествиями его жизни, но ничего не мог успеть. Больной ничего не понимал и не чувствовал, кроме своих терзаний, и издавал одни ужасные вопли и непонятные речи. Наконец жизнь его прервалась в последнем, уже безгласном, порыве страдания. Труп его был страшен. Ничего тоже не могли найти от огромных его богатств; но, увидевши изрезанные куски тех высоких произведений искусства, которых цена превышала миллионы, поняли ужасное их употребление.

ЧАСТЬ II

Множество карет, дрожек и колясок стояло перед подъездом дома, в котором производилась аукционная продажа вещей одного из тех богатых любителей искусств, которые сладко продремали всю жизнь свою, погруженные в зефиры и амуры, которые невинно прослыли меценатами и простодушно издержали для этого миллионы, накопленные их основательными отцами, а часто даже собственными прежними трудами. Таких меценатов, как известно, теперь уже нет и наш XIX век давно уже приобрел скучную физиогномию банкира, наслаждающегося своими миллионами только в виде цифр, выставляемых на бумаге. Длинная зала была наполнена самою пестрою толпой посетителей, налетевших, как хищные птицы, на неприбранное тело. Тут была целая флотилия русских купцов из Гостинного двора и даже толкучего рынка, в синих немецких сюртуках. Вид их и выраженье лиц были здесь как-то тверже, вольнее и не означались той приторной услужливостью, которая так видна в русском купце, когда он у себя в лавке перед покупщиком. Тут они вовсе не чинились, несмотря на то, что в этой же зале находилось множество тех аристократов, перед которыми они в другом месте готовы были своими поклонами смести пыль, нанесенную своими же сапогами. Здесь они были совершенно развязны, щупали без церемонии книги и картины, желая узнать доброту товара, и смело перебивали цену, набавляемую графами знатоками. Здесь были многие необходимые посетители аукционов, постановившие каждый день бывать в нем вместо завтрака; аристократы знатоки, почитавшие обязанностью не упустить случая умножить свою коллекцию и не находившие другого занятия от 12 до 1 часа; наконец те благородные господа, которых платья и карманы очень худы, которые являются ежедневно без всякой корыстолюбивой цели, но единственно, чтобы посмотреть, чем что кончится, кто будет давать больше, кто меньше, кто кого перебьет и за кем что останется. Множество картин было разбросано совершенно без всякого толку; с ними были перемешаны и мебели, и книги с вензелями прежнего владетеля, может быть не имевшего вовсе похвального любопытства в них заглядывать. Китайские вазы, мраморные доски для столов, новые и старые мебели с выгнутыми линиями, с грифами, сфинксами и львиными лапами, вызолоченные и без позолоты, люстры, кенкеты — всё было навалено, и вовсе не в таком порядке, как в магазинах. Всё представляло какой-то хаос искусств. Вообще ощущаемое нами чувство при виде аукциона страшно: в нем всё отзывается чем-то похожим на погребальную процессию. Зал, в котором он производится, всегда как-то мрачен; окна, загроможденные мебелями и картинами, скупо изливают свет, безмолвие, разлитое на лицах, и погребальный голос аукциониста, постукивающего молотком и отпевающего панихиду бедным, так странно встретившимся здесь искусствам. Всё это, кажется усиливает еще более странную неприятность впечатленья.

Аукцион, казалось был в самом разгаре. Целая толпа порядочных людей, сдвинувшись вместе, хлопотала о чем-то наперерыв. Со всех сторон раздававшиеся слова: «Рубль, рубль, рубль», не давали времени аукционисту повторять надбавляемую цену, которая уже возросла вчетверо больше объявленной. Обступившая толпа хлопотала из-за портрета, который не мог не остановить всех, имевших сколько-нибудь понятия в живописи. Высокая кисть художника выказывалась в нем очевидно. Портрет, повидимому, уже несколько раз был ресторирован и поновлен и представлял смуглые черты какого-то азиатца в широком платье, с необыкновенным странным выраженьем в лице; но более всего обступившие были поражены необыкновенной живостью глаз. Чем более всматривались в них, тем более они, казалось, устремлялись каждому во внутрь. Эта странность, этот необыкновенный фокус художника заняли вниманье почти всех. Много уже из состязавшихся о нем отступились, потому что цену набили неимоверную. Остались только два известные аристократа, любителя живописи, не хотевшие ни за что отказаться от такого приобретенья. Они горячились и набили бы, вероятно, цену до невозможности, если бы вдруг один из тут же рассматривавших не произнес:

— Позвольте мне прекратить на время ваш спор. Я, может быть, более нежели всякий другой, имею право на этот портрет.

Слова эти вмиг обратили на него внимание всех. Это был стройный человек, лет тридцати пяти, с длинными черными кудрями. Приятное лицо, исполненное какой-то светлой беззаботности, показывало душу, чуждую всех томящих светских потрясений; в наряде его не было никаких притязаний на моду: всё показывало в нем артиста. Это был, точно, художник Б., знаемый лично многими из присутствовавших.

— Как ни странны вам покажутся слова мои, — продолжал он, видя устремившееся на себя всеобщее внимание, — но если вы решитесь выслушать небольшую историю, может быть вы увидите, что я был вправе произнести их. Всё меня уверяет, что портрет есть тот самый, которого я ищу.

Весьма естественное любопытство загорелось почти на лицах всех, и самый аукционист, разинув рот, остановился с поднятым в руке молотком, приготовляясь слушать. В начале рассказа многие обращались невольными глазами к портрету, но потом все вперились в одного рассказчика, по мере того как рассказ его становился занимательней.

— Вам известна та часть города, которую называют Коломною. — Так он начал. — Тут всё непохоже на другие части Петербурга; тут не столица и не провинция; кажется, слышишь, перейдя в коломенские улицы, как оставляют тебя всякие молодые желанья и порывы. Сюда не заходит будущее, здесь всё тишина и отставка; всё, что осело от столичного движенья. Сюда переезжают на житье отставные чиновники, вдовы, небогатые люди, имеющие знакомство с сенатом и потому осудившие себя здесь почти на всю жизнь; выслужившиеся кухарки, толкающиеся целый день на рынках, болтающие вздор с мужиком в мелочной лавочке и забирающие каждый день на пять копеек кофию да на четыре сахару, и, наконец, весь тот разряд людей, который можно назвать одним словом: пепельный, — людей, которые с своим платьем, лицом, волосами, глазами имеют какую-то мутную, пепельную наружность, как день, когда нет на небе ни бури, ни солнца, а бывает просто ни се ни то: сеется туман и отнимает всякую резкость у предметов. Сюда можно причислить отставных театральных капельдинеров, отставных титулярных советников, отставных питомцев Марса с выколотым глазом и раздутою губою. Эти люди вовсе бесстрастны: идут, ни на что не обращая глаз, молчат, ни о чем не думая. В комнате их не много добра; иногда просто штоф чистой русской водки, которую они однообразно сосут весь день без всякого сильного прилива в голове, возбуждаемого сильным приемом, какой обыкновенно любит задавать себе по воскресным дням молодой немецкий ремесленник, этот удалец Мещанской улицы, один владеющий всем тротуаром, когда время перешло за двенадцать часов ночи.

Жизнь в Коломне страх уединенна: редко покажется карета, кроме разве той, в которой ездят актеры, которая громом, звоном и бряканьем своим одна смущает всеобщую тишину. Тут всё пешеходы; извозчик весьма часто без седока плетется, таща сено для бородатой лошаденки своей. Квартиру можно сыскать за пять рублей в месяц, даже с кофием поутру. Вдовы, получающие пенсион, тут самые аристократические фамилии; они ведут себя хорошо, метут часто свою комнату, толкуют с приятельницами о дороговизне говядины и капусты; при них часто бывает молоденькая дочь, молчаливое безгласное, иногда миловидное существо, гадкая собачонка и стенные часы с печально постукивающим маятником. Потом следуют актеры, которым жалованье не позволяет выехать из Коломны, народ свободный, как все артисты, живущие для наслажденья. Они, сидя в халатах, чинят пистолет, клеют из картона всякие вещицы, полезные для дома, играют с пришедшим приятелем в шашки и карты, и так проводят утро, делая почти то же ввечеру, с присоединеньем кое-когда пунша. После сих тузов и аристократства Коломны следует необыкновенная дробь и мелочь. Их так же трудно поименовать, как исчислить то множество насекомых, которое зарождается в старом уксусе. Тут есть старухи, которые молятся; старухи, которые пьянствуют; старухи, которые перебиваются непостижимыми средствами, как муравьи — таскают с собою старое тряпье и белье от Калинкина мосту до толкучего рынка, с тем чтобы продать его там за пятнадцать копеек; словом, часто самый несчастный осадок человечества, которому бы ни один благодетельный политический эконом не нашел средств улучшить состояние.

Я для того привел их, чтобы показать вам, как часто этот народ находится в необходимости искать одной только внезапной, временной помощи, прибегать к займам; и тогда поселяются между ними особого рода ростовщики, снабжающие небольшими суммами под заклады и за большие проценты. Эти небольшие ростовщики бывают в несколько раз бесчувственней всяких больших, потому что возникают среди бедности и ярко выказываемых нищенских лохмотьев, которых не видит богатый ростовщик, имеющий дело только с приезжающими в каретах. И потому уже слишком рано умирает в душах их всякое чувство человечества. Между такими ростовщиками был один... но не мешает вам сказать, что происшествие, о котором я принялся рассказать, относится к прошедшему веку, именно к царствованию покойной государыни Екатерины Второй. Вы можете сами понять, самый вид Коломны и жизнь внутри ее должны были значительно измениться. Итак, между ростовщиками был один — существо во всех отношениях необыкновенное, поселившееся уже давно в сей части города. Он ходил в широком азиатском наряде; темная краска лица указывала на южное его происхождение, но какой именно был он нации: индеец, грек, персиянин, об этом никто не мог сказать наверно. Высокий, почти необыкновенный рост, смуглое, тощее, запаленное лицо и какой-то непостижимо-страшный цвет его, большие, необыкновенного огня глаза, нависнувшие густые брови отличали его сильно и резко от всех пепельных жителей столицы. Самое жилище его не похоже было на прочие маленькие деревянные домики. Это было каменное строение, вроде тех, которых когда-то настроили вдоволь генуэзские купцы, — с неправильными, неравной величины окнами, с железными ставнями и засовами. Этот ростовщик отличался от других ростовщиков уже тем, что мог снабдить какою угодно суммою всех, начиная от нищей старухи до расточительного придворного вельможи. Пред домом его показывались часто самые блестящие экипажи, из окон которых иногда глядела голова роскошной светской дамы. Молва, по обыкновению, разнесла, что железные сундуки его полны без счету денег, драгоценностей, бриллиантов и всяких залогов, но что, однако же, он вовсе не имел той корысти, какая свойственна другим ростовщикам. Он давал деньги охотно, распределяя, казалось весьма выгодно сроки платежей; но какими-то арифметическими странными выкладками заставлял их восходить до непомерных процентов. Так по крайней мере говорила молва. Но что странее всего и что не могло не поразить многих — это была странная судьба всех тех, которые получали от него деньги: все они оканчивали жизнь несчастным образом. Было ли это просто людское мнение, нелепые суеверные толки или с умыслом распущенные слухи — это осталось неизвестно. Но несколько примеров, случившихся в непродолжительное время перед глазами всех, были живы и разительны.

Из среды тогдашнего аристократства скоро обратил на себя глаза юноша лучшей фамилии, отличившийся уже в молодых летах на государственном поприще, жаркий почитатель всего истинного, возвышенного, ревнитель всего, что породило искусство и ум человека, пророчивший в себе мецената. Скоро он был достойно отличен самой государыней, вверившей ему значительное место, совершенно согласное с собственными его требованиями, место, где он мог много произвести для наук и вообще для добра. Молодой вельможа окружил себя художниками, поэтами, учеными. Ему хотелось всему дать работу, всё поощрить. Он предпринял на собственный счет множество полезных изданий, надавал множество заказов, объявил поощрительные призы, издержал на это кучи денег и, наконец, расстроился. Но, полный великодушного движенья, он не хотел отстать от своего дела, искал везде занять и, наконец, обратился к известному ростовщику. Сделавши значительный заем у него, этот человек в непродолжительное время изменился совершенно: стал гонителем, преследователем развивающегося ума и таланта. Во всех сочинениях стал видеть дурную сторону, толковал криво всякое слово. Тогда, на беду, случилась французская революция. Это послужило ему вдруг орудием для всех возможных гадостей. Он стал видеть во всем какое-то революционное направление, во всем ему чудились намеки. Он сделался подозрительным до такой степени, что начал, наконец, подозревать самого себя, стал сочинять ужасные, несправедливые доносы, наделал тьму несчастных. Само собой разумеется, что такие поступки не могли не достигнуть, наконец, престола. Великодушная государыня ужаснулась и, полная благородства души, украшающего венценосцев, произнесла слова, которые хотя не могли перейти к нам во всей точности, но глубокий смысл их впечатлелся в сердцах многих. Государыня заметила, что не под монархическим правлением угнетаются высокие, благородные движенья души, не там презираются и преследуются творенья ума, поэзии и художеств; что, напротив, одни монархи бывали их покровителями; что Шекспиры, Мольеры процветали под их великодушной защитой, между тем как Дант не мог найти угла в своей республиканской родине; что истинные гении возникают во время блеска и могущества государей и государств, а не во время безобразных политических явлений и терроризмов республиканских, которые доселе не подарили миру ни одного поэта; что нужно отличать поэтов-художников, ибо один только мир и прекрасную тишину низводят они в душу, а не волненье и ропот; что ученые, поэты и все производители искусств суть перлы и бриллианты в императорской короне, ими красуется и получает еще больший блеск эпоха великого государя. Словом, государыня, произнесшая сии слова, была в эту минуту божественно прекрасна. Я помню, что старики не могли об этом говорить без слез. В деле все приняли участие. К чести нашей народной гордости надобно заметить, что в русском сердце всегда обитает прекрасное чувство взять сторону угнетенного. Обманувший доверенность вельможа был наказан примерно и отставлен от места. Но наказание гораздо ужаснейшее читал он на лицах своих соотечественников. Это было решительное и всеобщее презрение. Нельзя рассказать, как страдала тщеславная душа; гордость, обманутое честолюбие, разрушившиеся надежды — всё соединилось вместе, и в припадках страшного безумия и бешенства прервалась его жизнь.

Другой разительный пример произошел тоже в виду всех: из красавиц, которыми не бедна была тогда наша северная столица, одна одержала решительное первенство над всеми. Это было какое-то чудное слиянье нашей северной красоты с красотой полудня, бриллиант, какой попадается на свете редко. Отец мой признавался, что никогда он не видывал во всю жизнь свою ничего подобного. Всё, казалось, в ней соединилось: богатство, ум и душевная прелесть. Искателей была толпа, и в числе их замечательнее всех был князь Р., благороднейший, лучший из всех молодых людей, прекраснейший и лицом и рыцарскими, великодушными порывами, высокий идеал романов и женщин, Грандисон во всех отношениях. Князь Р. был влюблен страстно и безумно; такая же пламенная любовь была ему ответом. Но родственникам показалась партия неровною. Родовые вотчины князя уже давно ему не принадлежали, фамилия была в опале, и плохое положенье дел его было известно всем. Вдруг князь оставляет на время столицу, будто бы с тем, чтобы поправить свои дела, и, спустя непродолжительное время, является окруженный пышностью и блеском неимоверным. Блистательные балы и праздники делают его известным двору. Отец красавицы становится благосклонным, и в городе разыгрывается интереснейшая свадьба. Откуда произошла такая перемена и неслыханное богатство жениха, этого не мог наверно изъяснить никто; но поговаривали стороною, что он вошел в какие-то условия с непостижимым ростовщиком и сделал у него заем. Как бы то ни было, но свадьба заняла весь город. И жених и невеста были предметом общей зависти. Всем была известна их жаркая, постоянная любовь, долгие томленья, претерпенные с обеих сторон, высокие достоинства обоих. Пламенные женщины начертывали заранее то райское блаженство, которым будут наслаждаться молодые супруги. Но вышло все иначе. В один год произошла страшная перемена в муже. Ядом подозрительной ревности, нетерпимостью и неистощимыми капризами отравился дотоле благородный и прекрасный характер. Он стал тираном и мучителем жены своей и, чего бы никто не мог предвидеть, прибегнул к самым бесчеловечным поступкам, даже побоям. В один год никто не мог узнать той женщины, которая еще недавно блистала и влекла за собою толпы покорных поклонников. Наконец, не в силах будучи выносить долее тяжелой судьбы своей, она первая заговорила о разводе. Муж пришел в бешенство при одной мысли о том. В первом движеньи неистовства ворвался он к ней в комнату с ножом и, без сомнения, заколол бы ее тут же, если бы его не схватили и не удержали. В порые исступленья и отчаянья он обратил нож на себя — и в ужаснейших муках окончил жизнь.

Кроме сих двух примеров, совершившихся в глазах всего общества, рассказывали множество случившихся в низших классах, которые почти все имели ужасный конец. Там честный, трезвый человек делался пьяницей; там купеческий приказчик обворовал своего хозяина; там извозчик, возивший несколько лет честно, за грош зарезал седока. Нельзя, чтобы такие происшествия, рассказываемые иногда не без прибавлений, не навели род какого-то невольного ужаса на скромных обитателей Коломны. Никто не сомневался о присутствии нечистой силы в этом человеке. Говорили, что он предлагал такие условия, от которых дыбом поднимались волоса и которых никогда потом не посмел несчастный передавать другому; что деньги его имеют прожигающее свойство, раскаляются сами собою и носят какие-то странные знаки... словом, много было всяких нелепых толков. И замечательно то, что всё это коломенское население, весь этот мир бедных старух, мелких чиновников, мелких артистов и, словом, всей мелюзги, которую мы только поименовали, соглашались лучше терпеть и выносить последнюю крайность, нежели обратиться к страшному ростовщику; находили даже умерших от голода старух, которые лучше соглашались умертвить свое тело, нежели погубить душу. Встречаясь с ним на улице, невольно чувствовали страх. Пешеход осторожно пятился и долго еще озирался после того назад, следя пропадавшую вдали его непомерную высокую фигуру. В одном уже образе было столько необыкновенного, что всякого заставило бы невольно приписать ему сверхъестественное существование. Эти сильные черты, врезанные так глубоко, как не случается у человека; этот горячий бронзовый цвет лица; эта непомерная гущина бровей, невыносимые, страшные глаза, даже самые широкие складки его азиатской одежды — всё, казалось, как будто говорило, что пред страстями, двигавшимися в этом теле, были бледны все страсти других людей. Отец мой всякий раз останавливался неподвижно, когда встречал его, и всякий раз не мог удержаться, чтобы не произнести: «Дьявол, совершенный дьявол!» Но надобно вас поскорее познакомить с моим отцом, который, между прочим, есть настоящий сюжет этой истории.

Отец мой был человек замечательный во многих отношениях. Это был художник, каких мало, одно из тех чуд, которых извергает из непочатого лона своего только одна Русь, художник-самоучка, отыскавший сам в душе своей, без учителей и школы, правила и законы, увлеченный только одною жаждою усовершенствованья и шедший, по причинам, может быть неизвестным ему самому, одною только указанною из души дорогою; одно из тех самородных чуд, которых часто современники честят обидным словом «невежи» и которые не охлаждаются от охулений и собственных неудач, получают только новые рвенья и силы и уже далеко в душе своей уходят от тех произведений, за которые получили титло невежи. Высоким внутренним инстинктом почуял он присутствие мысли в каждом предмете; постигнул сам собой истинное значение слова: «историческая живопись»; постигнул, почему простую головку, простой портрет Рафаэля, Леонардо да Винчи, Тициана, Корреджио можно назвать историческою живописью и почему огромная картина исторического содержания всё-таки будет tableau de genre[9], несмотря на все притязанья художника на историческую живопись. И внутреннее чувство, и собственное убеждение обратили кисть его к христианским предметам, высшей и последней ступени высокого. У него не было честолюбия или раздражительности, так неотлучной от характера многих художников. Это был твердый характер, честный, прямой, человек, даже грубый, покрытый снаружи несколько черствой корою, не без некоторой гордости в душе, отзывавшийся о людях вместе и снисходительно, и резко. «Что на них глядеть, — обыкновенно говорил он: — ведь я не для них работаю. Не в гостиную понесу я мои картины, их поставят в церковь. Кто поймет меня — поблагодарит, не поймет — всё-таки помолится Богу. Светского человека нечего винить, что он не смыслит живописи; зато он смыслит в картах, знает толк в хорошем вине, в лошадях, — зачем знать больше барину? Еще, пожалуй, как попробует того да другого да пойдет умничать, тогда и житья от него не будет! Всякому свое, всякий пусть занимается своим. По мне, уж лучше тот человек, который говорит прямо, что он не знает толку, нежели тот, который корчит лицемера, говорит, будто бы знает то, чего не знает, и только гадит да портит». Он работал за небольшую плату, то есть за плату, которая была нужна ему только для поддержания семейства и для доставленья возможности трудиться. Кроме того, он ни в каком случае не отказывался помочь другому и протянуть руку помощи бедному художнику; веровал простой, благочестивой верою предков, и оттого, может быть, на изображенных им лицах являлось само собою то высокое выраженье, до которого не могли докопаться блестящие таланты. Наконец постоянством своего труда и неуклонностью начертанного себе пути он стал даже приобретать уважение со стороны тех, которые честили его невежей и доморощенным самоучкой. Ему давали беспрестанно заказы в церкви, и работа у него не переводилась. Одна из работ заняла его сильно. Не помню уже, в чем именно состоял сюжет ее, знаю только то — на картине нужно было поместить духа тьмы. Долго думал он над тем, какой дать ему образ; ему хотелось осуществить в лице его всё тяжелое, гнетущее человека. При таких размышлениях иногда проносился в голове его образ таинственного ростовщика, и он думал невольно: «Вот бы с кого мне следовало написать дьявола». Судите же об его изумлении, когда один раз, работая в своей мастерской, услышал он стук в дверь и вслед за тем прямо вошел к нему ужасный ростовщик. Он не мог не почувствовать какой-то внутренней дрожи, которая пробежала невольно по его телу.

— Ты художник? — сказал он без всяких церемоний моему отцу.

— Художник, — сказал отец в недоуменьи, ожидая, что будет далее.

— Хорошо. Нарисуй с меня портрет. Я, может быть, скоро умру, детей у меня нет; но я не хочу умереть совершенно, я хочу жить. Можешь ли ты нарисовать такой портрет, чтобы был совершенно как живой?

Отец мой подумал: «Чего лучше? — он сам просится в дьяволы ко мне на картину». Дал слово. Они уговорились во времени и цене, и на другой же день, схвативши палитру и кисти, отец мой уже был у него. Высокий двор, собаки, железные двери и затворы, дугообразные окна, сундуки, покрытые старинными коврами, и, наконец, сам необыкновенный хозяин, севший неподвижно перед ним, — всё это произвело на него странное впечатление. Окна, как нарочно, были заставлены и загромождены снизу так, что давали свет только с одной верхушки. «Черт побери, как теперь хорошо осветилось его лицо!» — сказал он про себя и принялся жадно писать, как бы опасаясь, чтобы как-нибудь не исчезло счастливое освещенье. «Экая сила! — повторил он про себя. — Если я хотя вполовину изображу его так, как он есть теперь, он убьет всех моих святых и ангелов; они побледнеют пред ним. Какая дьявольская сила! он у меня просто выскочит из полотна, если только хоть немного буду верен натуре. Какие необыкновенные черты!» — повторял он беспрестанно, усугубляя рвенье, и уже видел сам, как стали переходить на полотно некоторые черты. Но чем более он приближался к ним, тем более чувствовал какое-то тягостное, тревожное чувство, непонятное себе самому. Однко же, несмотря на то, он положил себе преследовать с буквальною точностью всякую незаметную черту и выраженье. Прежде всего занялся он отделкою глаз. В этих глазах столько было силы, что казалось, нельзя бы и помыслить передать их точно, как были в натуре. Однако же во что бы то ни стало он решился доискаться в них последней мелкой черты и оттенка, постигнуть их тайну... Но как только начал он входить и углубляться в них кистью, в душе его возродилось такое странное отвращенье, такая непонятная тягость, что он должен был на несколько времени бросить кисть и потом приниматься вновь. Наконец уже не мог он более выносить, он чувствовал, что эти глаза вонзались ему в душу и производили в ней тревогу непостижимую. На другой, на третий день это было еще сильнее. Ему сделалось страшно. Он бросил кисть и сказал наотрез, что не может более писать с него. Надобно было видеть, как изменился при этих словах странный ростовщик. Он бросился к нему в ноги и молил кончить портрет, говоря, что от сего зависит судьба его и существованье в мире, что уже он тронул своею кистью его живые черты, что если он передаст их верно, жизнь его сверхъестественною силою удержится в портрете, что он чрез то не умрет совершенно, что ему нужно присутствовать в мире. Отец мой почувствовал ужас от таких слов: они ему показались до того странны и страшны, что он бросил и кисти и палитру и бросился опрометью вон из комнаты.

Мысль о том тревожила его весь день и всю ночь, а поутру он получил от ростовщика портрет, который принесла ему какая-то женщина, единственное существо, бывшее у него в услугах, объявившая тут же, что хозяин не хочет портрета, не дает за него ничего и присылает назад. Ввечеру того же дня узнал он, что ростовщик умер и что собираются уже хоронить его по обрядам его религии. Всё это казалось ему неизъяснимо странно. А между тем с этого времени оказалась в характере его ощутительная перемена: он чувствовал неспокойное, тревожное состояние, которому сам не мог понять причины, и скоро произвел он такой поступок, которого бы никто не мог от него ожидать. С некоторого времени труды одного из учеников его начали привлекать внимание небольшого круга знатоков и любителей. Отец мой всегда видел в нем талат и оказывал ему за то свое особенное расположенье. Вдруг почувствовал он к нему зависть. Всеобщее участие и толки о нем сделались ему невыносимы. Наконец, к довершенью досады, узнает он, что ученику его предложили написать картину для вновь отстроенной богатой церкви. Это его взорвало. «Нет, не дам же молокососу восторжествовать! — говорил он. Рано, брат, вздумал стариков сажать в грязь! Еще, слава Богу, есть у меня силы. Вот мы увидим, кто кого скорее посадит в грязь». И прямодушный, честный в душе человек употребил интриги и происки, которыми дотоле всегда гнушался; добился, наконец, того, что на картину объявлен был конкурс и другие художники могли войти также с своими работами. После чего заперся он в свою комнату и с жаром принялся за кисть. Казалось, все свои силы, всего себя хотел он сюда собрать. И точно, это вышло одно из лучших его произведений. Никто не сомневался, чтобы не за ним осталось первенство. Картины были представлены, и все прочие показались пред нею, как ночь пред днем. Как вдруг один из присутствовавших членов, если не ошибаюсь духовная особа, сделал замечание, поразившее всех. «В картине художника, точно, есть много таланта, — сказал он, — но нет святости в лицах; есть даже, напротив того, что-то демонское в глазах, как будто бы рукою художника водило нечистое чувство». Все взглянули и не могли не убедиться в истине сих слов. Отец мой бросился вперед к своей картине, как бы с тем, чтобы поверить самому в такое обидное замечание, и с ужасом увидел, что он всем почти фигурам придал глаза ростовщика. Они так глядели демонски-сокрушительно, что он сам невольно вздрогнул. Картина была отвергнута, и он должен был, к неописанной своей досаде, услышать, что первенство осталось за его учеником. Невозможно было описать того бешенства, с которым он возвратился домой. Он чуть не прибил мать мою, разогнал детей, переломал кисти и мольберт, схватил со стены портрет ростовщика, потребовал ножа и велел разложить огонь в камине, намереваясь изрезать его в куски и сжечь. На этом движеньи застал его вошедший в комнату приятель, живописец, как и он, весельчак, всегда довольный собой, не заносившийся никакими отдаленными желаньями, работавший весело всё, что попадалось, и еще веселей того принимавшийся за обед и пирушку.

— Что ты делаешь, что собираешься жечь? — сказал он и подошел к портрету. — Помилуй, это одно из самых лучших твоих произведений. Это ростовщик, который недавно умер; да это совершеннейшая вещь. Ты ему просто попал не в бровь, а в самые глаза залез. Так в жизнь никогда не глядели глаза, как они глядят у тебя.

— А вот я посмотрю, как они будут глядеть в огне, — сказал отец, сделавши движенье швырнуть его в камин.

— Остановись, ради Бога! — сказал приятель, удержав его: — отдай его уж лучше мне, если он тебе до такой степени колет глаз.

Отец сначала упорствовал, наконец согласился, и весельчак, чрезвычайно довольный своим приобретением, утащил портрет с собою.

По уходе его отец мой вдруг почувствовал себя спокойнее. Точно как будто бы вместе с портретом свалилась тяжесть с его души. Он сам изумился своему злобному чувству, своей зависти и явной перемене своего характера. Рассмотревши поступок свой, он опечалился душою и не без внутренней скорби произнес:

— Нет, это Бог наказал меня; картина моя поделом понесла посрамленье. Она была замышлена с тем, чтобы погубить брата. Демонское чувство зависти водило моею кистью, демонское чувство должно было и отразиться в ней.

Он немедленно отправился искать бывшего ученика своего, обнял его крепко, просил у него прощенья и старался, сколько мог, загладить пред ним вину свою. Работы его вновь потекли попрежнему безмятежно; но задумчивость стала показываться чаще на его лице. Он больше молился, чаще бывал молчалив и не выражался так резко о людях; самая грубая наружность его характера как-то умягчилась. Скоро одно обстоятельство еще более потрясло его. Он уже давно не видался с товарищем своим, выпросившим у него портрет. Уже собирался было идти его проведать, как вдруг он сам вошел неожиданно в его комнату. После нескольких слов и вопросов с обеих сторон он сказал:

— Ну, брат, недаром ты хотел сжечь портрет. Черт его побери, в нем есть что-то странное... Я ведьмам не верю, но, воля твоя: в нем сидит нечистая сила...

— Как? — сказал отец мой.

— А так, что с тех пор, как повесил я к себе его в комнату, почувствовал тоску такую... точно как будто бы хотел кого-то зарезать. В жизнь мою я не знал, что такое бессонница, а теперь испытал не только бессонницу, но сны такие... я и сам не умею сказать, сны ли это, или что другое: точно домовой тебя душит, и всё мерещится проклятый старик. Одним словом, не могу рассказать тебе моего состояния. Подобного со мной никогда не бывало. Я бродил как шальной все эти дни: чувствовал какую-то боязнь, неприятное ожиданье чего-то. Чувствую, что не могу сказать никому веселого и искреннего слова; точно как будто возле меня сидит шпион какой-нибудь. И только с тех пор, как отдал портрет племяннику, который напросился на него, почувствовал, что с меня вдруг будто какой-то камень свалился с плеч: вдруг почувствовал себя веселым, как видишь. Ну, брат, состряпал ты черта!

Во время этого рассказа отец мой слушал его с неразвлекаемым вниманием и, наконец, спросил:

— И портрет теперь у твоего племянника?

— Куда у племянника! не выдержал, — сказал весельчак, — знать, душа самого ростовщика переселилась в него: он выскакивает из рам, расхаживает по комнате; и то, что рассказывает племянник, просто уму непонятно. Я бы принял его за сумасшедшего, если бы отчасти не испытал сам. Он его продал какому-то собирателю картин, да и тот не вынес его и тоже кому-то сбыл с рук.

Этот рассказ произвел сильное впечатленье на моего отца. Он задумался не в шутку, впал в ипохондрию и, наконец, совершенно уверился в том, что кисть его послужила дьявольским орудием, что часть жизни ростовщика перешла в само деле как-нибудь в портрет и тревожит людей, внушая бесовские побуждения, совращая художника с пути, порождая страшные терзанья зависти, и проч., и проч. Три случившиеся вслед за тем несчастия, три внезапные смерти — жены, дочери и малолетнего сына — почел он небесною казнью себе и решился непременно оставить свет. Как только минуло мне девять лет, он поместил меня в Академию художеств и, расплатясь с своими должниками, удалился в одну уединенную обитель, где скоро постригся в монахи. Там строгостью жизни, неусыпным соблюдением всех монастырских правил он изумил всю братью. Настоятель монастыря, узнавши об искусстве его кисти, требовал от него написать главный образ в церковь. Но смиренный брат сказал наотрез, что он недостоин взяться за кисть, что она осквернена, что трудом и великими жертвами он должен прежде очистить свою душу, чтобы удостоиться приступить к такому делу. Его не хотели принуждать. Он сам увеличивал для себя, сколько было возможно, строгость монастырской жизни. Наконец уже и она становилась ему недостаточною и не довольно строгою. Он удалился с благословенья настоятеля в пустынь, чтоб быть совершенно одному. Там из древесных ветвей выстроил он себе келью, питался одними сырыми кореньями, таскал на себе камни с места на место, стоял от восхода до заката солнечного на одном и том же месте с поднятыми к небу руками, читая беспрерывно молитвы. Словом, изыскивал, казалось, все возможные степени терпенья и того непостижимого самоотверженья, которому примеры можно разве найти в одних житиях святых. Таким образом долго, в продолжение нескольких лет, изнурял он свое тело, подкрепляя его в то же время живительною силою молитвы. Наконец в один день пришел он в обитель и сказал твердо настоятелю: «Теперь я готов. Если Богу угодно, я совершу свой труд». Предмет, взятый им, было Рождество Иисуса. Целый год сидел он за ним, не выходя из своей кельи, едва питая себя суровой пищей, молясь беспрестанно. По истечении года картина была готова. Это было, точно, чудо кисти. Надобно знать, что ни братья, ни настоятель не имели больших сведений в живописи, но все были поражены необыкновенной святостью фигур. Чувство божественного смиренья и кротости в лице пречистой матери, склонившейся над младенцем, глубокий разум в очах божественного младенца, как будто уже что-то прозревающих вдали, торжественное молчанье пораженных божественным чудом царей, повергнувшихся к ногам его, и, наконец, святая, невыразимая тишина, обнимающая всю картину, — всё это предстало в такой согласной силе и могуществе красоты, что впечатленье было магическое. Вся братья повергласъ на колена пред новым образом, и умиленный настоятель произнес: «Нет, нельзя человеку с помощью одного человеческого искусства произвести такую картину: святая, высшая сила водила своею кистью, и благословенье небес почило на труде твоем».

В это время окончил я свое ученье в Академии, получил золотую медаль и вместе с нею радостную надежду на путешествие в Италию — лучшую мечту двадцатилетнего художника. Мне оставалось только проститься с моим отцом, с которым уже двенадцать лет я расстался. Признаюсь, даже самый образ его давно исчезнул из моей памяти. Я уже несколько наслышался о суровой святости его жизни и заранее воображал встретить черствую наружность отшельника, чуждого всему в мире, кроме своей кельи и молитвы, изнуренного, высохшего от вечного поста и бденья. Но как же я изумился, когда предстал предо мною прекрасный, почти божественный старец! И следов измождения не было заметно на его лице: оно сияло светлостью небесного веселия. Белая, как снег, борода и тонкие, почти воздушные волосы такого же серебристого цвета рассыпались картинно по груди и по складкам его черной рясы и падали до самого вервия, которым опоясывалась его убогая монашеская одежда; но более всего изумительно было для меня услышать из уст его такие слова и мысли об искусстве, которые, признаюсь, я долго буду хранить в душе и желал бы искренно, чтобы всякий мой собрат сделал то же.

— Я ждал тебя, сын мой, — сказал он, когда я подошел к его благословенью. — Тебе предстоит путь, по которому отныне потечет жизнь твоя. Путь твой чист, не совратись с него. У тебя есть талант; талант есть драгоценнейший дар Бога — не погуби его. Исследуй, изучай всё, что ни видишь, покори всё кисти, но во всем умей находить внутреннюю мысль и пуще всего старайся постигнуть высокую тайну созданья. Блажен избранник, владеющий ею. Нет ему низкого предмета в природе. В ничтожном художник-создатель так же велик, как и в великом; в презренном у него уже нет презренного, ибо сквозит невидимо сквозь него прекрасная душа создавшего, и презренное уже получило высокое выражение, ибо протекло сквозь чистилище его души. Намек о божественном, небесном рае заключен для человека в искусстве, и по тому одному оно уже выше всего. И во сколько раз торжественный покой выше всякого волненья мирского; во сколько раз творенье выше разрушенья; во сколько раз ангел одной только чистой невинностью светлой души своей выше всех несметных сил и гордых страстей сатаны, — во столько раз выше всего, что ни есть на свете, высокое созданье искусства. Всё принеси ему в жертву и возлюби его всей страстью. Не страстью, дышащей земным вожделением, но тихой небесной страстью; без нее не властен человек возвыситься от земли и не может дать чудных звуков успокоения. Ибо для успокоения и примирения всех нисходит в мир высокое созданье искусства. Оно не может поселить ропота в душе, но звучащей молитвой стремится вечно к Богу. Но есть минуты, темные минуты...

Он остановился, и я заметил, что вдруг омрачился светлый лик его, как будто бы на него набежало какое-то мгновенное облако.

— Есть одно происшествие в моей жизни, — сказал он. — Доныне я не могу понять, что был тот странный образ, с которого я написал изображение. Это было точно какое-то дьявольское явление. Я знаю, свет отвергает существованье дьявола, и потому не буду говорить о нем. Но скажу только, что я с отвращением писал его, я не чувствовал в то время никакой любви к своей работе. Насильно хотел покорить себя и бездушно, заглушив всё, быть верным природе. Это не было созданье искусства, и потому чувства, которые объемлют всех при взгляде на него, суть уже мятежные чувства, тревожные чувства, — не чувства художника, ибо художник и в тревоге дышит покоем. Мне говорили, что портрет этот ходит по рукам и рассевает томительные впечатленья, зарождая в художнике чувство зависти, мрачной ненависти к брату, злобную жажду производить гоненья и угнетенья. Да хранит тебя всевышний от сих страстей! Нет их страшнее. Лучше вынести всю горечь возможных гонений, нежели нанести кому-либо одну тень гоненья. Спасай чистоту души своей. Кто заключил в себе талант, тот чище всех должен быть душою. Другому простится многое, но ему не простится. Человеку, который вышел из дому в светлой праздничной одежде, стоит только быть обрызнуту одним пятном грязи из-под колеса, и уже весь народ обступил его, и указывает на него пальцем, и толкует об его неряшестве, тогда как тот же народ не замечает множества пятен на других проходящих, одетых в будничные одежды. Ибо на будничных одеждах не замечаются пятна.

Он благословил меня и обнял. Никогда в жизни не был я так возвышенно подвигнут. Благоговейно, более нежели с чувством сына, прильнул я к груди его и поцеловал в рассыпавшиеся его серебряные волосы. Слеза блеснула в его глазах.

— Исполни, сын мой, одну мою просьбу, — сказал он мне уже при самом расставаньи. — Может быть, тебе случится увидеть где-нибудь тот портрет, о котором я говорил тебе. Ты его узнаешь вдруг по необыкновенным глазам и неестественному их выражению, — во что бы то ни было истреби его...

Вы можете судить сами, мог ли я не обещать клятвенно исполнить такую просьбу. В продолжение целых пятнадцати лет не случалось мне встретить ничего такого, что бы хотя сколько-нибудь походило на описание, сделанное моим отцом, как вдруг теперь, на аукционе...

Здесь художник, не договорив еще своей речи, обратил глаза на стену, с тем чтобы взглянуть еще раз на портрет. То же самое движение сделала в один миг вся толпа слушавших, ища глазами необыкновенного портрета. Но, к величайшему изумлению, его уже не было на стене. Невнятный говор и шум пробежал по всей толпе, и вслед за тем послышались явственно слова: «Украден». Кто-то успел уже стащить его, воспользовавшись вниманьем слушателей, увлеченных рассказом. И долго все присутствовавшие оставались в недоумении, не зная, действительно ли они видели эти необыкновенные глаза, или это была просто мечта, представшая только на миг глазам их, утружденным долгим рассматриваньем старинных картин.

ШИНЕЛЬ

В департаменте... но лучше не называть, в каком департаменте. Ничего нет сердитее всякого рода департаментов, полков, канцелярий и, словом, всякого рода должностных сословий. Теперь уже всякий частный человек считает в лице своем оскорбленным всё общество. Говорят, весьма недавно поступила просьба от одного капатина-исправника, не помню какого-то города, в которой он излагает ясно, что гибнут государственные постановления и что священное имя его произносится решительно всуе. А в доказательство приложил к просьбе преогромнейший том какого-то романтического сочинения, где чрез каждые десять страниц является капитан-исправник, местами даже совершенно в пьяном виде. Итак, во избежание всяких неприятностей, лучше департамент, о котором идет дело, мы назовем *одним департаментом*. Итак, в *одном департаменте* служил *один чиновник*; чиновник нельзя сказать чтобы очень замечательный, низенького роста, несколько рябоват, несколько рыжеват, несколько даже на вид подслеповат, с небольшой лысиной на лбу, с морщинами по обеим сторонам щек и цветом лица что называется геморoидальным... Что ж делать! виноват петербургский климат. Что касается до чина (ибо у нас прежде всего нужно объявить чин), то он был то, что называют вечный титулярный советник, над которым, как известно, натрунились и наострились вдоволь разные писатели, имеющие похвальное обыкновенье налегать на тех, которые не могут кусаться. Фамилия чиновника была Башмачкин. Уже по самому имени видно, что она когда-то произошла от башмака; но когда, в какое время и каким образом произошла она от башмака, ничего этого неизвестно. И отец, и дед, и даже шурин и все совершенно Башмачкины ходили в сапогах, переменяя только раза три в год подметки. Имя его было Акакий Акакиевич. Может быть, читателю оно покажется несколько странным и выисканным, но можно уверить, что его никак не искали, а что сами собою случились такие обстоятельства, что никак нельзя было дать другого имени, и это произошло именно вот как. Родился Акакий Акакиевич против ночи, если только не изменяет память, на 23 марта. Покойница матушка, чиновница и очень хорошая женщина, расположилась, как следует, окрестить ребенка. Матушка еще лежала на кровати против дверей, а по правую руку стоял кум, превосходнейший человек, Иван Иванович Ерошкин, служивший столоначальником в сенате, и кума, жена квартального офицера, женщина редких добродетелей, Арина Семеновна Белобрюшкова. Родильнице предоставили на выбор любое из трех, какое она хочет выбрать: Моккия, Соссия, или назвать ребенка во имя мученика Хоздазата. «Нет, — подумала покойница, — имена-то всё такие». Чтобы угодить ей, развернули календарь в другом месте; вышли опять три имени: Трифилий, Дула и Варахасий. «Вот это наказание, — проговорила старуха: — какие всё имена; я, право, никогда и не слыхивала таких. Пусть бы еще Варадат или Варух, а то Трифилий и Варахасий». Еще переворотили страницу — вышли: Павсикахий и Вахтисий. «Ну, уж я вижу, — сказала старуха, что, видно, его такая судьба. Уж если так, пусть лучше будет он называться, как и отец его. Отец был Акакий, так пусть и сын будет Акакий». Ребенка окрестили, причем он заплакал и сделал такую гримасу, как будто бы предчувствовал, что будет титулярный советник. Итак, вот каким образом произошло всё это. Мы привели потому это, чтобы читатель мог сам видеть, что это случилось совершенно по необходимости и другого имени дать было никак не возможно. Когда и в какое время он поступил в департамент и кто определил его, этого никто не мог припомнить. Сколько ни переменялось директоров и всяких начальников, его видели всё на одном и том же месте, в том же положении, в той же самой должности, тем же чиновником для письма, так что потом уверились, что он, видно, так и родился на свет уже совершенно готовым, в вицмундире и с лысиной на голове. В департаменте не оказывалось к нему никакого уважения. Сторожа не только не вставали с мест, когда он проходил, но даже не глядели на него, как будто бы через приемную пролетела простая муха. Начальники поступали с ним как-то холодно-деспотически. Какой-нибудь помощник столоначальника прямо совал ему под нос бумаги, не сказав даже: «перепешите», или: «вот интересное, хорошенькое дельце», или что-нибудь приятное, как употребляется в благовоспитанных службах. И он брал, посмотрев только на бумагу, не глядя, кто ему подложил и имел ли на то право. Он брал и тут же пристраивался писать ее. Молодые чиновники подсмеивались и острились над ним, во сколько хватало канцелярского остроумия, рассказывали тут же пред ним разные составленные про него истории; про его хозяйку, семидесятилетнюю старуху, говорили, что она бьет его, спрашивали, когда будет их свадьба, сыпали на голову ему бумажки, называя это снегом. Но ни одного слова не отвечал на это Акакий Акакиевич, как будто бы никого и не было перед ним; это не имело даже влияния на занятия его: среди всех этих докук он не делал ни одной ошибки в письме. Только если уж слишком была невыносима шутка, когда толкали его под руку, мешая заниматься своим делом, он произносил: «Оставьте меня, зачем вы меня обижаете?» И что-то странное заключалось в словах и в голосе, с каким они были произнесены. В нем слышалось что-то такое преклоняющее на жалость, что один молодой человек, недавно определившийся, который, по примеру других, позволил было себе посмеяться над ним, вдруг остановился, как будто пронзенный, и с тех пор как будто всё переменилось перед ним и показалось в другом виде. Какая-то неестественная сила оттолкнула его от товарищей, с которыми он познакомился, приняв их за приличных, светских людей. И долго потом, среди самых веселых минут, представлялся ему низенький чиновник с лысинкою на лбу, с своими проникающими словами: «Оставьте меня, зачем вы меня обижаете?» — и в этих проникающих словах звенели другие слова: «Я брат твой». И закрывал себя рукою бедный молодой человек, и много раз содрогался он потом на веку своем, видя, как много в человеке бесчеловечья, как много скрыто свирепой грубости в утонченной, образованной светскости, и, Боже! даже в том человеке, которого свет признает благородным и честным..

Вряд ли где можно было найти человека, который так жил бы в своей должности. Мало сказать: он служил ревностно, — нет, он служил с любовью. Там, в этом переписываньи, ему виделся какой-то свой разнообразный и приятный мир. Наслаждение выражалось на лице его; некоторые буквы у него были фавориты, до которых если он добирался, то был сам не свой: и подсмеивался, и подмигивал, и помогал губами, так что в лице его, казалось, можно было прочесть всякую букву, которую выводило перо его. Если бы соразмерно его рвению давали ему награды, он, к изумлению своему, может быть, даже попал бы в статские советники; но выслужил он, как выражались остряки, его товарищи, пряжку в петлицу да нажил геморой в поясницу. Впрочем, нельзя сказать, чтобы не было к нему никакого внимания. Один директор, будучи добрый человек и желая вознаградить его за долгую службу, приказал дать ему что-нибудь поважнее, чем обыкновенное переписыванье; именно из готового уже дела велено было ему сделать какое-то отношение в другое присутственное место; дело состояло только в том, чтобы переменить заглавный титул да переменить кое-где глаголы из первого лица в третье. Это задало ему такую работу, что он вспотел совершенно, тер лоб и, наконец, сказал: «Нет, лучше дайте я перепишу что-нибудь». С тех пор оставили его навсегда переписывать. Вне этого переписыванья, казалось, для него ничего не существовало. Он не думал вовсе о своем платье: вицмундир у него был не зеленый, а какого-то рыжевато-мучного цвета. Воротничок на нем был узенький, низенький, так что шея его, несмотря на то, что не была длинна, выходя из воротника, казалась необыкновенно длинною, как у тех гипсовых котенков, болтающих головами, которых носят на головах целыми десятками русские иностранцы. И всегда что-нибудь да прилипало к его вицмундиру: или сенца кусочек, или какая-нибудь ниточка; к тому же он имел особенно искусство, ходя по улице, поспевать под окно именно в то самое время, когда из него выбрасывали всякую дрянь, и оттого вечно уносил на своей шляпе арбузные и дынные корки и тому подобный вздор. Ни один раз в жизни не обратил он внимания на то, что делается и происходит всякий день на улице, на что, как известно, всегда посмотрит его же брат, молодой чиновник, простирающий до того проницательность своего бойкого взгляда, что заметит даже, у кого на другой стороне тротуара отпоролась внизу панталон стремешка, — что вызывает всегда лукавую усмешку на лице его.

Но Акакий Акакиевич если и глядел на что, то видел на всем свои чистые, ровным почерком выписанные строки, и только разве если, неизвестно откуда взявшись, лошадиная морда помещалась ему на плечо и напускала ноздрями целый ветер в щеку, тогда только замечал он, что он не на середине строки, а скорее на середине улицы. Приходя домой, он садился тот же час за стол, хлебал наскоро свои щи и ел кусок говядины с луком, вовсе не замечая их вкуса, ел всё это с мухами и со всем тем, что ни посылал Бог на ту пору. Заметивши, что желудок начинал пучиться, вставал из-за стола, вынимал баночку с чернилами и переписывал бумаги, принесенные на дом. Если же таких не случалось, он снимал нарочно, для собственного удовольствия, копию для себя, особенно если бумага была замечательна не по красоте слога, но по адресу к какому-нибудь новому или важному лицу.

Даже в те часы, когда совершенно потухает петербургское серое небо и весь чиновный народ наелся и отобедал, кто как мог, сообразно с получаемым жалованьем и собственной прихотью, — когда всё уже отдохнуло после департаментского скрыпенья перьями, беготни, своих и чужих необходимых занятий и всего того, что задает себе добровольно, больше даже, чем нужно, неугомонный человек, — когда чиновники спешат предать наслаждению оставшееся время: кто побойчее, несется в театр; кто на улицу, определяя его на рассматриванье кое-каких шляпенок; кто на вечер — истратить его в комплиментах какой-нибудь смазливой девушке, звезде небольшого чиновного круга; кто, и это случается чаще всего, идет просто к своему брату в четвертый или третий этаж, в две небольшие комнаты с передней или кухней, и кое-какими модными претензиями, лампой или иной вещицей, стоившей многих пожертвований, отказов от обедов, гуляния, — словом даже в то время, когда все чиновники рассеиваются по маленьким квартиркам своих приятелей поиграть в штурмовой вист, прихлебывая чай из стаканов с копеечными сухарями, затягиваясь дымом из длиннх чубуков, рассказывая во время сдачи какую-нибудь сплетню, занесшуюся из высшего общества, от которого никогда и ни в каком состоянии не о чем говорить, пересказывая вечный анекдот о коменданте, которому пришли сказать, что подрублен хвост у лошади Фальконетова монумента, — словом, даже тогда, когда всё стремится развлечься, — Акакий Акакиевич не предавался никакому развлечению. Никто не мог сказать, чтобы когда-нибудь видел его на каком-нибудь вечере. Написавшись всласть, он ложился спать, улыбаясь заранее при мысли о завтрашнем дне: что-то Бог пошлет переписывать завтра? Так протекала мирная жизнь человека, который с четырьмя стами жалованья умел быть довольным своим жребием, и дотекла бы, может быть, до глубокой старости, если бы не было разных бедствий, рассыпанных на жизненной дороге не только титулярным, но даже тайным, действительным, надворным и всяким советникам, даже и тем, которые не дают никому советов, ни от кого не берут их сами.

Есть в Петербурге сильный враг всех, получающих четыреста рублей в год жалованья или около того. Враг этот не кто другой, как наш северный мороз, хотя, впрочем, и говорят, что он очень здоров. В девятом часу утра, именно в тот час, когда улицы покрываются идущими в департамент, начинает он давать такие сильные и колючие щелчки без разбору по всем носам, что бедные чиновники решительно не знают, куда девать их. В это время, когда даже у занимающих высшие должности болит от морозу лоб, и слезы выступают в глазах, бедные титулярные советники иногда бывают беззащитны. Всё спасение состоит в том, чтобы в тощенькой шинелишке перебежать как можно скорее пять-шесть улиц и потом натопаться хорошенько ногами в швейцарской, пока не оттают таким образом все замерзнувшие на дороге способности и дарованья к должностным отправлениям. Акакий Акакиевич с некоторого времени начал чувствовать, что его как-то особенно сильно стало пропекать в спину и плечо, несмотря на то, что он старался перебежать как можно скорее законное пространство. Он подумал, наконец, не заключается ли каких грехов в его шинели. Рассмотрев ее хорошенько у себя дома, он открыл, что в двух-трех местах, именно на спине и на плечах, она сделалась точная серпянка: сукно до того истерлось, что сквозило, и подкладка расползлась. Надобно знать, что шинель Акакия Акакиевича служила тоже предметом насмешек чиновникам; от нее отнимали даже благородное имя шинели и называли ее капотом. В самом деле, она имела какое-то странное устройство: воротник ее уменьшался с каждым годом более и более, ибо служил на подтачиванье других частей ее. Подтачиванье не показывало искусства портного и выходило, точно, мешковато и некрасиво. Увидевши, в чем дело, Акакий Акакиевич решил, что шинель нужно будет снести к Петровичу, портному, жившему где-то в четвертом этаже по черной лестнице, который, несмотря на свой кривой глаз и рябизну по всему лицу, занимался довольно удачно починкой чиновничьих и всяких других панталон и фраков, — разумеется, когда бывал в трезвом состоянии и не питал в голове какого-нибудь другого предприятия. Об этом портном, конечно, не следовало бы много говорить, но так как уже заведено, чтобы в повести характер всякого лица был совершенно означен, то, нечего делать, подавайте нам и Петровича сюда. Сначала он назывался просто Григорий и был крепостным человеком у какого-то барина; Петровичем он начал называться с тех пор, как получил отпускную и стал попивать довольно сильно по всяким праздникам, сначала по большим, а потом, без разбору, по всем церковным, где только стоял в календаре крестик. С этой стороны он был верен дедовским обычаям и, споря с женой, называл ее мирскою женщиной и немкой. Так как мы уже заикнулись про жену, то нужно будет и о ней сказать слова два; но, к сожалению, о ней не много было известно, разве только то, что у Петровича есть жена, носит даже чепчик, а не платок; но красотою, как кажется, она не могла похвастаться, по крайней мере при встрече с нею одни только гвардейские солдаты заглядывали ей под чепчик, моргнувши усом и испустивши какой-то особый голос.

Взбираясь по лестнице, ведшей к Петровичу, которая, надобно отдать справедливость, была вся умащена водой, помоями и проникнута насквозь тем спиртуозным запахом, который ест глаза и, как известно, присутствует неотлучно на всех черных лестницах петербургских домов, — взбираясь по лестнице, Акакий Акакиевич уже подумывал о том, сколько запросит Петрович, и мысленно положил не давать больше двух рублей. Дверь была отворена, потому что хозяйка, готовя какую-то рыбу, напустила столько дыму в кухне, что нельзя было видеть даже и самых тараканов. Акакий Акакиевич прошел через кухню, не замеченный даже самою хозяйкою, и вступил, наконец, в комнату, где увидел Петровича, сидевшего на широком деревянном некрашеном столе и подвернувшего под себя ноги свои, как турецкий паша. Ноги, по обычаю портных, сидящих за работаю, были нагишом. И прежде всего бросился в глаза большой палец, очень известный Акакию Акакиевичу, с каким-то изуродаванным ногтем, толстым и крепким, как у черепахи череп. На шее у Петровича висел моток шелку и ниток, а на коленях была какая-то ветошь. Он уже минуты с три продевал нитку в иглиное ухо, не попадал и потому очень сердился на темноту и даже на самую нитку, ворча вполголоса: «Не лезет, варварка; уела ты меня, шельма этакая!» Акакию Акакиевичу было неприятно, что он пришел именно в ту минуту, когда Петрович сердился: он любил что-либо заказывать Петровичу тогда, когда последний был уже несколько под куражем, или, как выражалась жена его: «осадился сивухой, одноглазый черт». В таком состоянии Петрович обыкновенно очень охотно уступал и соглашался, всякий раз даже кланялся и благодарил. Потом, правда, приходила жена, плачась, что муж-де был пьян и потому дешево взялся; но гривенник, бывало, один прибавишь, и дело в шляпе. Теперь же Петрович был, казалось, в трезвом состоянии, а потому крут, несговорчив и охотник заламливать черт знает какие цены. Акакий Акакиевич смекнул это и хотел было уже, как говорится, на попятный двор, но уж дело было начато. Петрович прищурил на него очень пристально свой единственный глаз, и Акакий Акакиевич невольно выговорил:

— Здравствуй, Петрович!

— Здравствовать желаю, сударь, — сказал Петрович и покосил свой глаз на руки Акакия Акакиевича, желая высмотреть, какого рода добычу тот нес.

— А я вот к тебе, Петрович, того...

Нужно знать, что Акакий Акакиевич изъяснялся большею частью предлогами, наречиями и, наконец, такими частицами, которые решительно не имеют никакого значения. Если же дело было очень затруднительно, то он даже имел обыкновение совсем не оканчивать фразы, так что весьма часто, начавши речь словами: «Это, право, совершенно того...», а потом уже и ничего не было, и сам он позабывал, думая, что всё уже выговорил.

— Что ж такое? — сказал Петрович и обсмотрел в то же время своим единственным глазом весь вицмундир его, начиная с воротника до рукавов, спинки, фалд и петлей, — что всё было ему очень знакомо, потому что было собственной его работы. Таков уж обычай у портных: это первое, что он сделает при встрече.

— А я вот того, Петрович... шинель-то, сукно... вот видишь, везде в других местах совсем крепкое, оно немножко запылилось, и кажется, как будто старое, а оно новое, да вот только в одном месте немного того...на спине, да еще вот на плече одном немного попротерлось, да вот на этом плече немножко— видишь, вот и всё. И работы немного...

Петрович взял капот, разложил его сначала на стол, рассматривал долго, покачал головою и полез рукою на окно за круглой табакеркой с портретом какого-то генерала, какого именно неизвестно, потому что место, где находилось лицо, было проткнуто пальцем и потом заклеено четвероугольным лоскуточком бумажки. Понюхав табаку, Петрович растопырил капот на руках и рассмотрел его против света и опять покачал головою. Потом обратил его подкладкой вверх и вновь покачал, вновь снял крышку с генералом, заклееным бумажкой, и, натащивши в нос табаку, закрыл, спрятал табакерку и, наконец, сказал:

— Нет, нельзя поправить: худой гардероб!

У Акакия Акакиевича при этих словах ёкнуло сердце.

— Отчего же нельзя, Петрович? — сказал он почти умоляющим голосом ребенка: — ведь только всего что на плечах поистерлось, ведь у тебя есть же какие-нибудь кусочки...

— Да кусочки-то можно найти, кусочки найдутся, — сказал Петрович, — да нашить-то нельзя: дело совсем гнилое, тронешь иглой — а вот уж оно и ползет.

— Пусть ползет, а ты тотчас заплаточку.

— Да заплаточки не на чем положить, укрепиться ей не за что, подержка больно велика. Только слава, что сукно, а подуй ветер, так разлетится.

— Ну, да уж прикрепи. Как же этак, право, того!..

— Нет, — сказал Петрович решительно, — ничего нельзя сделать. Дело совсем плохое. Уж вы лучше, как придет зимнее холодное время, наделайте из нее себе онучек, потому что чулок не греет. Это немцы выдумали, чтобы побольше себе денег забирать (Петрович любил при случае кольнуть немцев); а шинель уж, видно, вам придется новую делать.

При слове « новую» у Акакия Акакиевча затуманило в глазах, и всё, что ни было в комнате, так и пошло пред ним путаться. Он видел ясно одного только генерала с заклееным бумажкой лицом, находившегося на крышке Петровичевой табакерки.

— Как же новую? — сказал он, всё еще как будто находясь во сне: — ведь у меня и денег на это нет.

— Да, новую, — сказал с варварским спокойствием Петрович.

— Ну, а если бы пришлось новую, как бы она того...

— То есть, что будет стоить?

— Да.

— Да три полсотни с лишком надо будет приложить, — сказал Петрович и сжал при этом значительно губы. Он очень любил сильные эффекты, любил вдруг как-нибудь озадачить совершенно и потом поглядеть искоса, какую озадаченный сделает рожу после таких слов.

— Полтораста рублей за шинель! — вскрикнул бедный Акакий Акакиевич, вскрикнул, может быть, в первый раз отроду, ибо отличался всегда тихостью голоса.

— Да-с, — сказал Петрович, — да еще какова шинель. Если

положить на воротник куницу да пустить капишон на шелковой подкладке, так и в двести войдет.

— Петрович, пожалуйста, — говорил Акакий Акакиевич умоляющим голосом, не слыша и не стараясь слышать сказанных Петровичем слов и всех его эффектов, — как-нибудь поправь, чтобы хоть сколько-нибудь еще послужила.

— Да нет, это выйдет: и работу убивать и деньги попусту тратить — сказал Петрович, и Акакий Акакиевич после таких слов вышел совершенно уничтоженный.

А Петрович, по уходе его, долго еще стоял, значительно сжавши губы и не принимаясь за работу, будучи доволен, что и себя не уронил, да и портного искусства тоже не выдал.

Вышед на улицу, Акакий Акакиевич был как во сне. «Этаково-то дело этакое, — говорил он сам себе: я, право, и не думал, чтобы оно вышло того... — а потом, после некоторого молчания, прибавил: — так вот как! наконец вот что вышло, а я, право, совсем и предполагать не мог, чтобы оно было этак». За сим последовало опять долгое молчание, после которого он произнес: «Так этак-то! вот какое уж, точно, никак неожиданное, того... этого бы никак... этакое-то обстоятельство!» Сказавши это, он, вместо того чтобы идти домой, пошел совершенно в противную сторону, сам того не подозревая. Дорогою задел его всем нечистым своим боком трубочист и вычернил всё плечо ему; целая шапка извести высыпалась на него с верхушки строившегося дома. Он ничего этого не заметил, и потом уже, когда натолкнулся на будочника, который, поставя около себя свою алебарду, натряхивал из рожка на мозолистый кулак табаку, тогда только немного очнулся и, то потому, что будочник сказал: «Чего лезешь и в самое рыло, разве нет тебе трухтуара?» Это заставило его оглянуться и поворотить домой. Здесь только он начал собирать мысли, увидел в ясном и настоящем виде свое положение, стал разговаривать с собою уже не отрывисто, но рассудительно и откровенно, как с благоразумным приятелем, с которым можно поговорить о деле самом сердечном и близком. «Ну нет, — сказал Акакий Акакиевич. — теперь с Петровичем нельзя толковать: он теперь того... жена, видно, как-нибудь поколотила его. А вот я лучше приду к нему в воскресный день утром: он после канунешной субботы будет косить глазом и заспавшись, так ему нужно будет опохмелиться, а жена денег не даст, а в это время я ему гривенничек и того, в руку, он и будет сговорчивее и шинель тогда и того...» Так рассудил сам с собою Акакий Акакиевич, ободрил себя и дождался первого воскресенья, и, увидев издали, что жена Петровича куда-то выходила из дому, он прямо к нему. Петрович, точно, после субботы сильно косил глазом, голову держал к полу и был совсем заспавшись; но при всем том, как только узнал, в чем дело, точно как будто его черт толкнул. «Нельзя, — сказал, — извольте заказать новую». Акакий Акакиевич тут-то и всунул ему гривенничек. «Благодарствую, судырь, подкреплюсь маленечко за ваше здоровье, — сказал Петрович, — а уж об шинели не извольте беспокоиться: она ни на какую годность не годится. Новую шинель уж я вам сошью наславу, уж на этом постоим».

Акакий Акакиевич еще было насчет починки, но Петрович не дослышал и сказал: «Уж новую я вам сошью беспременно, в этом извольте положиться, старанье приложим. Можно будет даже так, как пошла мода: воротник будет застегиваться на серебряные лапки под аплике».

Тут-то увидел Акакий Акакиевич, что без новой шинели нельзя обойтись, и поник совершенно духом. Как же, в самом деле, на что, на какие деньги ее сделать? Конечно, можно бы отчасти положиться на будущее награждение к празднику, но эти деньги давно уже размещены и распределены вперед. Требовалось завести новые панталоны, заплатить сапожнику старый долг за приставку новых головок к старым голенищам, да следовало заказать швее три рубахи, да штуки две того белья, которое неприлично называть в печатном слоге, — словом, все деньги совершенно должны были разойтися; и если бы даже директор был так милостив, что вместо сорока рублей наградных определил бы сорок пять или пятьдесят, то всё-таки останется какой-нибудь самый вздор, который в шинельном капитале будет капля в море. Хотя, конечно, он знал, что за Петровичем водилась блажь заломить вдруг черт знает какую непомерную цену, так что уж, бывало, сама жена не могла удержаться, чтобы не вскрикнуть: «Что ты с ума сходишь, дурак такой! В другой раз ни за что возьмет работать, а теперь разнесла его нелегкая запросить такую цену, какой и сам не стоит». Хотя, конечно он знал, что Петрович и за восемьдесят рублей возьмется сделать; однако всё же откуда взять эти восемьдесят рублей? Еще половину можно бы найти: половина бы отыскалась; может быть, даже немножко и больше; но где взять другую половину?.. Но прежде читателю должно узнать, где взялась первая половина. Акакий Акакиевич имел обыкновение со всякого истрачиваемого рубля откладывать по грошу в небольшой ящичек, запертый на ключ, с прорезанною в крышке дырочкой для бросания туда денег. По истечении всякого полугода он ревизовал накопившуюся медную сумму и заменял ее мелким серебром. Так продолжал он с давних пор, и, таким образом, в продолжение нескольких лет оказалось накопившейся суммы более чем на сорок рублей. Итак, половина была в руках; но где же взять другую половину? Где взять другие сорок рублей? Акакий Акакиевич думал, думал и решил, что нужно будет уменьшить обыкновенные издержки, хотя по крайней мере в продолжение одного года: изгнать употребление чаю по вечерам, не зажигать по вечерам свечи, а если что понадобится делать, идти в комнату к хозяйке и работать при ее свечке; ходя по улицам, ступать как можно легче и осторожнее по камням и плитам, почти на цыпочках, чтобы таким образом не истереть скоровременно подметок; как можно реже отдавать прачке мыть белье, а чтобы не занашивалось, то всякий раз, приходя домой, скидать его и оставаться в одном только демикотоновом халате, очень давнем и щадимом даже самим временем. Надобно сказать правду, что сначала ему было несколько трудно привыкать к таким ограничениям, но потом как-то привыклось и пошло на лад; даже он совершенно приучился голодать по вечерам; но зато он питался духовно, нося в мыслях своих вечную идею будущей шинели. С этих пор как будто самое существование его сделалось как-то полнее, как будто бы он женился, как будто какой-то другой человек присутствовал с ним, как будто он был не один, а какая-то приятная подруга жизни согласилась с ним проходить вместе жизненную дорогу, — и подруга эта была не кто другая, как та же шинель на толстой вате, на крепкой подкладке без износу. Он сделался как-то живее, даже тверже характером, как человек, который уже определил и поставил себе цель. С лица и с поступков его исчезло само собою сомнение, нерешительность, словом, все колеблющиеся и неопределенные черты. Огонь порою показывался в глазах его, в голове даже мелькали самые дерзкие и отважные мысли: не положить ли, точно, куницу на воротник? Размышления об этом чуть не навели на него рассеянности. Один раз, переписывая бумагу, он чуть было даже не сделал ошибки, так что почти вслух вскрикнул: «ух!» и перекрестился. В продолжение каждого месяца он хотя один раз наведывался к Петровичу, чтобы поговорить о шинели, где лучше купить сукна, и какого цвета, и в какую цену, и хотя несколько озабоченный, но всегда довольный возвращался домой, помышляя, что, наконец, придет же время, когда всё это купится и когда шинель будет сделана. Дело пошло даже скорее, чем он ожидал. Противу всякого чаяния, директор назначил Акакию Акакиевичу не сорок или сорок пять, о целых шестьдесят рублей; уж предчувствовал ли он, что Акакию Акакиевичу нужна шинель, или само собой так случилось, но только у него чрез это очутилось лишних двадцать рублей. Это обстоятельство ускорило ход дела. Еще каких-нибудь два-три месяца небольшого голодания — и у Акакия Акакиевича набралось точно около восьмидесяти рублей. Сердце его, вообще весьма покойное, начало биться. В первый же день он отправился вместе с Петровичем в лавки. Купили сукна очень хорошего — и немудрено, потому что об этом думали еще за полгода прежде и редкий месяц не заходили в лавки применяться к ценам; зато сам Петрович сказал, что лучше сукна и не бывает. На подкладку выбрали коленкору, но такого добротного и плотного, который, по словам Петровича, был еще лучше шелку и даже на вид казистей и глянцовитей. Куницы не купили, потому что была, точно, дорога; а вместо ее выбрали кошку, лучшую, какая только нашлась в лавке, кошку, которую издали можно было всегда принять за куницу. Петрович провозился за шинелью всего две недели, потому что много было стеганья, а иначе она была бы готова раньше. За работу Петрович взял двенадцать рублей — меньше никак нельзя было: всё было решительно шито на шелку, двойным мелким швом, и по всякому шву Петрович потом проходил собственными зубами, вытесняя ими разные фигуры. Это было... трудно сказать, в который именно день, но, вероятно, в день самый торжественнейший в жизни Акакия Акакиевича, когда Петрович принес, наконец, шинель. Он принес ее поутру, перед самым тем временем, как нужно было идти в департамент. Никогда бы в другое время не пришлась так кстати шинель, потому что начинались уже довольно крепкие морозы и, казалось, грозили еще более усилиться. Петрович явился с шинелью, как следует хорошему портному. В лице его показалось выражение такое значительное, какого Акакий Акакиевич никогда еще не видал. Казалось, он чувствовал в полной мере, что сделал немалое дело и что вдруг показал в себе бездну, разделяющую портных, которые подставляют только подкладки и переправляют, от тех, которые шьют заново. Он вынул шинель из носового платка, в котором ее принес; платок был только что от прачки, он уже потом свернул его и положил в карман для употребления. Вынувши шинель, он весьма гордо посмотрел и, держа в обеих руках, набросил весьма ловко на плеча Акакию Акакиевичу; потом потянул и осадил ее сзади рукой книзу; потом драпировал ею Акакия Акакиевича несколько нараспашку. Акакий Акакиевич, как человек в летах, хотел попробовать в рукава; Петрович помог надеть и в рукава, — вышло, что и в рукава была хороша. Словом, оказалось, что шинель была совершенно и как раз впору. Петрович не упустил при сем случае сказать, что он так только, потому что живет без вывески на небольшой улице и притом давно знает Акакия Акакиевича, потому взял так дешево; а на Невском проспекте с него бы взяли за одну только работу семьдесят пять рублей. Акакий Акакиевич об этом не хотел рассуждать с Петровичем, да и боялся всех сильных сумм, какими Петрович любил запускать пыль. Он расплатился с ним, поблагодарил и вышел тут же в новой шинели в департамент. Петрович вышел вслед за ним и, оставаясь на улице, долго еще смотрел издали на шинель и потом пошел нарочно в сторону, чтобы обогнувши кривым переулком, забежать вновь на улицу и посмотреть еще раз на свою шинель с другой стороны, то есть прямо в лицо. Между тем Акакий Акакиевич шел в самом праздничном расположении всех чувств. Он чувствовал всякий миг минуты, что на плечах его новая шинель, и несколько раз даже усмехнулся от внутреннего удовольствия. В самом деле, две выгоды: одно то, что тепло, а другое, что хорошо. Дороги он не приметил вовсе и очутился вдруг в департаменте; в швейцарской он скинул шинель, осмотрел ее кругом и поручил в особенный надзор швейцару. Неизвестно, каким образом в департаменте все вдруг узнали, что у Акакия Акакиевича новая шинель и что капота более не существует. Все в ту же минуту выбежали в швейцарскую смотреть новую шинель Акакия Акакиевича. Начали поздравлять его, приветствовать, так что тот сначала только улыбался, а потом сделалось ему даже стыдно. Когда же все, приступив к нему, стали говорить, что нужно вспрыснуть новую шинель и что по крайней мере он должен задать им всем вечер, Акакий Акакиевич потерялся совершенно, не знал, как ему быть, что такое отвечать и как отговориться. Он уже минут через несколько, весь закрасневшись, начал было уверять довольно простодушно, что это совсем не новая шинель, что это так, что это старая шинель. Наконец один из чиновников, какой-то даже помощник столоначальника, вероятно для того, чтобы показать, что он ничуть не гордец и знается даже с низшими себя, сказал: «Так и быть, я вместо Акакия Акакиевича даю вечер и прошу ко мне сегодня на чай: я же, как нарочно, сегодня именинник». Чиновники, натурально, тут же поздравили помощника столоначальника и приняли с охотою предложение. Акакий Акакиевич начал было отговариваться, но все стали говорить, что неучтиво, что просто стыд и срам, и он уж никак не мог отказаться. Впрочем, ему потом сделалось приятно, когда вспомнил, что он будет иметь чрез то случай пройтись даже и ввечеру в новой шинели. Этот весь день был для Акакия Акакиевича точно самый большой торжественный праздник. Он возвратился домой в самом счастливом расположении духа, скинул шинель и повесил ее бережно на стене, налюбовавшись еще раз сукном и подкладкой, и потом нарочно вытащил, для сравненья, прежний капот свой, совершенно расползшийся. Он взглянул на него, и сам даже засмеялся: такая была далекая разница! И долго еще потом за обедом он всё усмехался, как только приходило ему на ум положение, в котором находился капот. Пообедал он весело и после обеда уж ничего не писал, никаких бумаг, а так немножко посибаритствовал на постели, пока не потемнело. Потом, не затягивая дела, оделся, надел на плеча шинель и вышел на улицу. Где именно жил пригласивший чиновник, к сожалению, не можем сказать: память начинает нам сильно изменять и всё, что ни есть в Петербурге, все улицы и домы слились и смешались так в голове, что весьма трудно достать оттуда что-нибудь в порядочном виде. Как бы то ни было, но верно по крайней мере то, что чиновник жил в лучшей части города, — стало быть, очень не близко от Акакия Акакиевича. Сначала надо было Акакию Акакиевичу пройти кое-какие пустынные улицы с тощим освещением, но по мере приближения к квартире чиновника улицы становились живее, населенней и сильнее освещены. Пешеходы стали мелькать чаще, начали попадаться и дамы, красиво одетые, на мужчинах попадались бобровые воротники, реже встречались ваньки с деревянными решетчатыми своими санками, утыканными позолоченными гвоздочками, — напротив, всё попадались лихачи в малиновых бархатных шапках, с лакированными санками, с медвежьими одеялами, и пролетали улицу, визжа колесами по снегу, кареты с убранными козлами. Акакий Акакиевич глядел на всё это, как на новость. Он уже несколько лет не выходил по вечерам на улицу. Остановился с любопытством перед освещенным окошком магазина посмотреть на картину, где изображена была какая-то красивая женщина, которая скидала с себя башмак, обнаживши, таким образом, всю ногу, очень недурную; а за спиной ее, из дверей другой комнаты, выставил голову какой-то мужчина с бакенбардами и красивой эспаньолкой под губой. Акакий Акакиевич покачнул головой и усмехнулся и потом пошел своею дорогою. Почему он усмехнулся, потому ли, что встретил вещь вовсе незнакомую, но о которой, однако же, всё-таки у каждого сохраняется какое-то чутье, или подумал он, подобно многим другим чиновникам, следующее: «Ну, уж эти французы! что и говорить, уж ежели захотят что-нибудь того, так уж точно того...» А может быть, даже и этого не подумал — ведь нельзя же залезть в душу человеку и узнать всё, что он ни думает. Наконец достигнул он дома, в котором квартировал помощник столоначальника. Помощник столоначальника жил на большую ногу: на лестнице светил фонарь, квартира была во втором этаже. Вошедши в переднюю, Акакий Акакиевич увидел на полу целые ряды калош. А между ними, посреди комнаты, стоял самовар, шумя и испуская клубами пар. На стенах висели всё шинели да плащи, между которыми некоторые были даже с бобровыми воротниками или с бархатными отворотами. За стеной был слышен шум и говор, которые вдруг сделались ясными и звонкими, когда отворилась дверь и вышел лакей с подносом, уставленным опорожненными стаканами, сливочником и корзиною сухарей. Видно, что уж чиновники давно собрались и выпили по первому стакану чая. Акакий Акакиевич, повесивши сам шинель свою, вошел в комнату, и перед ним мелькнули в одно время свечи, чиновники, трубки, столы для карт, и смутно поразили слух его беглый, со всех сторон подымавшийся разговор и шум передвигаемых стульев. Он остановился весьма неловко среди комнаты, ища и стараясь придумать, что ему сделать. Но его уже заметили, приняли с криком, и все пошли тот же час в переднюю и вновь осмотрели его шинель. Акакий Акакиевич хотя было отчасти и сконфузился, но, будучи человеком чистосердечным, не мог не порадоваться, видя, как все похвалили шинель. Потом, разумеется, все бросили и его и шинель и обратились, как водится, к столам, назначенным для виста. Всё это: шум, говор и толпа людей, — всё это было как-то чудно Акакию Акакиевичу. Он просто не знал, как ему быть, куда деть руки, ноги и всю фигуру свою; наконец подсел он к игравшим, смотрел в карты, засматривал тому и другому в лица и чрез несколько времени начал зевать, чувствовать, что скучно, тем более что уж давно наступило то время, в которое он, по обыкновению, ложился спать. Он хотел проститься с хозяином, но его не пустили, говоря, что непременно надо выпить в честь обновки по бокалу шампанского. Через час подали ужин, состоявший из винегрета, холодной телятины, паштета, кондитерских пирожков и шампанского. Акакия Акакиевича заставили выпить два бокала, после которых он почувствовал, что в комнате сделалось веселее, однако ж никак не мог позабыть, что уже двенадцать часов и что давно пора домой. Чтобы как-нибудь не вздумал удерживать хозяин, он вышел потихоньку из комнаты, отыскал в передней шинель, которую не без сожаления увидел лежавшею на полу, стряхнул ее, снял с нее всякую пушинку, надел на плеча и опустился по лестнице на улицу. На улице всё еще было светло. Кое-какие мелочные лавчонки, эти бессменные клубы дворовых и всяких людей, были отперты, другие же, которые были заперты, показывали, однако ж, длинную струю света во всю дверную щель, означавшую, что они не лишены еще общества и, вероятно, дворовые служанки или слуги еще доканчивают свои толки и разговоры, повергая своих господ в совершенное недоумение насчет своего местопребывания. Акакий Акакиевич шел в веселом расположении духа, даже подбежал было вдруг, неизвестно почему, за какою-то дамою, которая, как молния, прошла мимо и у которой всякая часть тела была исполнена необыкновенного движения. Но, однако ж, он тут же остановился и пошел опять попрежнему очень тихо, подивясь даже сам неизвестно откуда взявшейся рыси. Скоро потянулись перед ним те пустынные улицы, которые даже и днем не так веселы, а тем более вечером. Теперь они сделались еще глуше и уединеннее: фонари стали мелькать реже — масла, как видно, уже меньше отпускалось; пошли деревянные домы, заборы; нигде ни души; сверкал только один снег по улицам да печально чернели с закрытыми ставнями заснувшие низенькие лачужки. Он приблизился к тому месту, где перерезывалась улица бесконечною площадью с едва видными на другой стороне ее домами, которая глядела страшною пустынею.

Вдали, Бог знает где, мелькал огонек в какой-то будке, которая казалась стоявшею на краю света. Веселость Акакия Акакиевича как-то здесь значительно уменьшилась. Он вступил на площадь не без какой-то невольной боязни, точно как будто сердце его предчувствовало что-то недоброе. Он оглянулся назад и по сторонам: точное море вокруг него. «Нет, лучше и не глядеть», — подумал и шел, закрыв глаза, и когда открыл их, чтобы узнать, близко ли конец площади, увидел, что перед ним стоят почти перед носом какие-то люди с усами, какие именно, уж этого он не мог даже различить. У него затуманило в глазах и забилось в груди. «А ведь шинель-то моя!» — сказал один из них громовым голосом, схвативши его за воротник. Акакий Акакиевич хотел было уже закричать «караул», как другой приставил ему к самому рту кулак величиною в чиновничью голову, примолвив: «А вот только крикни!» Акакий Акакиевич чувствовал только, как сняли с него шинель, дали ему пинка коленом, и он упал навзничь в снег и ничего уж больше не чувствовал. Чрез несколько минут он опомнился и поднялся на ноги, но уж никого не было. Он чувствовал, что в поле холодно и шинели нет, стал кричать, но голос, казалось, и не думал долетать до концов площади. Отчаянный, не уставая кричать, пустился он бежать через площадь прямо к будке, подле которой стоял будочник и, оперевшись на свою алебарду, глядел, кажется, с любопытством, желая знать, какого черта бежит к нему издали и кричит человек. Акакий Акакиевич, прибежав к нему, начал задыхающимся голосом кричать, что он спит и ни за чем не смотрит, не видит, как грабят человека. Будочник отвечал, что он не видал ничего, что видел, как остановили его среди площади какие-то два человека, да думал, что то были его приятели; а что пусть он вместо того, чтобы понапрасну браниться, сходит завтра к надзирателю, так надзиратель отыщет, кто взял шинель. Акакий Акакиевич прибежал домой в совершенном беспорядке: волосы, которые еще водились у него в небольшом количестве на висках и затылке, совершенно растрепались; бок и грудь и все панталоны были в снегу. Старуха, хозяйка квартиры его, услыша страшный стук в дверь, поспешно вскочила с постели и с башмаком на одной только ноге побежала отворять дверь, придерживая на груди своей, из скромности, рукою рубашку; но, отворив, отступила назад, увидя в таком виде Акакия Акакиевича. Когда же рассказал он, в чем дело, она всплеснула руками и сказала, что нужно идти прямо к частному, что квартальный надует, пообещается и станет водить; а лучше всего идти прямо к частному, что он даже ей знаком, потому что Анна, чухонка, служившая прежде у нее в кухарках, определилась теперь к частному в няньки, что она часто видит его самого, как он проезжает мимо их дома, и что он бывает также всякое воскресенье в церкви, молится, а в то же время весело смотрит на всех, и что, стало быть, по всему видно, должен быть добрый человек. Выслушав такое решение, Акакий Акакиевич печальный побрел в свою комнату, и как провел там ночь, предоставляется судить тому, кто может сколько-нибудь представить себе положение другого. Поутру рано отправился он к частному; но сказали, что спит; он пришел в десять — сказали опять спит; он пришел в одиннадцать часов — сказали: да нет частного дома; он в обеденное время — но писаря в прихожей никак не хотели пустить его и хотели непременно узнать, за каким делом и какая надобность привела и что такое случилось. Так что, наконец, Акакий Акакиевич раз в жизни захотел показать характер и сказал наотрез, что ему нужно лично видеть самого частного, что они не смеют его не допустить, что он пришел из департамента за казенным делом, а что вот как он на них пожалуется, так вот тогда они увидят. Против этого писаря ничего не посмели сказать, и один из них пошел вызвать частного. Частный принял как-то чрезвычайно странно рассказ о грабительстве шинели. Вместо того, чтобы обратить внимание на главный пункт дела, он стал расспрашивать Акакия Акакиевича: да почему он так поздно возвращался, да не заходил ли он и не был ли в каком непорядочном доме, так что Акакий Акакиевич сконфузился совершенно и вышел от него, сам не зная, возымеет ли надлежащий ход дело о шинели, или нет. Весь этот день он не был в присутствии (единственный случай в его жизни). На другой день он явился весь бледный и в старом капоте своем, который сделался еще плачевнее. Повествование о грабеже шинели, несмотря на то, что нашлись такие чиновники, которые не пропустили даже и тут посмеяться над Акакием Акакиевичем, однако же многих тронуло. Решились тут же сделать для него складчину, но собрали самую безделицу, потому что чиновники и без того уже много истратились, подписавшись на директорский портрет и на одну какую-то книгу, по предложению начальника отделения, который был приятелем сочинителю, — итак, сумма оказалась самая бездельная. Один кто-то, движимый состраданием, решился по крайне мере помочь Акакию Акакиевичу добрым советом, сказавши, чтоб он пошел не к квартальному, потому что хоть и может случиться, что квартальный, желая заслужить одобрение начальства, отыщет каким-нибудь образом шинель, но шинель всё-таки останется в полиции, если он не представит законных доказательств, что она принадлежит ему; а лучше всего, чтобы он обратился к одному *значительному лицу*, что *значительное лицо*, спишась и снесясь с кем следует, может заставить успешнее идти дело. Нечего делать, Акакий Акакиевич решился идти к *значительному лицу*. Какая именно и в чем состояла должность *значительного лица*, это осталось до сих пор неизвестным. Нужно знать, что *одно значительное лицо* недавно сделался значительным лицом, а до того времени он был незначительным лицом. Впрочем, место его и теперь не почиталось значительным в сравнении с другими, еще значительнейшими. Но всегда найдется такой круг людей, для которых незначительное в глазах прочих есть уже значительное. Впрочем, он старался усилить значительность многими другими средствами, именно: завел, чтобы низшие чиновники встречали его еще на лестнице, когда он приходил в должность; чтобы к нему являться прямо никто не смел, а чтоб шло всё порядком строжайшим: коллежский регистратор докладывал бы губернскому секретарю, губернский секретарь — титулярному или какому приходилось другому, и чтобы уже, таким образом, доходило дело до него. Так уж на святой Руси всё заражено подражанием, всякий дразнит и корчит своего начальника. Говорят даже, какой-то титулярный советник, когда сделали его правителем какой-то отдельной небольшой канцелярии тотчас же отгородил себе особенную комнату, назвавши ее «комнатой пристутствия», и поставил у дверей каких-то капельдинеров с красными воротниками, в галстуках, которые брались за ручку дверей и отворяли ее всякому приходившему, хотя в «комнате присутствия» насилу мог уставиться обыкновенный письменный стол. Приемы и обычаи *значительного лица* были солидны и величественны, но не многосложны. Главным основанием его системы была строгость. «Строгость, строгость и —строгость», говаривал он обыкновенно и при последнем слове обыкновенно смотрел очень значительно в лицо тому, которому говорил. Хотя, впрочем, этому и не было никакой причины, потому что десяток чиновников, составлявших весь правительственный механизм канцелярии, и без того был в надлежащем страхе: завидя его издали, оставлял уже дело и ожидал стоя в вытяжку, пока начальник пройдет через комнату. Обыкновенный разговор его с низшими отзывался строгостью и состоял почти из трех фраз: «Как вы смеете? Знаете ли вы, с кем говорите? Понимаете ли, кто стоит перед вами?» Впрочем, он был в душе добрый человек, хорош с товарищами, услужлив, но генеральский чин совершенно сбил его с толку. Получивши генеральский чин, он как-то спутался, сбился с пути и совершенно не знал, как ему быть. Если ему случалось быть с ровными себе, он был еще человек как следует, человек очень порядочный, во многих отношениях даже не глупый человек; но как только случалось ему быть в обществе, где были люди хоть одним чином пониже его, так он был просто хоть из рук вон: молчал, и положение его возбуждало жалость, тем более, что он сам даже чувствовал, что мог бы провести время несравненно лучше. В глазах его иногда видно было сильное желание присоединиться к какому-нибудь интересному разговору и кружку, но останавливала его мысль: не будет ли это уж очень много с его стороны, не будет ли фамильярно, и не уронит ли он чрез то своего значения? И вследствие таких рассуждений он оставался вечно в одном и том же молчаливом состоянии, произнося только изредка какие-то односложные звуки, и приобрел таким образом титул скучнейшего человека. К такому-то *значительному лицу* явился наш Акакий Акакиевич, и явился во время самое неблагоприятное, весьма некстати для себя, хотя, впрочем, кстати для значительного лица. Значительное лицо находился в своем кабинете и разговорился очень-очень весело с одним недавно приехавшим старинным знакомым и товарищем детства, с которым несколько лет не видался. В это время доложили ему, что пришел какой-то Башмачкин. Он спросил отрывисто: «Кто такой?» Ему отвечали: «Какой-то чиновник». — «А! может подождать, теперь не время», — сказал значительный человек. Здесь надобно сказать, что значительный человек совершенно прилгнул: ему было время, они давно уже с приятелем переговорили обо всем и уже давно перекладывали разговор весьма длинными молчаньями, слегка только потрепливая друг друга по ляжке и приговаривая: «Так-то, Иван Абрамович!» — «Этак-то, Степан Варламович!» Но при всем том, однако же, велел он чиновнику подождать, чтобы показать приятелю, человеку давно не служившему и зажившемуся дома в деревне, сколько времени чиновники дожидаются у него в передней. Наконец наговорившись, а еще более намолчавшись вдоволь и выкуривши сигарку в весьма покойных креслах с откидными спинками, он, наконец, как будто вдруг вспомнил и сказал секретарю, остановившемуся у дверей с бумагами для доклада: «Да, ведь там стоит, кажется, чиновник; скажите ему, что он может войти». Увидевши смиренный вид Акакия Акакиевича и его старенький вицмундир, он оборотился к нему вдруг и сказал: «Что вам угодно?» — голосом отрывистым и твердым, которому нарочно учился заранее у себя в комнате, в уединении и перед зеркалом, еще за неделю до получения нынешнего своего места и генеральского чина. Акакий Акакиевич уже заблаговременно почувствовал надлежащую робость, несколько смутился и, как мог, сколько могла позволить ему свобода языка, изъяснил с прибавлением даже чаще, чем в другое время, частиц «того», что была-де шинель совершенно новая, и теперь ограблен бесчеловечным образом, и что он обращается к нему, чтоб он ходатайством своим как-нибудь того, списался бы с господином обер-полицмейстером или другим кем и отыскал шинель. Генералу, неизвестно почему, показалось такое обхождение фамильярным.

— Что вы, милостивый государь, — продолжал он отрывисто, — не знаете порядка? куда вы зашли? не знаете, как водятся дела? Об этом вы бы должны были прежде подать просьбу в канцелярию; она пошла бы к столоначальнику, к начальнику отделения, потом передана была бы секретарю, а секретарь доставил бы ее уже мне...

— Но, ваше превосходительство — сказал Акакий Акакиевич,

стараясь собрать всю небольшую горсть присутствия духа, какая только в нем была, и чувствуя в то же время, что он вспотел ужасным образом, — я ваше превосходительство осмелился утрудить потому, что секретари того... ненадежный народ...

— Что, что, что? — сказал значительное лицо. — Откуда вы набрались такого духу? откуда вы мыслей таких набрались? что за буйство такое распространилось между молодыми людьми против начальников и высших!

Значительное лицо, кажется, не заметил, что Акакию Акакиевичу забралось уже за пятьдесят лет. Стало быть, если бы он и мог назваться молодым человеком, то разве только относительно, то есть в отношении к тому, кому уже было семьдесят лет.

— Знаете ли вы, кому это говорите? понимаете ли вы, кто стоит перед вами? понимаете ли вы это, понимаете ли это? я вас спрашиваю.

Тут он топнул ногою, возведя голос до такой сильной ноты, что даже и не Акакию Акакиевичу сделалось бы страшно. Акакий Акакиевич так и обмер, пошатнулся, затрясся всем телом и никак не мог стоять: если бы не подбежали тут же сторожа поддержать его, он бы шлепнулся на пол; его вынесли почти без движения. А значительное лицо, довольный тем, что эффект превзошел даже ожидание, и совершенно упоенный мыслью, что слово его может лишить даже чувств человека, искоса взглянул на приятеля, чтобы узнать, как он на это смотрит, и не без удовольствия увидел, что приятель его находился в самом неопределенном состоянии и начинал даже с своей стороны сам чувствовать страх.

Как сошел с лестницы, как вышел на улицу, ничего уж этого не помнил Акакий Акакиевич. Он не слышал ни рук, ни ног. В жизнь свою он не был еще так сильно распечен генералом, да еще и чужим. Он шел по вьюге, свиставшей в улицах, разинув рот, сбиваясь с тротуаров; ветер, по петербургскому обычаю, дул на него со всех четырех сторон, из всех переулков. Вмиг надуло ему в горло жабу, и добрался он домой, не в силах будучи сказать ни одного слова; весь распух и слег в постель. Так сильно иногда бывает надлежащее распеканье! На другой день обнаружилась у него сильная горячка. Благодаря великодушному вспомоществованию петербургского климата болезнь пошла быстрее, чем можно было ожидать, и когда явился доктор, то он, пощупавши пульс, ничего не нашелся сделать, как только прописать припарку, единственно уже для того, чтобы больной не остался без благодетельной помощи медицины; а впрочем, тут же объявил ему чрез полтора суток непременный капут. После чего обратился к хозяйке и сказал: «А вы, матушка, и времени даром не теряйте, закажите ему теперь же сосновый гроб, потому что дубовый будет для него дорог». Слышал ли Акакий Акакиевич эти произнесенные роковые для него слова, а если и слышал, произвели ли они на него потрясающее действие, пожалел ли он о горемычной своей жизни, — ничего этого неизвестно, потому что он находился всё время в бреду и жару. Явления, одно другого страннее, представлялись ему беспрестанно: то видел он Петровича и заказывал ему сделать шинель с какими-то западнями для воров, которые чудились ему беспрестанно под кроватью, и он поминутно призывал хозяйку вытащить у него одного вора даже из-под одеяла; то спрашивал, зачем висит перед ним старый капот его, что у него есть новая шинель; то чудилось ему, что он стоит перед генералом, выслушивая надлежащее распеканье, и приговаривает: «Виноват, ваше превосходительство!», то, наконец, даже даже сквернохульничал, произнося самые страшные слова, так что старушка хозяйка крестилась, отроду не слыхав от него ничего подобного, тем более что слова эти следовали непосредственно за словом «ваше превосходительство». Далее он говорил совершенную бессмыслицу, так что ничего нельзя было понять; можно было только видеть, что беспорядочные слова и мысли ворочались около одной и той же шинели. Наконец бедный Акакий Акакиевич испустил дух. Ни комнаты, ни вещей его не опечатывали, потому, что, во-первых, не было наследников, а во-вторых, оставалось очень немного наследства, именно: пучок гусиных перьев, десть белой казенной бумаги, три пары носков, две-три пуговицы, оторвавшиеся от панталон, и уже известный читателю капот. Кому всё это досталось, Бог знает: об этом, признаюсь даже не интересовался рассказывающий сию повесть. Акакия Акакиевича свезли и похоронили. И Петербург остался без Акакия Акакиевича, как будто бы в нем его и никогда не было. Исчезло и скрылось существо, никем не защищенное, никому не дорогое, ни для кого не интересное, даже не обратившее на себя внимание и естествонаблюдателя, не пропускающего посадить на булавку обыкновенную муху и рассмотреть ее в микроскоп; существо, переносившее покорно канцелярские насмешки и без всякого чрезвычайного дела сошедшее в могилу, но для которого всё же таки, хотя перед самым концом жизни, мелькнул светлый гость в виде шинели, ожививший на миг бедную жизнь, и на которое так же потом нестерпимо обрушилось несчастие, как обрушивалось на царей и повелителей мира... Несколько дней после его смерти послан был к нему на квартиру из департамента сторож, с приказанием немедленно явиться, начальник-де требует; но сторож должен был возвратиться ни с чем, давши отчет, что не может больше придти, и на запрос: «почему?» выразился словами: «Да так, уж он умер, четвертого дня похоронили». Таким образом узнали в департаменте о смерти Акакия Акакиевича, и на другой день уже на его месте сидел новый чиновник, гораздо выше ростом и выставлявший буквы уже не таким прямым почерком, а гораздо наклонее и косее.

Но кто бы мог вообразить, что здесь еще не всё об Акакие Акакиевиче, что суждено ему на несколько дней прожить шумно после своей смерти, как бы в награду за непримеченную никем жизнь? Но так случилось, и бедная история наша неожиданно принимает фантастическое окончание. По Петербургу пронеслись вдруг слухи, что у Калинкина моста и далеко подальше стал показываться по ночам мертвец в виде чиновника, ищущего какой-то утащенной шинели и под видом стащенной шинели сдирающий со всех плеч, не разбирая чина и звания, всякие шинели: на кошках, на бобрах, на вате, енотовые, лисьи, медвежьи шубы — словом, всякого рода меха и кожи, какие только придумали люди для прикрытия собственной. Один из департаментских чиновников видел своими глазами мертвеца и узнал в нем тотчас Акакия Акакиевича; но это внушило ему, однако же, такой страх, что он бросился бежать со всех ног и оттого не мог хорошенько рассмотреть, а видел только, как тот издали погрозил ему пальцем. Со всех сторон поступали беспрестанно жалобы, что спины и плечи, пускай бы еще только титулярных, а то даже самих тайных советников, подвержены совершенной простуде по причине ночного сдергивания шинелей. В полиции сделано было распоряжение поймать мертвеца во что бы то ни стало, живого или мертвого, и наказать его, в пример другим, жесточайшим образом, и в том едва было даже не успели. Именно, будочник какого-то квартала в Кирюшкином переулке схватил было уже совершенно мертвеца за ворот на самом месте злодеяния, на покушении сдернуть фризовую шинель с какого-то отставного музыканта, свиставшего в свое время на флейте. Схвативши его за ворот, он вызвал своим криком двух других товарищей, которым поручил держать его, а сам полез только на одну минуту за сапог, чтобы вытащить оттуда тавлинку с табаком, освежить на время шесть раз на веку примороженный нос свой; но табак, верно, был такого рода, которого не мог вынести даже и мертвец. Не успел будочник, закрывши пальцем свою правую ноздрю, потянуть левою полгорсти, как мертвец чихнул так сильно, что совершенно забрызгал им всем троим глаза. Покамест они поднесли кулаки протереть их, мертвеца и след пропал, так что они не знали даже, был ли он, точно, в их руках. С этих пор будочники получили такой страх к мертвецам, что даже опасались хватать и живых, и только издали покрикивали: «Эй ты, ступай своею дорогою!», и мертвец-чиновник стал показываться даже за Калинкиным мостом, наводя немалый страх на всех робких людей. Но мы, однако же, совершенно оставили *одно значительное лицо*, который, по-настоящему, едва ли не был причиною фантастического направления, впрочем, совершенно истинной истории. Прежде всего долг справедливости требует сказать, что *одно значительное лицо* скоро по уходе бедного, распеченного в пух Акакия Акакиевича почувствовал что-то вроде сожаления. Сострадание было ему не чуждо; его сердцу были доступны многие добрые движения, несмотря на то, что чин весьма часто мешал им обнаруживаться. Как только вышел из его кабинета приезжий приятель, он даже задумался о бедном Акакие Акакиевиче. И с этих пор почти всякий день представлялся ему бледный Акакий Акакиевич, не выдержавший должностного распеканья. Мысль о нем до такой степени тревожила его, что неделю спустя он решился даже послать к нему чиновника узнать, что он и как и нельзя ли в самом деле чем помочь ему; и когда донесли ему, что Акакий Акакиевич умер скоропостижно в горячке, он остался даже пораженным, слышал упреки совести и весь день был не в духе. Желая сколько-нибудь развлечься и позабыть неприятное впечатление, он отправился на вечер к одному из приятелей своих, у которого нашел порядочное общество, а что всего лучше — все там были почти одного и того же чина, так что он совершенно ничем не мог быть связан. Это имело удивительное действие на душевное его расположение. Он развернулся, сделался приятен в разговоре, любезен — словом, провел вечер очень приятно. За ужином выпил он стакана два шампанского — средство, как известно, недурно действующее в рассуждении веселости. Шампанское сообщило ему расположение к разным экстренностям, а именно: он решил не ехать еще домой, а заехать к одной знакомой даме, Каролине Ивановне, даме, кажется немецкого происхождения, к которой он чувствовал совершенно приятельские отношения. Надобно сказать, что значительное лицо был уже человек немолодой, хороший супруг, почтенный отец семейства. Два сына, из которых один служил уже в канцелярии, и миловидная шестнадцатилетняя дочь с несколько выгнутым, но хорошеньким носиком приходили всякий день целовать его руку, приговаривая: «*bonjour, papa*»[10]. Супруга его, еще женщина свежая и даже ничуть не дурная, давала ему прежде поцеловать свою руку и потом, переворотивши ее на другую сторону, целовала его руку. Но значительное лицо, совершенно, впрочем, довольный домашними семейными нежностями, нашел приличным иметь для дружеских отношений приятельницу в другой части города. Эта приятельница была ничуть не лучше и не моложе жены его; но такие уж задачи бывают на свете, и судить об них не наше дело. Итак, значительное лицо сошел с лестницы, сел в сани и сказал кучеру: «К Каролине Ивановне», а сам, закутавшись весьма роскошно в теплую шинель, оставался в том приятном положении, лучше которого и не выдумаешь для русского человека, то есть когда сам ни о чем не думаешь, а между тем мысли сами лезут в голову, одна другой приятнее, не давая даже труда гоняться за ними и искать их. Полный удовольствия, он слегка припоминал все веселые места проведенного вечера, все слова, заставившие хохотать небольшой круг; многие из них он даже повторял вполголоса и нашел, что они всё так же смешны, как и прежде, а потому немудрено, что и сам посмеивался от души. Изредка мешал ему, однако же, порывистый ветер, который, выхватившись вдруг Бог знает откуда и нивесть от какой причины, так и резал в лицо, подбрасывая ему туда клочки снега, хлобуча, как парус, шинельный воротник или вдруг с неестественною силою набрасывая ему на голову и доставляя, таким образом, вечные хлопоты из него выкарабкиваться. Вдруг почувствовал значительное лицо, что его ухватил кто-то весьма крепко за воротник. Обернувшись, он заметил человека небольшого роста, в старом поношенном вицмундире, и не без ужаса узнал в нем Акакия Акакиевича. Лицо чиновника было бледно, как снег, и глядело совершенным мертвецом. Но ужас значительного лица превзошел все границы, когда он увидел, что рот мертвеца покривился и, пахнувши на него страшно могилою, произнес такие речи: «А! так вот ты наконец! наконец я тебя того, поймал за воротник! твоей-то шинели мне и нужно! не похлопотал об моей, да еще и распек, — отдавай же теперь свою!» Бедное *значительное лицо* чуть не умер. Как ни был он характерен в канцелярии и вообще перед низшими, и хотя, взглянувши на один мужественный вид его и фигуру, всякий говорил: «У, какой характер!», но здесь он, подобно весьма многим имеющим богатырскую наружность, почувствовал такой страх, что не без причины даже стал опасаться насчет какого-нибудь болезненного припадка. Он сам даже скинул поскорее с плеч шинель свою и закричал кучеру не своим голосом: «Пошел во весь дух домой!» Кучер, услышавши голос, который произносится обыкновенно в решительные минуты и даже сопровождается кое-чем гораздо действительнейшим, упрятал на всякий случай голову свою в плечи, замахнулся кнутом и помчался как стрела. Минут в шесть с небольшим значительное лицо уже был пред подъездом своего дома. Бледный, перепуганный и без шинели, вместо того чтобы к Каролине Ивановне, он приехал к себе, доплелся кое-как до своей комнаты и провел ночь весьма в большом беспорядке, так что на другой день поутру за чаем дочь ему сказала прямо: « Ты сегодня совсем бледен, папа». Но папа молчал и никому ни слова о том, что с ним случилось, и где он был, и куда хотел ехать. Это происшествие сделало на него сильное впечатление. Он даже гораздо реже стал говорить подчиненным: «Как вы смеете, понимаете ли, кто перед вами?»; если же и произносил, то уж не прежде, как выслушавши сперва, в чем дело. Но еще более замечательно то, что с этих пор совершенно прекратилось появление чиновника-мертвеца: видно, генеральская шинель пришлась ему совершенно по плечам; по крайней мере уже не было нигде слышно таких случаев, чтобы сдергивали с кого шинели. Впрочем, многие деятельные и заботливые люди никак не хотели успокоиться и поговаривали, что в дальних частях города всё еще показывался чиновник-мертвец. И точно, один коломенский будочник видел собственными глазами, как показалось из-за одного дома привидение; но, будучи по природе своей несколько бессилен, так что один раз обыкновенный взрослый поросенок, кинувшись из какого-то частного дома, сшиб его с ног, к величайшему смеху стоявших вокруг извозчиков, с которых он вытребовал за такую издевку по грошу на табак, — итак, будучи бессилен, он не посмел остановить его, а так шел за ним в темноте до тех пор, пока, наконец, привидение вдруг оглянулось и, остановясь, спросило: «Тебе чего хочется?» — и показало такой кулак, какого и у живых не найдешь. Будочник сказал: «Ничего», да и поворотил тот же час назад. Привидение, однако же, было уже гораздо выше ростом, носило преогромные усы и, направив шаги, как казалось, к Обухову мосту, скрылось совершенно в ночной темноте.

КОЛЯСКА

Городок Б. очень повеселел, когда начал в нем стоять*** кавалерийский полк. А до того времени было в нем страх скучно. Когда, бывало, проезжаешь его и взглянешь на низенькие мазанные домики, которые смотрят на улицу до невероятности кисло, то... невозможно выразить, что делается тогда на сердце: тоска такая, как будто бы или проигрался, или отпустил некстати какую-нибудь глупость, — одним словом: нехорошо. Глина на них обвалилась от дождя, и стены вместо белых сделались пегими; крыши большею частию крыты тростником, как обыкновенно бывает в южных городах наших; садики, для лучшего вида, городничий давно приказал вырубить. На улицах ни души не встретишь, разве только петух перейдет чрез мостовую, мягкую, как подушка, от лежащей на четверть пыли, которая при малейшем дожде превращается в грязь, и тогда улицы городка Б. наполняются теми дородными животными, которых тамошний городничий называет французами. Выставив серьёзные морды из своих ванн, они подымают такое хрюканье, что проезжающему остается только погонять лошадей поскорее. Впрочем, проезжающего трудно встретить в городке Б. Редко, очень редко какой-нибудь помещик, имеющий одиннадцать душ крестьян, в нанковом сюртуке, тарабанит по мостовой в какой-то полубричке и полутележке, выглядывая из мучных наваленных мешков и пристегивая гнедую кобылу, вслед за которою бежит жеребенок. Самая рыночная площадь имеет несколько печальный вид: дом портного выходит чрезвычайно глупо не всем фасадом, но углом; против него строится лет пятнадцать какое-то каменное строение о двух окнах; далее стоит сам по себе модный дощатый забор, выкрашенный серою краскою под цвет грязи, который, на образец другим строениям, воздвиг городничий во время своей молодости, когда не имел еще обыкновения спать тотчас после обеда и пить на ночь какой-то декокт, заправленный сухим крыжовником. В других местах всё почти плетень; посреди площади самые маленькие лавочки; в них всегда можно заметить связку баранков, бабу в красном платке, пуд мыла, несколько фунтов горького миндалю, дробь для стреляния, демикотон и двух купеческих приказчиков, во всякое время играющих около дверей в свайку. Но как начал стоять в уездном городке Б. кавалерийский полк, всё переменилось. Улицы запестрели, оживились — словом, приняли совершенно другой вид. Низенькие домики часто видели проходящего мимо ловкого, статного офицера с султаном на голове, шедшего к товарищу поговорить о производстве, об отличнейшем табаке, а иногда поставить на карточку дрожки, которые можно было назвать полковыми, потому что они, не выходя из полку, успевали обходить всех: сегодня катался в них майор, завтра они появлялись в поручиковой конюшне, а через неделю, смотри, опять майорский денщик подмазывал их салом. Деревянный плетень между домами весь был усеян висевшими на солнце солдатскими фуражками; серая шинель торчала непременно где-нибудь на воротах; в переулках попадались солдаты с такими жесткими усами, как сапожные щетки. Усы эти были видны во всех местах. Соберутся ли на рынке с ковшиками мещанки, из-за плеч их, верно, выглядывают усы. На лобном месте солдат с усами, уж верно, мылил бороду какому-нибудь деревенскому пентюху, который только покряхтывал, выпуча глаза вверх. Офицеры оживили общество, которое до того времени состояло только из судьи, жившего в одном доме с какою-то диаконицею, и городничего, рассудительного человека, но спавшего решительно весь день: от обеда до вечера и от вечера до обеда. Общество сделалось еще многолюднее и занимательнее, когда переведена была сюда квартира бригадного генерала. Окружные помещики, о которых существовании никто бы до того времени не догадался, начали приезжать почаще в уездный городок, чтобы видеться с господами офицерами, а иногда поиграть в банчик, который уже чрезвычайно темно грезился в голове их, захлопотанной посевами, жениными поручениями и зайцами. Очень жаль, что не могу припомнить, по какому обстоятельству случилось бригадному генералу давать большой обед; заготовление к нему было сделано огромное: стук поваренных ножей на генеральской кухне был слышен еще близ городской заставы. Весь рынок был забран совершенно для обеда, так что судья с своею диаконицею должен был есть одни только лепешки из гречневой муки да крахмальный кисель. Небольшой дворик генеральской квартиры был весь уставлен дрожками и колясками. Общество состояло из мужчин: офицеров и некоторых окружных помещиков. Из помещиков более всех был замечателен Пифагор Пифагорович Чертокуцкий, один из главных аристократов Б... уезда, более всех шумевший на выборах и приезжавший туда в щегольском экипаже. Он служил прежде в одном из кавалерийских полков и был один из числа значительных и видных офицеров. По крайней мере его видали на многих балах и собраниях, где только кочевал их полк; впрочем, об этом можно спросить у девиц Тамбовской и Симбирской губерний. Весьма может быть, что он распустил бы и в прочих губерниях выгодную для себя славу, если бы не вышел в отставку по одному случаю, который обыкновенно называется неприятною историею: он ли дал кому-то в старые годы оплеуху, или ему дали ее, об этом наверное не помню, дело только в том, что его попросили выдти в отставку. Впрочем, он этим ничуть не уронил своего весу: носил фрак с высокою талией на манер военного мундира, на сапогах шпоры и под носом усы, потому что без того дворяне могли бы подумать, что он служил в пехоте, которую он презрительно называл иногда пехтурой, а иногда пехонтарией. Он бывал на всех многолюдных ярмарках, куда внутренность России, состоящая из мамок, детей, дочек и толстых помещиков, наезжала веселиться бричками, таратайками, тарантасами и такими каретами, какие и во сне никому не снились. Он пронюхивал носом, где стоял кавалерийский полк, и всегда приезжал видеться с господами офицерами. Очень ловко соскакивал перед ними с своей легонькой колясочки или дрожек и чрезвычайно скоро знакомился. В прошлые выборы дал он дворянству прекрасный обед, на котором объявил, что если только его выберут предводителем, то он поставит дворян на самую лучшую ногу. Вообще вел себя по-барски, как выражаются в уездах и губерниях, женился на довольно хорошенькой, взял за нею двести душ приданого и несколько тысяч капиталу. Капитал был тотчас употреблен на шестерку действительно отличных лошадей, вызолоченные замки к дверям, ручную обезьяну для дома и француза дворецкого. Двести же душ вместе с двумя стами его собственных были заложены в ломбард для каких-то коммерческих оборотов. Словом, он был помещик как следует... Изрядный помещик. Кроме него, на обеде у генерала было несколько и других помещиков, но об них нечего говорить. Остальные были все военные того же полка и два штаб-офицера: полковник и довольно толстый майор. Сам генерал был дюж и тучен, впрочем хороший начальник, как отзывались о нем офицеры. Говорил он довольно густым, значительным басом. Обед был чрезвычайный: осетрина, белуга, стерляди, дрофы, спаржа, перепелки, куропатки, грибы доказывали, что повар еще со вчерашнего дня не брал в рот горячего, и четыре солдата с ножами в руках работали на помощь ему всю ночь *фрикасеи* и *желеи*. Бездна бутылок, длинных с лафитом, короткошейных с мадерою, прекрасный летний день, окна, открытые напролет, тарелки со льдом на столе, отстегнутая последняя пуговица у господ офицеров, растрепанная манишка у владетелей укладистого фрака, перекрестный разговор, покрываемый генеральским голосом и заливаемый шампанским, — всё отвечало одно другому. После обеда все встали с приятною тяжестью в желудках и, закурив трубки с длинными и короткими чубуками, вышли с чашками кофию в руках на крыльцо.

У генерала, полковника и даже майора мундиры были вовсе расстегнуты, так что видны были слегка благородные подтяжки из шелковой материи, но господа офицеры, сохраняя должное уважение, пребыли с застегнутыми, выключая трех последних пуговиц.

— Вот ее можно теперь посмотреть, — сказал генерал. — Пожалуйста, любезнейший, — примолвил он, обращаясь к своему адъютанту, довольно ловкому молодому человеку приятной наружности, — прикажи, чтобы привели сюда гнедую кобылу! Вот вы увидите сами. — Тут генерал потянул из трубки и выпустил дым. — Она еще не слишком в холе: проклятый городишко, нет порядочной конюшни. Лошадь, пуф, пуф, очень порядочная!

— И давно, ваше превосходительство, пуф, пуф, изволите иметь ее? — сказал Чертокуцкий.

— Пуф, пуф, пуф, ну... пуф, не так давно. Всего только два года, как она взята мною с завода!

— И получить ее изволили объезженную или уже здесь изволили объездить?

— Пуф, пуф, пу, пу, пу... у... у... ф, здесь, — сказавши это, генерал весь исчезнул в дыме.

Между тем из конюшни выпрыгнул солдат, послышался стук копыт, наконец показался другой, в белом балахоне, с черными огромными усами, ведя за узду вздрагивавшую и пугавшуюся лошадь, которая вдруг подняв голову, чуть не подняла вверх присевшего к земле солдата вместе с его усами. «Ну ж, ну! Аграфена Ивановна!» — говорил он, подводя ее под крыльцо.

Кобыла называлась Аграфена Ивановна; крепкая и дикая, как южная красавица, она грянула копытами в деревянное крыльцо и вдруг остановилась.

Генерал, опустивши трубку, начал смотреть с довольным видом на Аграфену Ивановну. Сам полковник, сошедши с крыльца, взял Аграфену Ивановну за морду. Сам майор потрепал Аграфену Ивановну по ноге, прочие пощелками языком.

Чертокуцкий сошел с крыльца и зашел ей взад. Солдат, вытянувшись и держа узду, глядел прямо посетителям в глаза, будто бы хотел вскочить в них.

— Очень, очень хорошая! — сказал Чертокуцкий: — статистая лошадь! А позвольте, ваше превосходительство, узнать, как она ходит?

— Шаг у нее хорош; только... черт его знает... этот дурак фершел дал ей каких-то пилюль, и вот уже два дня всё чихает.

— Очень, очень хороша. А имеете ли, ваше превосходительство, соответствующий экипаж?

— Экипаж?.. Да ведь это верховая лошадь.

— Я это знаю; но я спросил ваше превосходительство для того, чтобы узнать, имеете ли и к другим лошадям соответствующий экипаж.

— Ну, экипажей у меня не слишком достаточно. Мне, признаться вам сказать, давно хочется иметь нынешнюю коляску. Я писал об этом к брату моему, который теперь в Петербурге, да не знаю, пришлет ли он, или нет.

— Мне кажется, ваше превосходительство, — заметил полковник, нет лучше коляски, как венская.

— Вы справедливо думаете, пуф, пуф, пуф.

— У меня, ваше превосходительство, есть чрезвычайная коляска настоящей венской работы.

— Какая? Та, в которой вы приехали?

— О нет. Это так, разъездная, собственно для моих поездок, но та... это удивительно, легка как перышко; а когда вы сядете в нее, то просто как бы, с позволения вашего превосходительства, нянька вас в люльке качала!

— Стало быть, покойна?

— Очень, очень покойна; подушки, рессоры, — это всё как будто на картинке нарисовано.

— Это хорошо.

— А уж укладиста как! то есть я, ваше превосходительство, и не видывал еще такой. Когда я служил, то у меня в ящики помещалось десять бутылок рому и двадцать фунтов табаку, кроме того, со мною еще было около шести мундиров, белье и два чубука, ваше превосходительство, такие длинные, как, с позволения сказать, солитер, а в карманы можно целого быка поместить.

— Это хорошо.

— Я, ваше превосходительство, заплатил за нее четыре тысячи.

— Судя по цене, должна быть хороша; и вы купили ее сами?

— Нет, ваше превосходительство; она досталась по случаю. Ее купил мой друг, редкий человек, товарищ моего детства, с которым бы вы сошлись совершенно; мы с ним — что твое, что мое, всё равно. Я выиграл ее у него в карты. Не угодно ли, ваше превосходительство, сделать мне честь пожаловать завтра ко мне отобедать, и коляску вместе посмотрите.

— Я не знаю, что вам на это сказать. Мне одному как-то... Разве уж позволите вместе с господами офицерами?

— И господ офицеров прошу покорнейше. Господа, я почту

себе за большую честь иметь удовольствие видеть вас в своем доме!

Полковник, майор и прочие офицеры отблагодарили учтивым поклоном.

— Я, ваше превосходительство, сам того мнения, что если покупать вещь, то непременно хорошую, а если дурную, то нечего и заводить. Вот у меня, когда сделаете мне честь завтра пожаловать, я покажу кое-какие статьи, которые я сам завел по хозяйственной части.

Генерал посмотрел и выпустил изо рту дым.

Чертокуцкий был чрезвычайно доволен, что пригласил к себе господ офицеров: он заранее заказывал в голове своей паштеты и соусы, посматривал очень весело на господ офицеров, которые также с своей стороны как-то удвоили к нему свое расположение, что было заметно из глаз их и небольших телодвижений вроде полупоклонов. Чертокуцкий выступал вперед как-то развязнее, и голос его принял расслабление: выражение голоса, обремененного удовольствием.

— Там, ваше превосходительство, познакомитесь с хозяйкой дома.

— Мне очень приятно, — сказал генерал, поглаживая усы.

Чертокуцкий после этого хотел немедленно отправиться домой, чтобы заблаговременно приготовить всё к принятию гостей к завтрашнему обеду; он взял уже было и шляпу в руки, но как-то так странно случилось, что он остался еще на несколько времени. Между тем уже в комнате были расставлены ломберные столы. Скоро всё общество разделилось на четверные партии в вист и расселось в разных углах генеральских комнат.

Подали свечи. Чертокуцкий долго не знал, садиться или не садиться ему за вист. Но как господа офицеры начали приглашать, то ему показалось очень несогласно с правилами общежития отказаться. Он присел. Нечувствительно очутился перед ним стакан с пуншем, который он, позабывшись, в ту же минуту выпил. Сыгравши два роберта, Чертокуцкий опять нашел под рукою стакан с пуншем, который тоже, позабывшись, выпил, сказавши наперед: «Пора, господа, мне домой, право пора». Но опять присел и на вторую партию. Между тем разговор в разных углах комнаты принял совершенно частное направление. Играющие в вист были довольно молчаливы; но неигравшие, сидевшие на диванах в стороне, вели свой разговор. В одном углу штаб-ротмистр, подложивши себе под бок подушку, с трубкою в зубах, рассказывал довольно свободно и плавно любовные свои приключения и овладел совершенно вниманием собравшегося около него кружка. Один чрезвычайно толстый помещик с короткими руками, несколько похожими на два выросшие картофеля, слушал с необыкновенно сладкою миною и только по временам силился запустить коротенькую свою руку за широкую спину, чтобы вытащить оттуда табакерку. В другом углу завязался довольно жаркий спор о батальонном учении, и Чертокуцкий, который в это время уже вместо дамы два раза сбросил валета, вмешивался вдруг в чужой разговор и кричал из своего угла: «в котором году?», или: «которого полка?», не замечая, что иногда вопрос совершенно не приходился к делу. Наконец, за несколько минут до ужина, вист прекратился, но он продолжался еще на словах, и казалось, головы всех были полны вистом. Чертокуцкий очень помнил, что выиграл много, но руками не взял ничего и, вставши из-за стола, долго стоял в положении человека, у которого нет в кармане носового платка. Между тем подали ужин. Само собою разумеется, что в винах не было недостатка и что Чертокуцкий почти невольно должен был иногда наливать в стакан себе потому, что направо и налево стояли у него бутылки.

Разговор затянулся за столом предлинный, но, впрочем, как-то странно он был веден. Один помещик, служивший еще в кампанию 1812 года, рассказал такую баталию, какой никогда не было, и потом, совершенно неизвестно по каким причинам, взял пробку из графина и воткнул ее в пирожное. Словом, когда начали разъезжаться, то уже было три часа, и кучера должны были нескольких особ взять в охапку, как бы узелки с покупкою, и Чертокуцкий, несмотря на весь аристократизм свой, сидя в коляске, так низко кланялся и с таким размахом головы, что, приехавши домой, привез в усах своих два репейника.

В доме всё совершенно спало; кучер едва мог сыскать камердинера, который проводил господина чрез гостиную, сдал горничной девушке, за которою кое-как Чертокуцкий добрался до спальни и уложился возле своей молоденькой и хорошенькой жены, лежавшей прелестнейшим образом, в белом, как снег, спальном платье. Движение, произведенное падением ее супруга на кровать, разбудило ее. Потянувшись, поднявши ресницы и три раза быстро зажмуривши глаза, она открыла их с полусердитою улыбкою; но, видя, что он решительно не хочет оказать на этот раз никакой ласки, с досады поворотилась на другую сторону и, положив свежую свою щеку на руку, скоро после него заснула.

Было уже такое время, которое по деревням не называется рано, когда проснулась молодая хозяйка возле храпевшего супруга. Вспомнивши, что он возвратился вчера домой в четвертом часу ночи, она пожалела будить его и, надев спальные башмачки, которые супруг ее выписал из Петербурга, в белой кофточке, драпировавшейся на ней, как льющаяся вода, она вышла в свою уборную, умылась свежею, как сама, водою и подошла к туалету. Взглянувши на себя раза два, она увидела, что сегодня очень недурна. Это повидимому незначительное обстоятельство заставило ее просидеть перед зеркалом ровно два часа лишних. Наконец она оделась очень мило и вышла освежиться в сад. Как нарочно, время было тогда прекрасное, каким может только похвалиться летний южный день. Солнце, вступивши на полдень, жарило всею силою лучей, но под темными густыми аллеями гулять было прохладно, и цветы, пригретые солнцем, утрояли свой запах. Хорошенькая хозяйка вовсе позабыла о том, что уже двенадцать часов и супруг ее спит. Уже доходило до слуха ее послеобеденное храпенье двух кучеров и одного форейтора, спавших в конюшне, находившейся за садом. Но она всё сидела в густой аллее, из которой был открыт вид на большую дорогу, и рассеянно глядела на безлюдную ее пустынность, как вдруг показавшаяся вдали пыль привлекла ее внимание. Всмотревшись, она скоро увидела несколько экипажей. Впереди ехала открытая двуместная легонькая колясочка; в ней сидел генерал с толстыми, блестевшими на солнце эполетами и рядом с ним полковник. За ней следовала другая, четвероместная; в ней сидел майор с генеральским адъютантом и еще двумя насупротив сидевшими офицерами; за коляской следовали известные всем полковые дрожки, которыми владел на этот раз тучный майор; за дрожками четвероместный бонвояж, в котором сидели четыре офицера и пятый на руках; за бонвояжем рисовались три офицера на прекрасных гнедых лошадях в темных яблоках.

«Неужели это к нам? — подумала хозяйка дома. — Ах, Боже мой! в самом деле они поворотили на мост!» Она вскрикнула, всплеснула руками и побежала чрез клумбы и цветы прямо в спальню своего мужа. Он спал мертвецки.

— Вставай, вставай! вставай скорее! — кричала она, дергая его за руку.

— А? — проговорил, потягиваясь, Чертокуцкий, не раскрывая глаз.

— Вставай, пульпультик! слышишь ли? гости!

— Гости, какие гости? — сказавши это, он испустил небольшое мычание, какое издает теленок, когда ищет мордою сосцов своей матери. — Мм... — ворчал он, — протяни, моньмуня, свою шейку! я тебя поцелую.

— Душенька, вставай ради Бога, скорей. Генерал с офицерами! Ах, Боже мой, у тебя в усах репейник.

— Генерал? А, так он уже едет? Да что же это, черт возьми, меня никто не разбудил? А обед, что ж обед, всё ли там как следует готово?

— Какой обед?

— А я разве не заказывал?

— Ты? ты приехал в четыре часа ночи, и, сколько я ни спрашивала тебя, ты ничего не сказал мне. Я тебя, пульпультик, потому не будила, что мне жаль тебя стало: ты ничего не спал... — последние слова сказала она чрезвычайно томным и умоляющим голосом.

Чертокуцкий, вытаращив глаза, минуту лежал на постели, как громом пораженный. Наконец вскочил он в одной рубашке с постели, позабывши, что это вовсе неприлично.

— Ах я лошадь! — сказал он, ударив себя по лбу. — Я звал их на обед. Что делать? далеко они?

— Я не знаю... они должны сию минуту уже быть.

— Душенька... спрячься!.. Эй, кто там! ты, девчонка! ступай, чего, дура, боишься? Приедут офицеры сию минуту. Ты скажи, что барина нет дома, скажи, что и не будет совсем, что еще с утра выехал, слышишь? И дворовым всем объяви, ступай скорее!

Сказавши это, он схватил наскоро халат и побежал спрятаться в экипажный сарай, полагая там положение свое совершенно безопасным. Но, ставши в углу сарая, он увидел, что и здесь можно было его как-нибудь увидеть. «А вот это будет лучше», — мелькнуло в его голове, и он в одну минуту отбросил ступени близ стоявшей коляски, вскочил туда, закрыл за собою дверца, для большей безопасности закрылся фартуком и кожею и притих совершенно, согнувшись в своем халате.

Между тем экипажи подъехали к крыльцу.

Вышел генерал и встряхнулся, за ним полковник, поправляя руками султан на своей шляпе. Потом соскочил с дрожек толстый майор, держа подмышкою саблю. Потом выпрыгнули из бонвояжа тоненькие подпоручики с сидевшим на руках прапорщиком, наконец сошли с седел рисовавшиеся на лошадях офицеры.

— Барина нет дома, — сказал, выходя на крыльцо, лакей.

— Как нет? стало быть, он, однако ж, будет к обеду?

— Никак нет. Они уехали на весь день. Завтра разве около этого только времени будут.

— Вот тебе на! — сказал генерал. — Как же это?..

— Признаюсь, это штука, — сказал полковник смеясь.

— Да нет, как же этак делать? — продолжал генерал с неудовольствием. — Фить... Черт... Ну, не можешь принять, зачем напрашиваться?

— Я, ваше превосходительство, не понимаю, как можно это делать, — сказал один молодой офицер.

— Что? — сказал генерал, имевший обыкновение всегда произносить эту вопросительную частицу, когда говорил с обер-офицером.

— Я говорил, ваше превосходительство: как можно поступать таким образом?

— Натурально... Ну, не случилось, что ли, — дай знать по крайней мере, или не проси.

— Что ж, ваше превосходительство, нечего делать, поедемте назад! — сказал полковник.

— Разумеется, другого средства нет. Впрочем, коляску мы можем посмотреть и без него. Он, верно, ее не взял с собою. Эй, кто там, подойди, братец сюда!

— Чего изволите?

— Ты конюх?

— Конюх, ваше превосходительство.

— Покажи-ка нам новую коляску, которую недавно достал барин.

— А вот пожалуйте в сарай!

Генерал отправился вместе с офицерами в сарай.

— Вот извольте, я ее немного выкачу, здесь темненько.

— Довольно, довольно, хорошо!

Генерал и офицеры обошли вокруг коляску и тщательно осмотрели колеса и рессоры.

— Ну, ничего нет особенного, — сказал генерал, — коляска самая обыкновенная.

— Самая неказистая, — сказал полковник, — совершенно нет ничего хорошего.

— Мне кажется, ваше превосходительство, она совсем не стоит четырех тысяч, — сказал один из молодых офицеров.

— Что?

— Я говорю, ваше превосходительство, что, мне кажется, она не стоит четырех тысяч.

— Какое четырех тысяч! она и двух не стоит. Просто ничего нет. Разве внутри есть что-нибудь особенное... Пожалуйста, любезный, отстегни кожу...

И глазам офицеров предстал Чертокуцкий, сидящий в халате и согнувшийся необыкновенным образом.

— А, вы здесь!.. — сказал изумившийся генерал.

Сказавши это, генерал тут же захлопнул дверцы, закрыл опять Чертокуцкого фартуком и уехал вместе с господами офицерами.

ЗАПИСКИ СУМАСШЕДШЕГО

Октября 3.

Сегодняшнего дня случилось необыкновенное приключение. Я встал поутру довольно поздно, и когда Мавра принесла мне вычищенные сапоги, я спросил, который час. Услышавши, что уже давно било десять, я поспешил поскорее одеться. Признаюсь, я бы совсем не пошел в департамент, зная заранее, какую кислую мину сделает наш начальник отделения. Он уже давно мне говорит: «Что это у тебя, братец, в голове всегда ералаш такой? Ты иной раз метаешься, как угорелый, дело подчас так спутаешь, что сам сатана не разберет, в титуле поставишь маленькую букву, не выставишь ни числа, ни номера». Проклятая цапля! он, верно, завидует, что я сижу в директорском кабинете и очиниваю перья для его превосходительства. Словом, я не пошел бы в департамент, если бы не надежда видеться с казначеем и авось-либо выпросить у этого жида хоть сколько-нибудь из жалованья вперед. Вот еще создание! Чтобы он выдал когда-нибудь вперед за месяц деньги — господи Боже мой, да скорее страшный суд придет. Проси, хоть тресни, хоть будь в разнужде, — не выдаст, седой черт. А на квартире собственная кухарка бьет его по щекам. Это всему свету известно. Я не понимаю выгод служить в департаменте. Никаких совершенно ресурсов. Вот в губернском правлении, гражданских и казенных палатах совсем другое дело: там, смотришь, иной прижался в самом уголку и пописывает. Фрачишка на нем гадкий, рожа такая, что плюнуть хочется, а посмотри ты, какую он дачу нанимает! Фарфоровой вызолоченной чашки и не неси к нему: «это, говорит, докторский подарок»; а ему давай пару рысаков, или дрожки, или бобер рублей в триста. С виду такой тихенький, говорит так деликатно: «Одолжите ножичка починить перышко», а там обчистит так, что только одну рубашку оставит на просителе. Правда, у нас зато служба благородная, чистота во всем такая, какой вовеки не видеть губернскому правлению: столы из красного дерева, и все начальники на *вы*. Да, признаюсь, если бы не благородство службы, я бы давно оставил департамент.

Я надел старую шинель и взял зонтик, потому что шел проливной дождик. На улицах не было никого; одни только бабы, накрывшись полами платья, да русские купцы под зонтиками, да курьеры попадались мне на глаза. Из благородных только наш брат чиновник попался мне. Я увидел его на перекрестке. Я, как увидел его, тотчас сказал себе: «Эге! нет, голубчик, ты не в департамент идешь, ты спешишь вон за тою, что бежит впереди, и глядишь на ее ножки». Что это за бестия наш брат чиновник! Ей-Богу, не уступит никакому офицеру: пройди какая-нибудь в шляпке, непременно зацепит. Когда я думал это, увидел подъехавшую карету к магазину, мимо которого я проходил. Я сейчас узнал ее: это была карета нашего директора. Но ему незачем в магазин, я подумал: «Верно, это его дочка». Я прижался к стенке. Лакей отворил дверцы, и она выпорхнула из кареты, как птичка. Как взглянула она направо и налево, как мелькнула своими бровями и глазами... Господи, Боже мой! пропал я, пропал совсем. И зачем ей выезжать в такую дождевую пору! Утверждай теперь, что у женщин не велика страсть до всех этих тряпок. Она не узнала меня, да и я сам нарочно старался закутаться как можно более, потому что на мне была шинель очень запачканная и притом старого фасона. Теперь плащи носят с длинными воротниками, а на мне были коротенькие, один на другом; да и сукно совсем не дегатированное. Собачонка ее, не успевши вскочить в дверь магазина, осталась на улице. Я знаю эту собачонку. Ее зовут Меджи. Не успел я пробыть минуту, как вдруг слышу тоненький голосок: «Здравствуй, Меджи!» Вот тебе на! кто это говорит? Я осмотрелся и увидел под зонтиком шедших двух дам: одну старушку, другую молоденькую; но они уже прошли, а возле меня опять раздалось: «Грех тебе, Меджи!» Что за черт! я увидел, что Меджи обнюхивалась с собачонкою, шедшею за дамами. «Эге! — сказал я сам себе: — да полно, не пьян ли я? Только это, кажется, со мною редко случается». — «Нет, Фидель, ты напрасно думаешь, — я видел сам, что произнесла Меджи: — я была, ав! ав! я была, ав, ав, ав! очень больна». Ах ты ж, собачонка! Признаюсь, я очень удивился, услышав ее говорящею по-человечески. Но после, когда я сообразил всё это хорошенько, тогда же перестал удивляться. Действительно, на свете уже случилось множество подобных примеров. Говорят, в Англии выплыла рыба, которая сказала два слова на таком странном языке, что ученые уже три года стараются определить и еще до сих пор ничего не открыли. Я читал тоже в газетах о двух коровах, которые пришли в лавку и спросили себе фунт чаю. Но, признаюсь, я гораздо более удивился, когда Меджи сказала: «Я писала к тебе,

Фидель; верно, Полкан не принес письма моего!» Да чтоб я не получил жалованья! Я еще в жизни не слыхивал, чтобы собака могла писать. Правильно писать может только дворянин. Оно конечно, некоторые и купчики-конторщики и даже крепостной народ пописывает иногда, но их писание большею частью механическое: ни запятых, ни точек, ни слога.

Это меня удивило. Признаюсь, с недавнего времени я начинаю иногда слышать и видеть такие вещи, которых никто еще не видывал и не слыхивал. «Пойду-ка я, — сказал я сам себе, — за этой собачонкою и узнаю, что она и что такое думает».

Я развернул свой зонтик и отправился за двумя дамами. Перешли в Гороховую, поворотили в Мещанскую, оттуда в Столярную, наконец к Кокушкину мосту и остановились перед большим домом. «Этот дом я знаю, — сказал я сам себе. — Это дом Зверкова». Эка машина! Какого в нем народа не живет: сколько кухарок, сколько поляков! а нашей братьи чиновников — как собак: один на другом сидит. Там есть и у меня один приятель, который хорошо играет на трубе. Дамы взошли в пятый этаж. «Хорошо, — подумал я, — теперь не пойду, а замечу место и при первом случае не премину воспользоваться».

Октября 4.

Сегодня середа, и потому я был у нашего начальника в кабинете. Я нарочно пришел пораньше и, засевши, перечинил все перья. Наш директор должен быть очень умный человек. Весь кабинет его уставлен шкафами с книгами. Я читал название некоторых: всё ученость, такая ученость, что нашему брату и приступа нет: всё или на французском, или на немецком. А посмотреть в лицо ему: фу, какая важность сияет в глазах! Я еще никогда не слышал, чтобы он сказал лишнее слово. Только разве, когда подашь бумаги, спросит: «Каково на дворе?» — «Сыро, ваше превосходительство!» Да, не нашему брату чета! Государственный человек. Я замечаю, однако же, что он меня особенно любит. Если бы и дочка... эх, канальство!.. Ничего, ничего, молчание! Читал «Пчелку». Эка глупый народ французы! Ну, чего хотят они? Взял бы, ей-Богу, их всех, да и перепорол розгами! Там же читал очень приятное изображение бала, описанное курским помещиком. Курские помещики хорошо пишут. После этого заметил я, что уже било половину первого, а наш не выходил из своей спальни. Но около половины второго случилось происшествие, которого никакое перо не опишет. Отворилась дверь, я думал, что директор, и вскочил со стула с бумагами; но это была она, она сама! Святители, как она была одета! платье на ней было белое, как лебедь: фу, какое пышное! а как глянула: солнце, ей-Богу солнце! Она поклонилась и сказала: «Папа здесь не было?» Ай, ай, ай! какой голос! Канарейка, право канарейка! «Ваше превосходительство, — хотел я было сказать, — не прикажете казнить, а если уже хотите казнить, то казните вашею генеральскою ручкою». Да, черт возьми, как-то язык не поворотился, и я сказал только: «Никак нет-с». Она поглядела на меня, на книги и уронила платок. Я кинулся со всех ног, поскользнулся на проклятом паркете и чуть-чуть не расклеил носа, однако ж удержался и достал платок. Святые, какой платок! тончайший, батистовый — амбра, совершенная амбра! так и дышит от него генеральством. Она поблагодарила и чуть-чуть усмехнулась, так что сахарные губки ее почти не тронулись, и после этого ушла. Я еще час сидел, как вдруг пришел лакей и сказал: «Ступайте, Аксентий Иванович, домой, барин уже уехал из дому». Я терпеть не могу лакейского круга: всегда развалится в передней, и хоть бы головою потрудился кивнуть. Этого мало: один раз одна из этих бестий вздумала меня, не вставая с места, потчевать табачком. Да знаешь ли ты, глупый холоп, что я чиновник, я благородного происхождения. Однако ж я взял шляпу и надел сам на себя шинель, потому что эти господа никогда не подадут, и вышел. Дома большею частию лежал на кровати. Потом переписал очень хорошие стишки: «Душеньки часок не видя, Думал, год уж не видал; Жизнь мою возненавидя, Льзя ли жить мне, я сказал». Должно быть, Пушкина сочинение. Ввечеру, закутавшись в шинель, ходил к подъезду ее превосходительства и поджидал долго, не выйдет ли сесть в карету, чтобы посмотреть еще разик, — но нет, не выходила.

Ноября 6.

Разбесил начальник отделения. Когда я пришел в департамент, он подозвал меня к себе и начал мне говорить так: « Ну, скажи, пожалуйста, что ты делаешь?» — «Как что? Я ничего не делаю», — отвечал я. «Ну, размысли хорошенько! ведь тебе уже за сорок лет — пора бы ума набраться. Что ты воображаешь себе? Ты думаешь, я не знаю всех твоих проказ? Ведь ты волочишься за директорскою дочерью! Ну, посмотри на себя, подумай только, что ты? ведь ты нуль, более ничего. Ведь у тебя нет ни гроша за душою. Взгляни хоть в зеркало на свое лицо, куды тебе думать о том!» Черт возьми; что у него лицо похоже несколько на аптекарский пузырек, да на голове клочок волос, завитый хохолком, да держит ее кверху, да примазывает ее какою-то розеткою, так уже думает, что ему только одному всё можно. Понимаю, понимаю, отчего он злится на меня. Ему завидно; он увидел, может быть, предпочтительно мне оказываемые знаки благорасположенности. Да я плюю на него! Велика важность надворный советник! вывесил золотую цепочку к часам, заказывает сапоги по тридцати рублей — да черт его побери! Я разве из каких-нибудь разночинцев, из портных или из унтер-офицерских детей? Я дворянин. Что ж, и я могу дослужиться. Мне еще сорок два года — время такое, в которое, по-настоящему, только что начинается служба. Погоди, приятель! будем и мы полковником, а, может быть, если Бог даст, то чем-нибудь и побольше. Заведем и мы себе репутацию еще и получше твоей. Что ж ты себе забрал в голову, что, кроме тебя, уже нет вовсе порядочного человека? Дай-ка мне ручевский фрак, сшитый по моде, да повяжи я себе такой же, как ты, галстук, — тебе тогда не стать мне и в подметки. Достатков нет — вот беда.

Ноября 8.

Был в театре. Играли русского дурака Филатку. Очень смеялся. Был еще какой-то водевиль с забавными стишками на стряпчих, особенно на одного коллежского регистратора, весьма вольно написанные, так что я дивился, как пропустила цензура, а о купцах прямо говорят, что они обманывают народ и что сынки их дебошничают и лезут в дворяне. Про журналистов тоже очень забавный куплет: что они любят всё бранить и что автор просит от публики защиты. Очень забавные пьесы пишут нынче сочинители. Я люблю бывать в театре. Как только грош заведется в кармане — никак не утерпишь не пойти. А вот из нашей братьи чиновников есть такие свиньи: решительно не пойдет, мужик, в театр; разве уже дашь ему билет даром. Пела одна актриса очень хорошо. Я вспомнил о той... эх, канальство!.. ничего, ничего... молчание.

Ноября 9.

В восемь часов отправился в департамент. Начальник отделения показал такой вид, как будто бы он не заметил моего прихода. Я тоже с своей стороны, как будто бы между нами ничего не было. Пересматривал и сверял бумаги. Вышел в четыре часа. Проходил мимо директорской квартиры, но никого не было видно. После обеда большею частию лежал на кровати.

Ноября 11.

Сегодня сидел в кабинете нашего директора, починил для него двадцать три пера и для ее, ай! ай!.. для ее превосходительства четыре пера. Он очень любит, чтобы стояло побольше перьев. У! должен быть голова. Всё молчит, а в голове, я думаю, всё обсуживает. Желалось бы мне узнать, о чем он больше всего думает;

что такое затевается в этой голове. Хотелось бы мне рассмотреть поближе жизнь этих господ, все эти экивоки и придворные штуки — как они, что они делают в своем кругу, вот что бы мне хотелось узнать! Я думал несколько раз завести разговор с его превосходительством, только, черт возьми, никак не слушается язык: скажешь только, холодно или тепло на дворе, а больше решительно ничего не выговоришь. Хотелось бы мне заглянуть в гостиную, куда видишь только иногда отворенную дверь, за гостиною еще в одну комнату. Эх, какое богатое убранство! Какие зеркала и фарфоры! Хотелось бы заглянуть туда, на половину, где ее превосходительство, — вот куда хотелось бы мне! в будуар: как там стоят все эти баночки, скляночки, цветы такие, что и дохнуть на них страшно; как лежит там разбросанное ее платье, больше похожее на воздух, чем на платье. Хотелось бы заглянуть в спальню... там-то, я думаю, чудеса, там-то, я думаю, рай, какого и на небесах нет. Посмотреть бы ту скамеечку, на которую она становит, вставая с постели, свою ножку, как надевается на эту ножку белый, как снег, чулочек... ай! ай! ай! ничего, ничего... молчание.

Сегодня, однако ж, меня как бы светом озарило: я вспомнил тот разговор двух собачонок, который слышал я на Невском проспекте. «Хорошо, — подумал я сам в себе, — я теперь узнаю всё. Нужно захватить переписку, которую вели между собою эти дрянные собачонки. Там я, верно, кое-что узнаю». Признаюсь, я даже подозвал было к себе один раз Меджи и сказал: «Послушай, Меджи, вот мы теперь одни; я, когда хочешь, и дверь запру, так что никто не будет видеть, — расскажи мне всё, что знаешь про барышню, что она и как? Я тебе побожусь, что никому не открою». Но хитрая собачонка поджала хвост, съежилась вдвое и вышла тихо в дверь так, как будто бы ничего не слышала. Я давно подозревал, что собака гораздо умнее человека; я даже был уверен, что она может говорить, но что в ней есть только какое-то упрямство. Она чрезвычайный политик: всё замечает, все шаги человека. Нет, во что бы то ни стало я завтра же отправляюсь в дом Зверкова, допрошу Фидель и, если удастся, перехвачу все письма, которые писала к ней Меджи.

Ноября 12.

В два часа пополудни отправился с тем, чтобы непременно увидеть Фидель и допросить ее. Я терпеть не люблю капусты, запах которой валит из всех мелочных лавок в Мещанской; к тому же из-под ворот каждого дома несет такой ад, что я, заткнув нос, бежал во всю прыть. Да и подлые ремесленники напускают копоти и дыму из своих мастерских такое множество, что человеку благородному решительно невозможно здесь прогуливаться.

Когда я пробрался в шестой этаж и зазвонил в колокольчик, вышла девчонка, не совсем дурная собою, с маленькими веснушками. Я узнал ее. Это была та самая, которая шла вместе со старушкою. Она немножко закраснелась, и я тотчас смекнул: ты, голубушка, жениха хочешь. «Что вам угодно?» — сказала она. «Мне нужно поговорить с вашей собачонкой». Девчонка была глупа! я сейчас узнал, что глупа! Собачонка в это время прибежала с лаем; я хотел ее схватить, но, мерзкая, чуть не схватила меня зубами за нос. Я увидал, однако же, в углу ее лукошко. Э, вот этого мне и нужно! Я подошел к нему, перерыл солому в деревянной коробке и, к необыкновенному удовольствию своему, вытащил небольшую связку маленьких бумажек. Скверная собачонка, увидевши это, сначала укусила меня за икру, а потом, когда пронюхала, что я взял бумаги, начала визжать и ластиться, но я сказал: «Нет, голубушка, прощай!» и бросился бежать. Я думаю, что девчонка приняла меня за сумасшедшего, потому что испугалась чрезвычайно. Пришедши домой, я хотел было тот же час приняться за работу и разобрать эти письма, потому что при свечах несколько дурно вижу. Но Мавра вздумала мыть пол. Эти глупые чухонки всегда некстати чистоплотны. И потому я пошел прохаживаться и обдумывать это происшествие. Теперь-то, наконец, я узнаю все дела, помышления, все эти пружины и доберусь, наконец, до всего. Эти письма мне всё откроют. Собаки народ умный, они знают все политические отношения, и потому, верно, там будет всё: портрет и все дела этого мужа. Там будет что-нибудь и о той, которая... ничего, молчание! К вечеру я пришел домой. Большею частию лежал на кровати.

Ноября 13.

А ну, посмотрим: письмо довольно четкое. Однако же в почерке всё есть как будто что-то собачье. Прочитаем:

....

Милая Фидель! я всё не могу привыкнуть к твоему мещанскому имени. Как будто бы уже не могли дать тебе лучшего? Фидель, Роза — какой пошлый тон! однако ж всё это в сторону. Я очень рада, что мы вздумали писать друг к другу.

....

Письмо писано очень правильно. Пунктуация и даже буква ъ везде на своем месте. Да эдак просто не напишет и наш начальник отделения, хотя он и толкует, что где-то учился в университете. Посмотрим далее:

....

Мне кажется, что разделять мысли, чувства и впечатления с другим есть одно из первых благ на свете.

....

Гм! мысль почерпнута из одного сочинения, переведенного с немецкого. Названия не припомню.

....

Я говорю это по опыту, хотя и не бегала по свету далее ворот нашего дома. Моя ли жизнь не протекает в удовольствии? моя барышня, которую папа называет Софи, любит меня без памяти.

....

Ай, ай!.. ничего, ничего. Молчание!

....

Папа тоже очень часто ласкает. Я пью чай и кофий со сливками. Ах, *ma chère,* я должна тебе сказать, что я вовсе не вижу удовольствия в больших обглоданных костях, которые жрет на кухне наш Полкан. Кости хороши только из дичи, и притом тогда, когда еще никто не высосал из них мозга. Очень хорошо мешать несколько соусов вместе, но только без каперсов и без зелени; но я не знаю ничего хуже обыкновения давать собакам скатанные из хлеба шарики. Какой-нибудь сидящий за столом господин, который в руках своих держал всякую дрянь, начнет мять этими руками хлеб, подзовет тебя и сунет тебе в зубы шарик. Отказаться как-то неучтиво, ну и ешь; с отвращением, а ешь...

....

Черт знает что такое! Экой вздор! Как будто бы не было предмета получше, о чем писать. Посмотрим на другой странице. Не будет ли чего подельнее.

....

Я с большою охотою готова тебя уведомлять о всех бывающих у нас происшествиях. Я уже тебе кое-что говорила о главном господине, которого Софи называет папа. Это очень странный человек.

....

А! вот наконец! Да, я знал: у них политический взгляд на все предметы. Посмотрим, что папа:

....

... очень странный человек. Он больше молчит. Говорит очень редко; но неделю назад беспрестанно говорил сам с собою: «Получу или не получу?» Возьмет в одну руку бумажку, другую сложит пустую и говорит: «Получу или не получу?» Один раз он обратился и ко мне с вопросом: «Как ты думаешь, Меджи? получу или не получу?» Я ровно ничего не могла понять, понюхала его сапог и ушла прочь. Потом, *ma chère*, через неделю папа пришел в большой радости. Всё утро ходили к нему господа в мундирах и с чем-то поздравляли. За столом он был так весел, как я еще никогда не видала, отпускал анекдоты, а после обеда поднял меня к своей шее и сказал: «А посмотри, Меджи, что это такое». Я увидела какую-то ленточку. Я нюхала ее, но решительно не нашла никакого аромата; наконец потихоньку лизнула: соленое немного.

....

Гм! Эта собачонка, мне кажется, уже слишком... чтобы ее не высекли! А! так он честолюбец! Это нужно взять к сведению.

....

Прощай, *ma chère*, я бегу и прочее... и прочее... Завтра окончу письмо. Ну здравствуй! я теперь снова с тобою. Сегодня барышня моя Софи...

....

А! ну, посмотрим, что Софи. Эх, канальство!.. Ничего, ничего... будем продолжать.

....

...барышня моя Софи была в чрезвычайной суматохе. Она собиралась на бал, и я обрадовалась, что в отсутствие ее могу писать к тебе. Моя Софи всегда чрезвычайно рада ехать на бал, хотя при одевании всегда почти сердится. Я никак не понимаю, *ma chère*, удовольствия ехать на бал. Софи приезжает с балу домой в шесть часов утра, и я всегда почти угадываю по ее бледному и тощему виду, что ей бедняжке, не давали там есть. Я, признаюсь, никогда бы не могла так жить. Если бы мне не дали соуса с рябчиком и жаркого куриных крылышек, то... я не знаю, что бы со мною было. Хорош также соус с кашкою. А морковь, или репа, или артишоки никогда не будут хороши...

....

Чрезвычайно неровный слог. Тотчас видно, что не человек писал. Начнет так, как следует, а кончит собачиною. Посмотрим-ка еще в одно письмецо. Что-то длинновато. Гм! и числа не выставлено.

....

Ах, милая! как ощутительно приближение весны. Сердце мое бьется, как будто всё чего-то ожидает. В ушах у меня вечный шум, так что я часто, поднявши ножку, стою несколько минут, прислушиваясь к дверям. Я тебе открою, что у меня много куртизанов. Я часто, сидя на окне, рассматриваю их. Ах, если б ты знала, какие между ними есть уроды. Иной преаляповатый, дворняга, глуп страшно, на лице написана глупость, преважно идет по улице и воображает, что он презнатная особа, думает, что так на него и заглядятся все. Ничуть. Я даже и внимания не обратила, так как бы и не видала его. А какой страшный дога останавливается перед моим окном! Если бы он стал на задние лапы, чего, грубиян, он, верно, не умеет, — то он бы был целою головою выше папа моей Софи, который тоже довольно высокого роста и толст собою. Этот болван, должно быть, наглец преужасный. Я поворчала на него, но ему и нуждочки мало. Хотя бы поморщился! высунул свой язык, повесил огромные уши и глядит в окно — такой мужик! Но неужели ты думаешь, *ma chère*, что сердце мое равнодушно ко всем исканиям — ах, нет... Если бы ты видела одного кавалера, перелезающего через забор соседнего дома, именем Трезора. Ах, *ma chère*[11], какая у него мордочка!

Тьфу, к черту!.. Экая дрянь!.. И как можно наполнять письма эдакими глупостями. Мне подавайте человека! Я хочу видеть человека; я требую пищи — той, которая бы питала и услаждала мою душу; а вместо того эдакие пустяки... Перевернем через страницу, не будет ли лучше:

....

...Софи сидела за столиком и что-то шила. Я глядела в окно, потому что я люблю рассматривать прохожих. Как вдруг вошел лакей и сказал: «Теплов!» — «Проси, — закричала Софи и бросилась обнимать меня. — Ах Меджи, Меджи! Если бы ты знала, кто это: брюнет, камер-юнкер, а глаза какие! черные и светлы, как огонь». И Софи убежала к себе. Минуту спустя вошел молодой камер-юнкер с черными бакенбардами, подошел к зеркалу, поправил волоса и осмотрел комнату. Я поворчала и села на свое место. Софи скоро вышла и весело поклонилась на его шарканье; а я себе, так, как будто не замечая ничего, продолжала глядеть в окошко; однако ж голову наклонила несколько набок и старалась услышать, о чем они говорят. Ах, *ma chère*[1], о каком вздоре они говорили! Они говорили о том, как одна дама в танцах вместо одной какой-то фигуры сделала другую; также, что какой-то Бобов был очень похож в своем жабо на аиста и чуть было не упал; что какая-то Лидина воображает, что у ней голубые глаза, между тем как они зеленые, — и тому подобное. «Куда ж, — подумала я сама в себе, — если сравнить камер-юнкера с Трезором». Небо! какая разница! Во-первых, у камер-юнкера совершенно гладкое широкое лицо и вокруг бакенбарды, как будто бы он обвязал его черным платком; а у Трезора мордочка тоненькая, и на самом лбу белая лысинка. Талию Трезора и сравнить нельзя с камер-юнкерскою. А глаза, приемы, ухватки совершенно не те. О, какая разница! Я не знаю, *ma chère*, что она нашла в своем Теплове. Отчего она так им восхищается?..

....

Мне самому кажется, здесь что-нибудь да не так. Не может быть, чтобы ее мог так обворожить камер-юнкер. Посмотрим далее:

....

Мне кажется, если этот камер-юнкер нравится, то скоро будет нравиться и тот чиновник, который сидит у папа в кабинете. Ах, *ma chère*, если бы ты знала, какой это урод. Совершенная черепаха в мешке...

....

Какой же бы это чиновник?..

....

....

Фамилия его престранная. Он всегда сидит и чинит перья. Волоса на голове его очень похожи на сено. Папа всегда посылает его вместо слуги...

....

Мне кажется, что эта мерзкая собачонка метит на меня. Где ж у меня волоса как сено?

....

Софи никак не может удержаться от смеха, когда глядит на него.

....

Врешь ты, проклятая собачонка! Экой мерзкий язык! Как будто я не знаю, что это дело зависти. Как будто я не знаю, чьи здесь штуки. Это штуки начальника отделения. Ведь поклялся же человек непримиримою ненавистию — и вот вредит да и вредит, на каждом шагу вредит. посмотрим, однако же, еще одно письмо. Там, может быть, дело раскроется само собою.

....

Ma chère Фидель, ты извини меня, что так давно не писала. Я была в совершенном упоении. Подлинно справедливо сказал какой-то писатель, что любовь есть вторая жизнь. Притом же у нас в доме теперь большие перемены. Камер-юнкер теперь у нас каждый день. Софи влюблена в него до безумия. Папа очень весел. Я слышала от нашего Григория, который метет пол и всегда почти разговаривает сам с собою, что скоро будет свадьба; потому что папа хочет непременно видеть Софи или за генералом, или за камер-юнкером, или за военным полковником...

....

Черт возьми! я не могу более читать... Всё или камер-юнкер, или генерал. Всё, что есть лучшего на свете, всё достается или камер-юнкерам, или генералам. Найдешь себе бедное богатство, думаешь достать его рукою, — срывает у тебя камер-юнкер или генерал. Черт побери! Желал бы я сам сделаться генералом: не для того, чтобы получить руку и прочее, нет, хотел бы быть генералом для того только, чтобы увидеть, как они будут увиваться и делать все эти разные придворные штуки и экивоки, и потом сказать им, что я плюю на вас обоих. Черт побери. Досадно! Я изорвал в клочки письма глупой собачонки.

Декабря 3.

Не может быть. Враки! Свадьбе не бывать! Что из того, что он камер-юнкер. Ведь это больше ничего, кроме достоинство; не какая-нибудь вещь видимая, которую бы можно взять в руки. Ведь через то, что камер-юнкер, не прибавится третий глаз на лбу. Ведь у него же нос не из золота сделан, а так же, как и у меня, как и у всякого; ведь он им нюхает, а не ест, чихает, а не кашляет. Я несколько раз уже хотел добраться, отчего происходят все эти разности. Отчего я титулярный советник и с какой-стати я титулярный советник? Может быть, я какой-нибудь граф или генерал, а только так кажусь титулярным советником? Может быть, я сам не знаю, кто я таков. Ведь сколько примеров по истории: какой-нибудь простой, не то уже чтобы дворянин, а просто какой-нибудь мещанин или даже крестьянин, — и вдруг открывается, что он какой-нибудь вельможа, а иногда даже и государь. Когда из мужика да иногда выходит эдакое, что же из дворянина может выдти? Вдруг, например, я вхожу в генеральском мундире: у меня и на правом плече эполета и на левом плече эполета, через плечо голубая лента — что? как тогда запоет красавица моя? что скажет и сам папа, директор наш? О, это большой честолюбец! Это масон, непременно масон, хотя он и прикидывается таким и эдаким, но я тотчас заметил, что он масон: он если даст кому руку, то высовывает только два пальца. Да разве я не могу быть сию же минуту пожалован генерал-губернатором, или интендантом, или там другим каким-нибудь? Мне бы хотелось знать, отчего я титулярный советник? Почему именно титулярный советник?

Декабря 5.

Я сегодня всё утро читал газеты. Странные дела делаются в Испании. Я даже не мог хорошенько разобрать их. Пишут, что престол упразднен и что чины находятся в затруднительном положении о избрании наследника и оттого происходят возмущения. Мне кажется это чрезвычайно странным. Как же может быть престол упразднен? Говорят, какая-то донна должна взойти на престол. Не может взойти донна на престол. Никак не может. На престоле должен быть король. Да, говорят, нет короля. Не может статься, чтобы не было короля. Государство не может быть без короля. Король есть, да только он где-нибудь находится в неизвестности. Он, статься может, находится там же, но какие-нибудь фамильные причины, или опасения со стороны соседственных держав, как то: Франции и других земель, заставляют его скрываться, или есть какие-нибудь другие причины.

Декабря 8.

Я было уже совсем хотел идти в департамент, но разные причины и размышления меня удержали. У меня всё не могли выдти из головы испанские дела. Как же может это быть, чтобы донна сделалась королевою? Не позволят этого. И, во-первых, Англия не позволит. Да притом и дела политические всей Европы: австрийский император, наш государь... Признаюсь, эти происшествия так меня убили и потрясли, что я решительно ничем не мог заняться во весь день. Мавра замечала мне, что я за столом был чрезвычайно развлечен. И точно, я две тарелки, кажется, в рассеянности бросил на пол, которые тут же расшиблись. после обеда ходил под горы. Ничего поучительного не мог извлечь. Большею частию лежал на кровати и рассуждал о делах Испании.

Год 2000 апреля 43 числа.

Сегодняшний день — есть день величайшего торжества! В

Испании есть король. Он отыскался. Этот король я. Именно только сегодня об этом узнал я. Признаюсь, меня вдруг как будто молнией осветило. Я не понимаю, как я мог думать и воображать себе, что я титулярный советник. Как могла взойти мне в голову эта сумасбродная мысль? Хорошо, что еще не догадался никто посадить меня тогда в сумасшедший дом. Теперь передо мною всё открыто. Теперь я вижу всё как на ладони. А прежде, я не понимаю, прежде всё было передо мною в каком-то тумане. И это всё происходит, думаю, оттого, что люди воображают, будто человеческий могз находится в голове; совсем нет: он приносится ветром со стороны Каспийского моря. Сначала я объявил Мавре, кто я. Когда она услышала, что перед нею испанский король, то всплеснула руками и чуть не умерла от страха. Она, глупая, еще никогда не видала испанского короля. Я, однако же, старался ее успокоить и в милостивых словах старался ее уверить в благосклонности, и что я вовсе не сержусь за то, что она мне иногда дурно чистила сапоги. Ведь это черный народ. Им нельзя говорить о высоких материях. Она испугалась оттого, что находится в уверенности, будто все короли в Испании похожи на Филиппа II. Но я растолковал ей, что между мною и Филиппом нет никакого сходства и что у меня нет ни одного капуцина... В департамент не ходил... Черт с ним! Нет, приятели, теперь не заманите меня; я не стану переписывать гадких бумаг ваших!

Мартобря 86 числа. Между днем и ночью.

Сегодня приходил наш экзекутор с тем, чтобы я шел в департамент, что уже более трех недель как я не хожу на должность. Я для шутки пошел в департамент. Начальник отделения думал, что я ему поклонюсь и стану извиняться, но я посмотрел на него равнодушно, не слишком гневно и не слишком благосклонно, и сел на свое место, как будто никого не замечая. Я глядел на всю канцелярскую сволочь и думал: «Что, если бы вы знали, кто между вами сидит... Господи Боже! какую бы вы ералашь подняли, да и сам начальник отделения начал бы мне так же кланяться в пояс, как он теперь кланяется перед директором». Передо мною положили какие-то бумаги, чтобы я сделал из них экстракт. Но я и пальцем не притронулся. Через несколько минут всё засуетилось. Сказали, что директор идет. Многие чиновники побежали наперерыв, чтобы показать себя перед ним. Но я ни с места. Когда он проходил чрез наше отделение, все застегнули на пуговицы свои фраки; но я совершенно ничего! Что за директор! чтобы я встал перед ним — никогда! Какой он директор? Он пробка, а не директор. Пробка обыкновенная, простая пробка, больше ничего. Вот которою закупоривают бутылки. Мне больше всего было забавно, когда подсунули мне бумагу, чтобы я подписал. Они думали, что я напишу на самом кончике листа: столоначальник такой-то. Как бы не так, а я на самом главном месте, где подписывается директор департамента, черкнул: «Фердинанд VIII». Нужно было видеть, какое благоговейное молчание воцарилось; но я кивнул только рукою, сказал: «Не нужно никаких знаков подданничества!» — и вышел. Оттуда я пошел прямо в директорскую квартиру. Его не было дома. Лакей хотел меня не впустить, но я ему такое сказал, что он и руки опустил. Я прямо пробрался в уборную. Она сидела перед зеркалом, вскочила и отступила от меня. Я, однако же, не сказал ей, что я испанский король. Я сказал только, что счастие ее ожидает такое, какого она и вообразить себе не может, и что, несмотря на козни неприятелей, мы будем вместе. Я больше ничего не хотел говорить и вышел. О, это коварное существо — женщина! Я теперь только постигнул, что такое женщина. До сих пор никто еще не узнал, в кого она влюблена: я первый открыл это. Женщина влюблена в черта. Да, не шутя. Физики пишут глупости, что она то и то, — она любит только одного черта. Вон видите, из ложи первого яруса она наводит лорнет. Вы думаете, что она глядит на этого толстяка со звездою? Совсем нет, она глядит на черта, что у него стоит за спиною. Вон он спрятался к нему в звезду. Вон он кивает оттуда к ней пальцем! И она выйдет за него. Выйдет. А вот эти все, чиновные отцы их, вот эти все, что юлят во все стороны и лезут ко двору и говорят, что они патриоты и то и сё: аренды, аренды хотят эти патриоты! Мать, отца, Бога продадут за деньги, честолюбцы, христопродавцы! Всё это честолюбие, и честолюбие оттого, что под язычком находится маленький пузырек и в нем небольшой червячок величиною с булавочную головку, и это всё делает какой-то цырюльник, который живет в Гороховой. Я не помню, как его зовут, но достоверно известно, что он, вместе с одною повивальною бабкою, хочет по всему свету распространить магометанство, и оттого уже, говорят, во Франции большая часть народа признает веру Магомета.

Никоторого числа. День был без числа.

Ходил инкогнито по Невскому проспекту. Проезжал государь император. Весь город снял шапки, и я также; однако же не подал никакого вида, что я испанский король. Я почел неприличным открыться тут же при всех; потому, что прежде всего нужно представиться ко двору. Меня останавливало только то, что я до сих пор не имею королевского костюма. Хотя бы какую-нибудь достать мантию. Я хотел было заказать портному, но это совершенные ослы, притом же они совсем небрегут своею работою, ударились в аферу и большею частию мостят камни на улице. Я решился сделать мантию из нового вицмундира, который надевал всего только два раза. Но чтобы эти мерзавцы не могли испортить, то я сам решился шить, заперши дверь, чтобы никто не видал. Я изрезал ножницами его весь, потому что покрой должен быть совершенно другой.

Числа не помню. Месяца тоже не было.
Было черт знает что такое.

Мантия совершенно готова и сшита. Мавра вскрикнула, когда я надел ее. Однако же я еще не решаюсь представляться ко двору. До сих пор нет депутации из Испании. Без депутатов неприлично. Никакого не будет веса моему достоинству. Я ожидаю их с часа на час.

Число 1-го.

Удивляет меня чрезвычайно медленность депутатов. Какие бы причины могли их остановить? Неужели Франция? Да, это самая неблагоприятствующая держава. Ходил справляться на почту, не прибыли ли испанские депутаты. Но почтмейстер чрезвычайно глуп, ничего не знает: нет, говорит, здесь нет никаких испанских депутатов, а письма если угодно написать, то мы примем по установленному курсу. Черт возьми! что письмо? Письмо вздор. Письма пишут аптекари...

Мадрид. Февруарий тридцатый.

Итак, я в Испании, и это случилось так скоро, что я едва мог очнуться. Сегодня поутру явились ко мне депутаты испанские, и я вместе с ними сел в карету. Мне показалась странною необыкновенная скорость. Мы ехали так шибко, что через полчаса достигли испанских границ. Впрочем, ведь теперь по всей Европе чугунные дороги, и пароходы ездят чрезвычайно скоро. Странная земля Испания: когда мы вошли в первую комнату, то я увидел множество людей с выбритыми головами. Я, однако же, догадался, что это должны быть или гранды, или солдаты, потому что они бреют головы. Мне показалось чрезвычайно странным обхождение государственного канцлера, который вел меня за руку; он толкнул меня в небольшую комнату и сказал: «Сиди тут, и если ты будешь называть себя королем Фердинандом, то я из тебя выбью эту охоту». Но я, зная, что это было больше ничего кроме искушение, отвечал отрицательно, — за что канцлер ударил меня два раза палкою по спине так больно, что я чуть было не вскрикнул, но удержался, вспомнивши, что это рыцарский обычай при вступлении в высокое звание, потому что в Испании еще и доныне ведутся рыцарские обычаи. Оставшись один, я решился заняться делами государственными. Я открыл, что Китай и Испания совершенно одна и та же земля, и только по невежеству считают их за разные государства. Я советую всем нарочно написать на бумаге Испания, то и выйдет Китай. Но меня, однако же, чрезвычайно огорчало событие, имеющее быть завтра. Завтра в семь часов совершится странное явление: земля сядет на луну. Об этом и знаменитый английский химик Веллингтон пишет. Признаюсь, я ощутил сердечное беспокойство, когда вообразил себе необыкновенную нежность и непрочность луны. Луна ведь обыкновенно делается в Гамбурге; и прескверно делается. Я удивляюсь, как не обратит на это внимание Англия. Делает ее хромой бочар, и видно, что, дурак, никакого понятия не имеет о луне. Он положил смоляной канат и часть деревянного масла; и оттого по всей земле вонь страшная, так что нужно затыкать нос. И оттого самая луна — такой нежный шар, что люди никак не могут жить, и там теперь живут только одни носы. И потому-то самому мы не можем видеть носов своих, ибо они все находятся в луне. И когда я вообразил, что земля вещество тяжелое и может, насевши, размолоть в муку носы наши, то мною овладело такое беспокойство, что я, надевши чулки и башмаки, поспешил в залу государственного совета, с тем чтоб дать приказ полиции не допустить земле сесть на луну. Бритые гранды, которых я застал в зале государственного совета великое множество, были народ очень умный, и когда я сказал: «Господа, спасем луну, потому что земля хочет сесть на нее», то все в ту же минуту бросились исполнять мое монаршее желание, и многие полезли на стену, с тем чтобы достать луну; но в это время вошел великий канцлер. Увидевши его, все разбежались. Я, как король, остался один. Но канцлер, к удивлению моему, ударил меня палкою и прогнал в мою комнату. Такую имеют власть в Испании народные обычаи!

Январь того же года, случившийся после февраля.

До сих пор не могу понять, что это за земля Испания. Народные обычаи и этикеты двора совершенно необыкновенны. Не понимаю, не понимаю, решительно не понимаю ничего. Сегодня выбрили мне голову, несмотря на то, что я кричал изо всей силы о нежелании быть монахом. Но я уже не могу и вспомнить, что было со мною тогда, когда начали мне на голову капать холодною водою. Такого ада я еще никогда не чувствовал. Я готов был впасть в бешенство, так что едва могли меня удержать. Я не понимаю вовсе значения этого странного обычая. Обычай глупый, бессмысленный! Для меня непостижима безрассудность королей, которые до сих пор не уничтожают его. Судя по всем вероятиям, догадываюсь: не попался ли я в руки инквизиции, и тот, которого я принял за канцлера, не есть ли сам великий инквизитор. Только я всё не могу понять, как же мог король подвергнуться инквизиции. Оно, правда, могло со стороны Франции, и особенно Полиньяк. О, это бестия Полиньяк! Поклялся вредить мне по смерть. И вот гонит да и гонит; но я знаю, приятель, что тебя водит англичанин. Англичанин большой политик. Он везде юлит. Это уже известно всему свету, что когда Англия нюхает табак, то Франция чихает.

Число 25.

Сегодня великий инквизитор пришел в мою комнату, но я, услышавши еще издали шаги его, спрятался под стул. Он, увидевши, что нет меня, начал звать. Сначала закричал: «Поприщин!» — я ни слова. Потом: «Аксентий Иванов! титулярный советник! дворянин!» — Я всё молчу. «Фердинанд VIII, король испанский!» — Я хотел было высунуть голову, но после подумал: «Нет, брат, не надуешь! Знаем мы тебя: опять будешь лить холодную воду мне на голову». Однако же он увидел меня и выгнал палкою из-под стула. Чрезвычайно больно бьется проклятая палка. Впрочем, за всё это вознаградило меня нынешнее открытие: я узнал, что у всякого петуха есть Испания, что она у него находится под перьями. Великий инквизитор, однако же, ушел от меня разгневанный и грозя мне каким-то наказанием. Но я совершенно пренебрег его бессильною злобою, зная, что он действует, как машина, как орудие англичанина.

Чи 34 сло Мц гдао. Февраль 349.

Нет, я больше не имею сил терпеть. Боже! что они делают со мною! Они льют мне на голову холодную воду! Они не внемлют, не видят, не слушают меня. Что я сделал им? За что они мучат меня? Чего хотят они от меня, бедного? Что могу дать я им? Я ничего не имею. Я не в силах, я не могу вынести всех мук их, голова горит моя, и всё кружится предо мною. Спасите меня! возьмите меня! дайте мне тройку быстрых, как вихрь коней! Садись, мой ямщик, звени, мой колокольчик, взвейтеся, кони, и несите меня с этого света! Далее, далее, чтобы не видно было ничего, ничего. Вон небо клубится передо мною; звездочка сверкает вдали; лес несется с темными деревьями и месяцем; сизый туман стелется под ногами; струна звенит в тумане; с одной стороны море, с другой Италия; вон и русские избы виднеют. Дом ли то мой синеет вдали? Мать ли моя сидит перед окном? Матушка, спаси твоего бедного сына! урони слезинку на его больную головушку! посмотри, как мучат они его! прижми ко груди своей бедного сиротку! ему нет места на свете! его гонят! Матушка! пожалей о своем больном дитятке!.. А знаете ли, что у алжирского дея под самым носом шишка?

РИМ

Отрывок

Попробуй взглянуть на молнию, когда раскроивши черные, как уголь, тучи, нестерпимо затрепещет она целым потопом блеска. Таковы очи у альбанки Аннунциаты. Всё напоминает в ней те античные времена, когда оживлялся мрамор и блистали скульптурные резцы. Густая смола волос тяжеловесной косою вознеслась в два кольца над головой и четырьмя длинными кудрями рассыпалась по шее. Как ни поворотит она сияющий снег своего лица — образ ее весь отпечатлелся в сердце. Станет ли профилем — благородством дивным дышит профиль, и мечется красота линий, каких не создавала кисть. Обратится ли затылком с подобранными кверху чудесными волосами, показав сверкающую позади шею и красоту невиданных землею плеч, — и там она чудо. Но чудеснее всего, когда глянет она прямо очами в очи, водрузивши хлад и замиранье в сердце. Полный голос ее звенит, как медь. Никакой гибкой пантере не сравниться с ней в быстроте, силе и гордости движений. Всё в ней венец созданья, от плеч до античной дышащей ноги и до последнего пальчика на ее ноге. Куда ни пойдет она — уже несет с собой картину: спешит ли ввечеру к фонтану с кованой медной вазой на голове — вся проникается чудным согласием обнимающая ее окрестность: легче уходят в даль чудесные линии альбанских гор, синее глубина римского неба, прямей летит вверх кипарис, и красавица южных дерев, римская пинна, тонее и чище рисуется на небе своею зонтикообразною, почти плывущею на воздухе верхушкою. И всё: и самый фонтан, где уже столпились в кучу на мраморных ступенях, одна выше другой, альбанские горожанки, переговаривающиеся сильными серебряными голосами, пока поочередно бьет вода звонкой алмазной дугой в подставляемые медные чаны, и самый фонтан, и самая толпа — всё, кажется, для нее, чтобы ярче выказать торжествующую красоту, чтобы видно было, как она предводит всем, подобно как царица предводит за собою придворный чин свой. В праздничный ли день, когда темная древесная галерея, ведущая из Альбано в Кастель-Гандольфо, вся полна празднично убранного народа, когда мелькают под сумрачными ее сводами щеголи миненти в бархатном убранстве, с яркими поясами и золотистым цветком на пуховой шляпе, бредут или несутся вскачь ослы с полузажмуренными глазами, живописно неся на себе стройных и сильных альбанских и фраскатанских женщин, далеко блистающих белыми головными уборами, или таща вовсе не живописно, с трудом и спотыкаясь длинного неподвижного англичанина в гороховом непроникаемом макинтоше, скорчившего в острый угол свои ноги, чтобы не зацепить ими земли, или неся художника в блузе, с деревянным ящиком на ремне и ловкой вандиковской бородкой, а тень и солнце бегут попеременно по всей группе, — и тогда, и в оный праздничный день при ней далеко лучше, чем без нее. Глубина галереи выдает ее из сумрачной темноты своей всю сверкающую, всю в блеске. Пурпурное сукно альбанского ее наряда вспыхивает, как ищерь, тронутое солнцем. Чудный праздник летит из лица ее навстречу всем. И, повстречав ее, останавливаются как вкопанные и щеголь миненте с цветком за шляпой, издавши невольное восклицание; и англичанин в гороховом макинтоше, показав вопросительный знак на неподвижном лице своем; и художник с вандиковской бородкой, долее всех остановившийся на одном месте, подумывая: «То-то была бы чудная модель для Дианы, гордой Юноны, соблазнительных Граций и всех женщин, какие только передавались на полотно!», и дерзновенно думая в то же время: «То-то был бы рай, если бы такое диво украсило навсегда смиренную его мастерскую!»

Но кто же тот, чей взгляд неотразимее вперился за ее следом? Кто сторожит ее речи, движенья и движенья мыслей на ее лице? Двадцатипятилетний юноша, римский князь, потомок фамилии, составлявшей когда-то честь, гордость и бесславие средних веков, ныне пустынно догорающей в великолепном дворце, исписаном фресками Гверчина и Караччей, с потускневшей картинной галереей, с полинявшими штофами, лазурными столами и поседевшим как лунь *maestro di casa*[12]. Его-то увидали недавно римские улицы, несущего свои черные очи, метатели огней из-за перекинутого через плечо плаща, нос, очеркнутый античной линией, слоновую белизну лба и брошенный на него летучий шелковый локон. Он появился в Риме после пятнадцати лет отсутствия, появился гордым юношею вместо еще недавно бывшего дитяти.

Но читателю нужно знать непременно, как всё это свершилось, и потому пробежим наскоро историю его жизни, еще молодой, но уже обильной многими сильными впечатлениями. Первоначальное детство его протекло в Риме; воспитывался он так, как в обычае у доживающих век свой римских вельмож. Учитель, гувернер, дядька и всё что угодно, был у него аббат, строгий классик, почитатель писем Пиетра Бембо, сочинений Джиованни делла Casa и пяти-шести песней Данта, читавший их не иначе, как с сильными восклицаниями: «*Dio, che cosa divina*!»[1] и потом через две строки: «*Diavolo, che divina cosa*!»[2], в чем состояла почти вся художественная оценка и критика, обращавший остальной разговор на броколи и артишоки, любимый свой предмет, знавший очень хорошо, в какое время лучше телятина, с какого месяца нужно начинать есть козленка, любивший обо всем этом поболтать на улице, встретясь с приятелем, другим аббатом, обтягивавший весьма ловко полные икры свои в шелковые черные чулки, прежде запихнувши под них шерстяные, чистивший себя регулярно один раз в месяц лекарством *olio di ricino*[3] в чашке кофию и полневший с каждым днем и часом, как полнеют все аббаты. Натурально, что молодой князь узнал не много под таким началом. Узнал он только, что латинский язык есть отец итальянского, что монсиньоры бывают трех родов — одни в черных чулках, другие в лиловых, а третьи такие, которые бывают почти то же, что кардиналы; узнал несколько писем Пиетра Бембо к тогдашним кардиналам, большею частью поздравительных; узнал хорошо улицу Корсо, по которой ходил прогуливаться с аббатом, да виллу Боргезе, да две-три лавки, перед которыми останавливался аббат для закупки бумаги, перьев и нюхательного табаку, да аптеку, где брал он свое olio di ricino. В этом заключался весь горизонт сведений воспитанника. О других землях и государствах аббат намекнул в каких-то неясных и нетвердых чертах, что есть земля Франция, богатая земля, что англичане — хорошие купцы и любят ездить, что немцы — пьяницы, и что на севере есть варварская земля Московия, где бывают такие жестокие морозы, от которых может лопнуть мозг человеческий. Далее сих сведений воспитанник, вероятно бы, не узнал, достигнув до двадцатипятилетнего своего возраста, если бы старому князю не пришла вдруг в голову идея переменить старую методу воспитанья и дать сыну образование европейское, что можно было отчасти приписать влиянию какой-то французской дамы, на которую он с недавнего времени стал наводить беспрестанно лорнет на всех театрах и гуляньях, засовывая поминутно свой подбородок в огромный белый жабо и поправляя черный локон на парике. Молодой князь был отправлен в Лукку, в университет. Там, во время шестилетнего его пребыванья, развернулась его живая итальянская природа, дремавшая под скучным надзором аббата. В юноше оказалась душа, жадная наслаждений избранных, и наблюдательный ум. Итальянский университет, где наука влачилась, скрытая в черствых схоластических образах, не удовлетворял новой молодежи, которая уже слышала урывками о ней живые намеки, перелетавшие через Альпы. Французское влияние становилось заметно в Верхней Италии: оно заносилось туда вместе с модами, виньетками, водевилями и напряженными произведениями необузданной французской музы, чудовищной, горячей, но местами не без признаков таланта. Сильное политическое движение в журналах с июльской революции отозвалось и здесь. Мечтали о возвращении погибшей итальянской славы, с негодованием глядели на ненавистный белый мундир австрийского солдата. Но итальянская природа, любительница покойных наслаждений, не вспыхнула восстанием, над которым не позадумался бы француз; всё окончилось только непреодолимым желанием побывать в заальпийской, в настоящей Европе. Вечное ее движение и блеск заманчиво мелькали вдали. Там была новость, противуположность ветхости итальянской, там начиналось XIX столетие, европейская жизнь. Сильно порывалась туда душа молодого князя, чая приключений и света, и всякий раз тяжелое чувство грусти его осеняло, когда он видел совершенную к тому невозможность: ему был известен непреклонный деспотизм старого князя, с которым было не под силу ладить, — как вдруг получил он от него письмо, в котором предписано было ему ехать в Париж, окончить ученье в тамошнем университете и дождаться в Лукке только приезда дяди, с тем чтобы отправиться с ним вместе. Молодой князь прыгнул от радости, перецеловал всех своих друзей, угостил всех в загородной остерии и через две недели был уже в дороге, с сердцем, готовым встретить радостным биеньем всякий предмет. Когда переехали Симплон, приятная мысль пробежала в голове его: он на другой стороне, он в Европе! Дикое безобразие швейцарских гор, громоздившихся без перспективы, без легких далей, несколько ужаснуло его взор, приученный к высокоспокойной нежащей красоте итальянской природы. Но он просветлел вдруг при виде европейских городов, великолепных светлых гостиниц, удобств, расставленных всякому путешественнику, располагающемуся как дома. Щеголеватая чистота, блеск — всё было ему ново. В немецких городах несколько поразил его странный склад тела немцев, лишенный стройного согласия красоты, чувство которой зарождено уже в груди итальянца; немецкий язык также поразил неприятно его музыкальное ухо. Но перед ним была уже французская граница, сердце дрогнуло. Порхающие звуки европейского модного языка, лаская, облобызали слух его. Он с тайным удовольствием ловил скользящий шелест их, который уже в Италии казался ему чем-то возвышенным, очищенным от всех судорожных движений, какими сопровождаются сильные языки полуденных народов, не умеющих держать себя в границах. Еще большее впечатление произвел на него особый род женщин — легких, порхающих. Его поразило это улетучившееся существо с едва вызначавшимися легкими формами, с маленькой ножкой, с тоненьким воздушным станом, с ответным огнем во взорах и легкими, почти невыговаривающимися речами. Он ждал с нетерпением Парижа, населял его башнями, дворцами, составил себе по-своему образ его и с сердечным трепетом увидел, наконец, близкие признаки столицы: наклеенные афиши, исполинские буквы, умножавшиеся дилижансы, омнибусы... наконец понеслись домы предместья. И вот он в Париже, бессвязно обнятый его чудовищною наружностью, пораженный движеньем, блеском улиц, беспорядком крыш, гущиной труб, безархитектурными сплоченными массами домов, облепленных тесной лоскутностью магазинов, безобразьем нагих, неприслоненных боковых стен, бесчисленной смешанной толпой золотых букв, которые лезли на стены, на окна, на крыши и даже на трубы, светлой прозрачностью нижних этажей, состоявших только из одних зеркальных стекол. Вот он, Париж, это вечное волнующееся жерло, водомет, мечущий искры новостей, просвещенья, мод, изысканного вкуса и мелких, но сильных законов, от которых не властны оторваться и сами порицатели их, великая выставка всего, что производит мастерство, художество и всякий талант, скрытый в невидных углах Европы, трепет и ярмарка Европы! Как ошеломленный, не в силах собрать себя, пошел он по улицам, пересыпавшимся всяким народом, исчерченным путями движущихся омнибусов, поражаясь то видом кафе, блиставшего неслыханным царским убранством, то знаменитыми крытыми переходами, где оглушал его глухой шум нескольких тысяч шумевших шагов сплошно двигавшейся толпы, которая вся почти состояла из молодых людей, и где ослеплял его трепещущий блеск магазинов, озаряемых светом, падавшим сквозь стеклянный потолок в галерею; то останавливаясь перед афишами, которые милионами пестрели и толпились в глаза, крича о двадцати четырех ежедневных представлениях и бесчисленном множестве всяких музыкальных концертов; то растерявшись, наконец, совсем, когда вся эта волшебная куча вспыхнула ввечеру при волшебном освещении газа — все домы вдруг стали прозрачными, сильно засиявши снизу; окна и стекла в магазинах, казалось, исчезли, пропали вовсе, и всё, что лежало внутри их, осталось прямо среди улицы нехранимо, блистая и отражаясь в углубленьи зеркалами. «*Ma quest'é una cosa divina*!»[13] — повторял живой итальянец.

И жизнь его потекла живо, как течет жизнь многих парижан и толпы молодых иностранцев, наезжающих в Париж. В девять часов утра, схватившись с постели, он уже был в великолепном кафе с модными фресками за стеклом, с потолком, облитым золотом, с листами длинных журналов и газет, с благородным приспешником, проходившим мимо посетителей, держа великолепный серебряный кофейник в руке. Там пил он с сибаритским наслаждением свой жирный кофий из громадной чашки, нежась на эластическом, упругом диване и вспоминая о низеньких, темных итальянских кафе с неопрятным боттегой, несущим невымытые стеклянные стаканы. Потом принимался он за чтение колоссальных журнальных листов и вспомнил о чахоточных журналишках Италии, о каком-нибудь «*Diario di Roma, il Pirato*»[14] и тому подобных, где помещались невинные политические известия и анекдоты чуть не о Термопилах и персидском царе Дарии. Тут, напротив, везде видно было кипевшее перо. Вопросы на вопросы, возраженья на возраженья — казалось, всякий из всех сил топорщился: тот грозил близкой переменой вещей и предвещал разрушенье государству; всякое чуть заметное движение и действие камер и министерства разрасталось в движение огромного размаха между упорными партиями и почти отчаянным криком слышалось в журналах. Даже страх чувствовал итальянец, читая их, думая, что завтра же вспыхнет революция, как будто в чаду выходил из литературного кабинета, и только один Париж с своими улицами мог выветрить в одну минуту из головы весь этот груз. Его порхающий по всему блеск и пестрое движение, после этого тяжелого чтения, казались чем-то похожим на легкие цветки, избежавшие по оврагу пропасти. В один миг он переселялся весь на улицу и сделался, подобно всем, зевакою во всех отношениях. Он зевал пред светлыми, легкими продавицами, только что вступившими в свою весну, которыми были наполнены все парижские магазины, как будто бы суровая наружность мужчины была неприлична и мелькала бы темным пятном из-за цельных стекол. Он глядел, как заманчиво щегольские тонкие руки, вымытые всякими мылами, блистая, заворачивали бумажки конфект, меж тем как глаза светло и пристально вперялись на проходящих, как рисовались в другом месте светловолосая головка в картинном склоне, опустивши длинные ресницы в страницы модного романа, не видя, что около нее собралась уже куча молодежи, рассматривающая и ее легкую снежную шейку, и всякий волосок на голове ее, подслушивающая самое колебание груди, произведенное чтением. Он зевал и перед книжной лавкой, где, как пауки, темнели на слоновой бумаге черные виньетки, набросанные размашисто, сгоряча, так что иногда и разобрать нельзя было, что на них такое, и глядели иероглифами странные буквы. Он зевал и перед машиной, которая одна занимала весь магазин и ходила за зеркальным стеклом, катая огромный вал, растирающий шоколад. Он зевал перед лавками, где останавливаются по целым часам парижские крокодилы, засунув руки в карманы и разинув рот, где краснел в зелени огромный морской рак, воздымалась набитая трюфелями индейка с лаконическою надписью: «*300 fr.*», и мелькали золотистым пером и хвостами желтые и красные рыбы в стеклянных вазах. Он зевал и на широких булеварах, царственно проходящих поперек весь тесный Париж, где среди города стояли дерева в рост шестиэтажных домов, где на асфальтовые тротуары валила наездная толпа и куча доморощенных парижских львов и тигров, не всегда верно изображаемых в повестях. И, назевавшись вдоволь и досыта, взбирался он к ресторану, где уже давно сияли газом зеркальные стены, отражая в себе бесчисленные толпы дам и мужчин, шумевших речами за маленькими столиками, разбросанными по залу. После обеда уже он спешил в театр, недоумевая только, который выбрать: на каждом из них своя знаменитость, на каждом свой автор, свой актер. Везде новость. Там блещет водевиль, живой, ветреный, как сам француз, новый всякий день, создавшийся весь в три минуты досуга, смешивший весь от начала до конца благодаря неистощим капризам веселости актера; там горячая драма. И он невольно сравнил сухую, тощую драматическую сцену Италии, где повторялись один и тот же старик Гольдони, знаемый всеми наизусть, или же новые комедийки, невинные и наивные до того, что ребенок бы соскучился над ними; он сравнил их тощую группу с этим живым, торопливым драматическим наводнением, где всё ковалось, пока было горячо, где всякий боялся только, чтобы не простыла его новость. Насмеявшись досыта, наволновавшись, наглядевшись, утомленный, подавленный впечатлениями, возвращался он домой и бросался в постель, которая, как известно, одна только нужна французу в его комнате; кабинетом, обедом и вечерним освещением он пользуется в публичных местах. Но князь, однако же, не позабыл с этим разнообразным зеваньем соединить занятий ума, которых требовала нетерпеливо душа его. Он принялся слушать всех знаменитых профессоров. Живая речь, часто восторженная, новые точки и стороны, подмеченные речивым профессором, были неожиданны для молодого итальянца. Он чувствовал, как стала спадать с глаз его пелена, как в другом, ярком виде восставали перед ним прежде незамеченные предметы и самый приобретенный им хлам кое-каких знаний, которые обыкновенно погибают у большей части людей без всяких применений, пробуждался и, оглянутый другим глазом, утверждался навсегда в его памяти. Он не пропустил также услышать ни одного знаменитого проповедника, публициста, оратора камерных прений и всего, чем шумно гремит в Европе Париж. Несмотря на то, что не всегда доставало ему средств, что старый князь присылал ему содержание как студенту, а не как князю, он успел, однако же, найти случай побывать везде, найти доступ ко всем знаменитостям, о которых трубят, повторяя друг друга, европейские листки, даже увидал в лицо тех модных писателей, которых странными созданьями была поражена, наряду с другими, его пылкая молодая душа и в которых всем мнилось слышать еще небранные дотоле струны, неуловимые доселе изгибы страстей. Словом, жизнь итальянца приняла широкий, многосторонний образ, обнялась всем громадным блеском европейской деятельности. Разом, в один и тот же день, беззаботное зеванье и тревожное пробужденье, легкая работа глаз и напряженная ума, водевиль на театре, проповедник в церкви, политический вихрь журналов и камер, рукоплесканье в аудиториях, потрясающий гром консерваторного оркестра, воздушное блистанье танцующей сцены, громотня уличной жизни — какая исполинская жизнь для двадцатипятилетнего юноши! Нет лучшего места, как Париж; ни за что не променял бы он такой жизни. Как весело и любо жить в самом сердце Европы, где, идя, подымаешься выше, чувствуешь, что член великого всемирного общества! В голове его даже вертелась мысль отказаться вовсе от Италии и основаться навсегда в Париже. Италия казалась ему теперь каким-то темным, заплеснелым углом Европы, где заглохла жизнь и всякое движенье.

Так пронеслись четыре пламенные года его жизни, — четыре года, слишком значительные для юноши, и к концу их уже многое показалось не в том виде, как было прежде. Во многом он разочаровался. Тот же Париж, вечно влекущий к себе иностранцев, вечная страсть парижан, уже показался ему много, много не тем, чем был прежде. Он видел, как вся эта многосторонность и деятельность его жизни исчезла без выводов и плодоносных душевных осадков. В движении вечного его кипенья и деятельности виделась теперь ему странная недеятельность, страшное царство слов вместо дел. Он видел, как всякий француз, казалось, только работал в одной разгоряченной голове; как это журнальное чтение огромных листов поглощало весь день и не оставляло часа для жизни практической; как всякий француз воспитывался этим странным вихрем книжной, типографски движущейся политики и, еще чуждый сословия, к которому принадлежал, еще не узнав на деле всех прав и отношений своих, уже приставал к той или другой партии, горячо и жарко принимая к сердцу все интересы, становясь свирепо против своих супротивников, еще не зная в глаза ни интересов своих, ни супротивников... и слово политика опротивело, наконец, сильно итальянцу.

В движеньи торговли, ума, везде, во всем видел он только напряженное усилие и стремление к новости. Один силился пред другим, во что бы то ни стало, взять верх хотя бы на одну минуту. Купец весь капитал свой употреблял на одну только уборку магазина, чтобы блеском и великолепием его заманить к себе толпу. Книжная литература прибегала к картинкам и типографической роскоши, чтоб ими привлечь к себе охлаждающееся внимание. Странностью неслыханных страстей, уродливостью исключений из человеческой природы силились повести и романы овладеть читателем. Всё, казалось, нагло навязывалось и напрашивалось само, без зазыва, как непотребная женщина, ловящая человека ночью на улице; всё, одно перед другим, вытягивало повыше свою руку, как обступившая толпа надоедливых нищих. В самой науке, в ее одушевленных лекциях, которых достоинство не мог не признать он, теперь стало ему заметно везде желание выказаться, хвастнуть, выставить себя; везде блестящие эпизоды, и нет торжественного, величавого теченья всего целого. Везде усилия поднять доселе незамеченные факты и дать им огромное влияние иногда в ущерб гармонии целого, с тем только, чтобы оставить за собой честь открытия; наконец везде почти дерзкая уверенность и нигде смиренного сознания собственного неведения, — и он привел себе на память стих, которым итальянец Альфиери, в едком расположеньи своего духа, попрекнул французов:

Tutto fanno, nulla sanno,
Tutto sanno, nulla fanno:
Gira volta, son Francesi,
Piu gli pesi, men ti danno[15]

Тоскливое расположение духа им овладело. Напрасно старался он развлекать себя, старался сойтись с людьми, которых уважал, но не сошлась итальянская природа с французским элементом. Дружба завязывалась быстро, но уже в один день француз выказывал себя всего до последней черты: на другой день нечего было и узнавать в нем, далее известной глубины уже нельзя было погрузить вопроса в его душу, не вонзалось далее острие мысли; а чувства итальянца были слишком сильны, чтобы встретить себе полный ответ в легкой природе. И нашел он какую-то странную пустоту даже в сердцах тех, которым не мог отказать в уваженьи. И увидел он, наконец, что, при всех своих блестящих чертах, при благородных порывах, при рыцарских вспышках, вся нация была что-то бледное, несовершенное, легкий водевиль, ею же порожденный. Не почила на ней величественно-степенная идея. Везде намеки на мысли, нет самых мыслей; везде полустрасти, и нет страстей, всё не окончено, всё наметано, набросано, с быстрой руки; вся нация — блестящая виньетка, а не картина великого мастера.

Нашедшая ли внезапно на него хандра дала ему возможность увидать всё в таком виде, или внутреннее верное и свежее чувство итальянца было тому причиною, — то или другое, только Париж со всем своим блеском и шумом скоро сделался для него тягостной пустыней, и он невольно выбирал глухие, отдаленные концы его. Только в одну еще итальянскую оперу заходил он, там только как будто отдыхала душа его, и звуки родного языка теперь вырастали пред ним во всем могуществе и полноте. И стала представляться ему чаще забытая им Италия, вдали, в каком-то манящем свете; с каждым днем зазывы ее становились слышнее, и он решился, наконец, писать к отцу, чтобы позволил ему возвратиться в Рим, что в Париже оставаться более он не видит для себя нужды. Два месяца не получал он никакого ответа, ни даже обычных векселей, которые давно следовало ему получить. Сначала ожидал он терпеливо, зная капризный характер своего отца, наконец, начало овладевать им беспокойство. Несколько раз на неделю наведывался к своему банкиру и всегда получал один и тот же ответ, что из Рима нет никаких известий. Отчаяние готово было вспыхнуть в душе его. Средства содержания уже давно у него все прекратились, уже давно сделал он у банкира заем, но и эти деньги давно вышли, давно уже он обедал, завтракал и жил кое-как в долг; косо и неприятно начи-нали посматривать на него — и хоть бы от кого-нибудь из друзей какое-нибудь известие. Тут-то он сильно почувствовал свое одиночество. В беспокойном ожидании бродил он в этом надоевшем насмерть городе. Летом он был для него еще невыносимее: все наездные толпы разлетелись по минеральным водам, по европейским гостиницам и дорогам. Призрак пустоты виделся на всем. Домы и улицы Парижа были несносны, сады его томились сокрушительно между домов, палимых солнцем. Как убитый останавливался он над Сеной, на грузном, тяжелом мосту, на ее душной набережной, напрасно стараясь чем-нибудь позабыться, на что-нибудь заглядеться; тоска необъятная жрала его, и безыменный червь точил его сердце. Наконец судьба над ним умилосердилась — и в один день банкир вручил ему письмо. Оно было от дяди, который извещал его, что старый князь уже не существует, что он может приехать распорядиться наследством, которое требует его личного присутствия, потому что расстроено сильно. В письме был тощий билет, едва доставший на дорогу и на расплату четвертой доли долгов. Молодой князь не хотел медлить минуты, уговорил кое-как банкира отсрочить долг и взял место в курьерской карете. Казалось, страшная тягость свалилась с души его, когда скрылся из вида Париж и дохнуло на него свежим воздухом полей. В двое суток он уже был в Марселе, не хотел отдохнуть часу, и того же вечера пересел на пароход. Средиземное море показалось ему родным: оно омывало берега его отчизны, и он посвежел уже, только глядя на одни бесконечные его волны. Трудно было изъяснить чувство, его обнявшее при виде первого итальянского города, — это была великолепная Генуя! В двойной красоте вознеслись над ним ее пестрые колокольни, полосатые церкви из белого и черного мрамора и весь многобашенный амфитеатр ее, вдруг обнесший его со всех сторон, когда пароход пришел к пристани. Никогда не видал он Генуи. Эта играющая пестрота домов, церквей и дворцов на тонком небесном воздухе, блиставшем непостижимою голубизною, была единственна. Сошедши на берег, он очутился вдруг в этих темных, чудных узеньких, мощенных плитами улицах, с одной узенькой вверху полоской голубого неба. Его поразила эта теснота между домами, высокими, огромными, отсутствие экипажного стуку, треугольные маленькие площадки и между ними, как тесные коридоры, изгибающиеся линии улиц, наполненных лавочками генуэзских серебренников и золотых мастеров. Живописные кружевные покрывала женщин, чуть волнуемые теплым широкко; их твердые походки, звонкий говор в улицах; отворенные двери церквей, кадильный запах, несшийся оттуда, — всё это дунуло на него чем-то далеким, минувшим. Он вспомнил, что уже много лет не был в церкви, потерявшей свое чистое, высокое значение в тех умных землях Европы, где он был. Тихо вошел он и стал в молчании на колени у великолепных мраморных колонн, и долго молился, сам не зная за что: молился, что его приняла Италия, что снизошло на него желание молиться, что празднично было у него на душе, — и молитва эта, верно, была лучшая. Словом, как прекрасную станцию унес он за собою Геную; в ней принял он первый поцелуй Италии. С таким же ясным чувством увидел он Ливорно, пустеющую Пизу, Флоренцию, слабо знаемую им прежде. Величаво глянул на него тяжелый граненый купол ее собора, темные дворцы царственной архитектуры и строгое величье небольшого городка. Потом понесся чрез Аппенины, сопровождаемый тем же светлым расположением духа, и когда, наконец, после шестидневной дороги показался в ясной дали, на чистом небе, чудесно круглившийся купол — о!.. сколько чувств тогда столпилось разом в его груди! Он не знал и не мог передать их; он оглядывал всякий холмик и отлогость. И вот уже, наконец, *Ponte Molle*, городские ворота, и вот обняла его красавица площадей *Piazza del Popolo*, глянул *Monte Pincio* с террасами, лестницами, статуями и людьми, прогуливающимися на верхушках. Боже! как забилось его сердце! Ветурин понесся по улице Корсо, где когда-то ходил он с аббатом, невинный, простодушный, знавший только, что латинский язык есть отец итальянского. Вот предстали пред ним опять все домы, которые он знал наизусть: *Palazzo Ruspoli* с своим огромным кафе, *Piazza Colona, Palazzo Sciarra, Palazzo Doria*; наконец, поворотил он в переулки, так бранимые иностранцами, не кипящие переулки, где изредка только попадалась лавка брадобрея с нарисованными линиями над дверьми, да лавка шляпочника, высунувшего из дверей долгополую кардинальскую шляпу, да лавчонка плетеных стульев, делавшихся тут же на улице. Наконец карета остановилась перед величавым дворцом Брамантовского стиля. Никого не было в нагих неубранных сенях. На лестнице встретил его дряхлый maestro di casa, потому что швейцар с своей булавой ушел, по обыкновению, в кафе, где проводил всё время. Старик побежал отворять ставни и освещать мало-помалу старинные величественные залы. Грустное чувство овладело им, — чувство, понятное всякому приезжающему после нескольких лет отсутствия домой, когда всё что ни было кажется еще старее, еще пустее и когда тягостно говорит всякий предмет, знаемый в детстве, — и чем веселее были с ним сопряженные случаи, тем сокрушительней грусть, насылаемая им на сердце. Он прошел длинный ряд зал, оглянул кабинет и спальню, где еще не так давно старый владетель дворца засыпал в кровати под балдахином с кистями и гербом и потом выходил в шлафроке и туфлях в кабинет выпить стакан ослиного молока, с намереньем пополнеть; уборную, где он наряжался с утонченным стараньем старой кокетки и откуда отправлялся потом в коляске с своими лакеями на гулянье в виллу Боргезе, лорнировать постоянно какую-то англичанку, приезжавшую туда также прогуливаться. На столах и в ящиках видны были еще остатки румян, белил и всяких притираний, которыми молодил себя старик. Maestro di casa объявил, что уже за две недели до смерти он принял было твердое намерение жениться и сделал нарочно консультацию с иностранными докторами, как поддержать *con onore i doveri di marito*[16] ; но что в один день, сделавши два или три визита кардиналам и какому-то приору, он возвратился усталый домой, сел в кресла и умер смертью праведника, хотя смерть его была бы еще блаженнее, если бы он, по словам *maestro di casa,* догадался послать за две минуты прежде за своим духовником *il padre Benvenuto.* Всё это слушал молодой князь, рассеянный, не принадлежа мыслью ни к чему. Отдохнувши от дороги и от странных впечатлений, он занялся своими делами. Его поразил страшный беспорядок их. Всё, от малого до большого, было в бестолковом, запутанном виде. Четыре бесконечные тяжбы за обвалившиеся дворцы и земли в Ферраре и Неаполе, совершенно опустошенные доходы за три года вперед, долги и нищенский недостаток среди великолепия — вот что представилось глазам его. Старый князь был непонятное соединение скупости и пышности. Он держал огромную прислугу, которая не получала никакой платы, ничего, кроме ливреи, и довольствовалась подаяниями иностранцев, приходивших смотреть галерею. При князе были егери, официанты, лакеи, которые ездили и просиживали по целым дням в ближнем кафе или остерии, болтая всякий вздор. Он распустил тот же час всю эту сволочь, всех егерей и охотников, и оставил одного только старика maestro di casa; уничтожил почти вовсе конюшню, продав никогда не употреблявшихся лошадей; призвал адвокатов и распорядился с своими тяжбами по крайней мере так, что из четырех составил две, бросив остальные, как вовсе бесполезные; решился ограничить себя во всем и вести жизнь со всею строгостью экономии. Это было ему нетрудно сделать, потому что уже заблаговременно он привык ограничивать себя. Ему нетрудно было также отказаться от всякого сообщества с своим сословием, — которое, впрочем, всё состояло из двух-трех доживавших фамилий, — общества, воспитанного кое-как отголосками французского образованья, да богача банкира, собиравшего около себя круг иностранцев, да неприступных кардиналов, людей необщительных, черствых, уединенно проводивших время за карточной игрой *в tresette* (род дурачка) с своим камердинером или брадобреем. Словом, он уединился совершенно, принялся рассматривать Рим и сделался в этом отношении подобен иностранцу, который сначала бывает поражен мелочной, неблестящей его наружностью, испятнанными, темными домами, и с недоумением вопрошает, попадая из переулка в переулок: где же огромный древний Рим? —и потом уже узнает его, когда мало-помалу из тесных переулков начинает выдвигаться древний Рим, где темной аркой, где мраморным карнизом, вделанным в стену, где порфировой потемневшей колонной, где фронтоном посреди вонючего рыбного рынка, где целым портиком перед нестаринной церковью, и, наконец, далеко, там где оканчивается вовсе живущий город, громадно воздымается он среди тысячелетних плющей, алоэ и открытых равнин необъятным Колизеем, триумфальными арками, останками необозримых цезарских дворцов, императорскими банями, храмами, гробницами, разнесенными по полям; и уже не видит иноземец нынешних тесных его улиц и переулков, весь объятый древним миром: в памяти его восстают колоссальные образы цезарей; криками и плесками древней толпы поражается ухо...

Но не так, как иностранец, преданный одному Титу Ливию и Тациту, бегущий мимо всего, к одной только древности, желавший бы в порыве благородного педантизма срыть весь новый город, — нет, он находил всё равно прекрасным: мир древний, шевелившийся из-под темного архитрава, могучий средний век, положивший везде следы художников-исполинов и великолепной щедрости пап, и, наконец, прилепившийся к ним новый век с толпящимся новым народонаселением. Ему нравилось это чудное их слияние в одно, эти признаки людной столицы и пустыни вместе: дворец, колонны, трава, дикие кусты, бегущие по стенам, трепещущий рынок среди темных, молчаливых, заслоненных снизу громад, живой крик рыбного продавца у портика, лимонадчик с воздушной, украшенной зеленью лавчонкой перед Пантеоном. Ему нравилась самая невзрачность улиц — темных, неприбранных, отсутствие желтых и светленьких красок на домах, идиллия среди города: отдыхавшее стадо козлов на уличной мостовой, крики ребятишек и какое-то невидимое присутствие на всем ясной, торжественной тишины, обнимавшей человека. Ему нравились эти беспрерывные внезапности, нежданности, поражающие в Риме. Как охотник, выходящий с утра на ловлю, как старинный рыцарь, искатель приключений, он отправлялся отыскивать всякий день новых и новых чудес и останавливался невольно, когда вдруг среди ничтожного переулка возносился пред ним дворец, дышавший строгим, сумрачным величием. Из темного травертина были сложены его тяжелые, несокрушимые стены, вершину венчал великолепно набранный колоссальный карниз, мраморными брусьями обложена была большая дверь и окна глядели величаво, обремененные роскошным архитектурным убранством; — или как вдруг нежданно вместе с небольшой площадью выглядывал картинный фонтан, обрызгивавший себя самого и свои обезображенные мхом гранитные ступени; — как темная грязная улица оканчивалась нежданно играющей архитектурной декорацией Бернини, или летящим кверху обелиском, или церковью и монастырской стеною, вспыхивавшим блеском солнца на темнолазурном небе, с черными, как уголь, кипарисами. И чем далее вглубь уходили улицы, тем чаще росли дворцы и архитектурные созданья Браманта, Борромини, Сангалло, Деллапорта, Виньолы, Бонаротти, — и понял он, наконец, ясно, что только здесь, только в Италии, слышно присутствие архитектуры и строгое ее величие как художества. Еще выше было духовное его наслажденье, когда он переносился во внутренность церквей и дворцов, где арки, плоские столпы и круглые колонны из всех возможных сортов мрамора, перемешанные с базальтовыми, лазурными карнизами, порфиром, золотом и античными камнями сочетались согласно, покоренные обдуманной мысли, и выше их всех вознеслось бессмертное создание кисти. Они были высоко прекрасны, эти обдуманные убранства зал, полные царского величия и архитектурной роскоши, везде умевшей почтительно преклониться перед живописью в сей плодотворный век, когда художник бывал и архитектор, и живописец, и даже скульптор вместе. Могучие созданья кисти, уже неповторяющейся ныне, возносились сумрачно перед ним на потемневших стенах, всё еще непостижимые и недоступные для подражания. Входя и погружаясь более и более в созерцание их, он чувствовал, как развивался видимо его вкус, залог которого уже хранился в душе его. И как пред этой величественной прекрасной роскошью показалась ему теперь низкою роскошь XIX столетия, мелкая, ничтожная роскошь, годная только для украшенья магазинов, выведшая на поле деятельности золотильщиков, мебельщиков, обойщиков, столяров и кучи мастеровых, и лишившая мир Рафаэлей, Тицианов, Микель-Анжелов, низведшая к ремеслу искусство. Как низкою показалась ему эта роскошь, поражающая только первый взгляд и озираемая потом равнодушно, перед этой величавой мыслью украсить стены вековечным созданьем кисти, перед этой прекрасной мыслью владельца дворца доставить себе вечный предмет наслажденья в часы отдыха от дел и от шумного жизненного дрязга, уединившись там, в углу, на старинной софе, далеко от всех, вперя безмолвно взор и вместе со взором входя глубже душою в тайны кисти, зрея невидимо в красе душевных помыслов. Ибо высоко возвышает искусство человека, придавая благородство и красоту чудную движеньям души. Как низки казались ему пред этой незыблемой плодотворной роскошью, окружившею человека предметами движущими и воспитывающими душу, нынешние мелочные убранства, ломаемые и выбрасываемые ежегодно беспокойною модою, странным, непостижимым порожденьем XIX века, пред которым безмолвно преклонились мудрецы, губительницей и разрушительницей всего, что колоссально, величественно, свято. При таких рассуждениях невольно приходило ему на мысль: не оттого ли сей равнодушный хлад, обнимающий нынешний век, торговый, низкий расчет, ранняя притупленность еще не успевших развиться и возникнуть чувств? Иконы вынесли из храма — и храм уже не храм; летучие мыши и злые духи обитают в нем.

Чем более он всматривался, тем более поражала его сия необыкновенная плодотворность века, и он невольно восклицал: «когда и как успели они это наделать!» Эта великолепная сторона Рима как будто бы росла перед ним ежедневно. Галлереи и галереи, и конца им нет... И там, и в той церкви, хранится какое-нибудь чудо кисти. И там, на дряхлеющей стене, еще дивит готовый исчезнуть фреск. И там, на вознесенных мраморах и столпах, набранных из древних языческих храмов, блещет неувядаемой кистью плафон. Всё это было похоже на скрытые золотые рудники, покровенные обыкновенной землей, знакомые одному только рудокопу. Как полно было у него всякий раз на душе, когда возвращался он домой: как было различно это чувство, объятое спокойной торжественностью тишины, от тех тревожных впечатлений, которыми бессмысленно наполнялась душа его в Париже, когда он возвращался домой усталый, утомленный, редко будучи в силах поверить итог их.

Теперь ему казалась еще более согласною с этими внутренними сокровищами Рима его неприглядная, потемневшая, запачканная наружность, так бранимая иностранцами. Ему неприятно бы было выйти после всего этого в модную улицу с блестящими магазинами, щеголеватостью людей и экипажей: это было бы чем-то развлекающим, святотатственным. Ему лучше нравилась эта скромная тишина улиц, это особенное выражение римского населения, этот призрак восемнадцатого века, еще мелькавший по улице то в виде черного аббата с треугольною шляпой, черными чулками и башмаками, то в виде старинной пурпурной кардинальской кареты с позлащенными осями, колесами, карнизами и гербами, — всё как-то согласовалось с важностью Рима: этот живой, неторопящийся народ, живописно и покойно расхаживающий по улицам, закинув полуплащ или набросив себе на плечо куртку, без тягостного выраженья в лицах, которое так поражало его на синих блузах и на всем народонаселеньи Парижа. Тут самая нищета являлась в каком-то светлом виде, беззаботная, незнакомая с терзаньем и слезами, беспечно и живописно протягивавшая руку; картинные полки монахов, переходившие улицы в длинных белых или черных одеждах; нечистый рыжий капуцин, вдруг вспыхнувший на солнце светловерблюжьим цветом; наконец это населенье художников, собравшихся со всех сторон света, которые бросили здесь узенькие лоскуточки одеяний европейских и явились в свободных живописных нарядах; их величественные осанистые бороды; снятые с портретов Леонардо да Винчи и Тициана, так непохожие на те уродливые узкие бородки, которые француз переделывает и стрижет себе по пяти раз в месяц. Тут художник почувствовал красоту длинных волнующихся волос и позволил им рассыпаться кудрями. Тут самый немец с кривизной ног своих и бесперехватностью стана получил значительное выражение, разнеся по плечам золотистые свои локоны, драпируясь легкими складками греческой блузы или бархатным нарядом, известным под именем *cinquecento*[17], которое усвоили себе только одни художники в Риме. Следы строгого спокойствия и тихого труда отражались на их лицах, в кафе, в остериях, были вовсе противоположны или не похожи на те, которые слышались ему в городах Европы. Тут не было толков о понизившихся фондах, о камерных преньях, об испанских делах: тут слышались речи об открытой недавно древней статуе, о достоинстве кистей великих мастеров, раздавались споры и разногласья о выставленном произведении нового художника, толки о народных праздниках и, наконец, частные разговоры, в которых раскрывался человек, вытесненные из Европы скучными общественными толками и политическими мнениями, изгнавшими сердечное выражение из лиц.

Часто оставлял он город для того, чтобы оглянуть его окрестности, и тогда его поражали другие чудеса. Прекрасны были эти немые пустынные римские поля, усеянные останками древних храмов, с невыразимым спокойством расстилавшиеся вокруг, где пламенея сплошным золотом от слившихся вместе желтых цветков, где блеща жаром раздутого угля от пунцовых листов дикого мака. Они представляли четыре чудные вида на четыре стороны. С одной — соединялись они прямо с горизонтом одной резкой ровной чертой, арки водопроводов казались стоящими на воздухе и как бы наклеенными на блистающем серебряном небе.

С другой — над полями сияли горы; не вырываясь порывисто и безобразно, как в Тироле или Швейцарии, но согласными плывучими линиями выгибаясь и склоняясь, озаренные чудною ясностью воздуха, они готовы были улететь в небо; у подошвы их неслася длинная аркада водопроводов, подобно длинному фундаменту, и вершина гор казалась воздушным продолжением чудного зданья, и небо над ними было уже не серебряное, но невыразимого цвета весенней сирени. С третьей — эти поля увенчивались тоже горами, которые уже ближе и выше возносились, выступая сильнее передними рядами и легкими уступами уходя в даль. В чудную постепенность цветов облекал их тонкий голубой воздух; и сквозь это воздушно-голубое их покрывало сияли чуть приметные домы и виллы Фраскати, где тонко и легко тронутые солнцем, где уходящие в светлую мглу пылившихся вдали чуть приметных рощ. Когда же обращался он вдруг назад, тогда представлялась ему четвертая сторона вида: поля оканчивались самим Римом. Сияли резко и ясно углы и линии домов, круглость куполов, статуи Латранского Иоанна и величественный купол Петра, вырастающий выше и выше по мере отдаленья от него и властительно остающийся, наконец, один на всем полгоризонте, когда уже совершенно скрылся весь город. Еще лучше любил он оглянуть эти поля с террасы, в часы захождения солнца. Тогда они казались необозримым морем, сиявшим и возносившимся из темных перил террасы; отлогости и линии исчезали в обнявшем их свете. Сначала они еще казались зеленоватыми, и по ним еще виднелись там и там разбросанные гробницы и арки, потом они сквозили уже светлой желтизною в радужных оттенках света, едва выказывая древние остатки, и наконец, становились пурпурней и пурпурней, поглощая в себе и самый безмерный купол и сливаясь в один густой малиновый цвет, и одна только сверкающая вдали золотая полоса моря отделяла их от пурпурного, так же как и они, горизонта. Нигде, никогда ему не случалось видеть, чтобы поле превращалось в пламя, подобно небу. Долго, полный невыразимого восхищенья, стоял он пред таким видом, и потом уже стоял так, просто, не восхищаясь, позабыв всё, когда и солнце уже скрывалось, потухал быстро горизонт и еще быстрее потухали вмиг померкнувшие поля, везде устанавливал свой темный образ вечер, над развалинами огнистыми фонтанами подымались светящиеся мухи, и неуклюжее крылатое насекомое, несущееся стоймя, как человек, известное под именем дьявола, ударялось бестолку ему в очи. Тогда только он чувствовал, что наступивший холод южной ночи уже прохватил его всего, и спешил в городские улицы, чтобы не схватить южной лихорадки.

Так протекала жизнь его в созерцаньях природы, искусств и древностей. Среди сей жизни почувствовал он, более нежели когда-либо, желание проникнуть поглубже историю Италии, доселе ему известную эпизодами, отрывками; без нее казалось ему неполно настоящее, и он жадно принялся за архивы, летописи и записки. Он теперь мог их читать не так, как итальянец-домосед, входящий и телом, и душою в читаемые события и не видящий из-за обступивших его лиц и происшествий всей массы целого, — он теперь мог оглядывать всё спокойно, как из ватиканского окна. Пребыванье вне Италии, в виду шума и движенья действующих народов и государств, служило ему строгою поверкою всех выводов, сообщило многосторонность и всеобъемлющее свойство его глазу. Читая, теперь он еще более и вместе с тем беспристрастней был поражен величием и блеском минувшей эпохи Италии. Его изумляло такое быстрое разнообразное развитие человека на таком тесном углу земли, таким сильным движением всех сил. Он видел, как здесь кипел человек, как каждый город говорил своею речью, как у каждого города были целые томы истории; как разом возникли здесь все образы и виды гражданства и правлений: волнующиеся республики сильных, непокорных характеров и полновластные деспоты среди их; целый город царственных купцов, опутанный сокровенными правительственными нитями, под призраком единой власти дожа; призванные чужеземцы среди туземцев; сильные напоры и отпоры в недре незначительного родка; почти сказочный блеск герцогов и монархов крохотных земель; меценаты, покровители и гонители; целый ряд великих людей, столкнувшихся в одно и то же время; лира, циркуль, меч и палитра; храмы, воздвигающиеся среди браней и волнений; вражда, кровавая месть, великодушные черты и кучи романтических происшествий частной жизни среди политического общественного вихря и чудная связь между ними: такое изумляющее раскрытие всех сторон жизни политической и частной, такое пробуждение в столь тесном объеме всех элементов человека, совершавшихся в других местах только частями и на больших пространствах! И всё это исчезло и прошло вдруг, всё застыло, как погаснувшая лава, и выброшено даже из памяти Европою, как старый ненужный хлам. Нигде, даже в журналах, не выказывает бедная Италия своего развенчанного чела, лишенная значенья политического, а с ним и влиянья на мир.

«И неужели, — думал он, — не воскреснет никогда ее слава? Неужели нет средств возвратить минувший блеск ее?» И вспомнил он то время, когда еще в университете, в Лукке, бредил он о возобновлении ее минувшей славы, как это было любимой мыслью молодежи, как за стаканами добродушно и простосердечно мечтала она о том; и увидел он теперь, как близорука была молодежь и как близоруки бывают политики, упрекающие народ в беспечности и лени. Почуял он теперь, смутясь, великий перст, пред ним же повергается в прах немеющий человек, — великий перст, чертящий свыше всемирные события. Он вызвал из среды ее же гонимого ее гражданина, бедного генуэзца, который один убил свою отчизну, указав миру неведомую землю и другие широкие пути. Раздался всемирный горизонт, огромным размахом закипели движенья Европы, понеслись вокруг света корабли, двинув могучие северные силы. Осталось пусто Средиземное море; как обмелевшее речное русло, обмелела обойденная Италия. Стоит Венеция, отразив в адриатические волны свои потухнувшие дворцы, и разрывающей жалостью проникается сердце иностранца, когда поникший гондольер влечет его под пустынными стенами и разрушенными перилами безмолвных мраморных балконов. Онемела Феррара, пугая дикой мрачностью своего герцогского дворца. Глядят пустынно на всем пространстве Италии ее наклонные башни и архитектурные чуда, очутясь среди равнодушного к ним поколенья. Звонкое эхо раздается в шумевших когда-то улицах, и бедный ветурин подъезжает к грязной остерии, поселившейся в великолепном дворце. В нищенском вретище очутилась Италия, и пыльными отрепьями висят на ней куски ее померкнувшей царственной одежды.

В порыве душевной жалости готов он был даже лить слезы. Но утешительная, величественная мысль приходила сама к нему в душу, и чуял он другим, высшим чутьем, что не умерла Италия, что слышится ее неотразимое вечное владычество над всем миром, что вечно веет над нею ее великий гений, уже в самом начале завязавший в груди ее судьбу Европы, внесший крест в европейские темные леса, захвативший гражданским багром на дальнем краю их дикообразного человека, закипевший здесь впервые всемирной торговлей, хитрой политикой и сложностью гражданских пружин, вознесшийся потом всем блеском ума, венчавший чело свое святым венцом поэзии и, когда уже политическое влияние Италии стало исчезать, развернувшийся над миром торжественными дивами — искусствами, подарившими человеку неведомые наслажденья и божественные чувства, которые дотоле не подымались из лона души его. Когда же и век искусства сокрылся и к нему охладели погруженные в расчеты люди, он веет и разносится над миром в завывающих воплях музыки, и на берегах Сены, Невы, Темзы, Москвы, Средиземного, Черного моря, в стенах Алжира и на отдаленных, еще недавно диких, островах гремят восторженные плески звонким певцам. Наконец самой ветхостью и разрушеньем своим он грозно владычествует ныне в мире: эти величавые архитектурные чуда остались, как призраки, чтобы попрекнуть Европу в ее китайской мелочной роскоши, в игрушечном раздроблении мысли. И самое это чудное собрание отживших миров, и прелесть соединенья их с вечно цветущей природой — всё существует для того, чтобы будить мир, чтоб жителю севера, как сквозь сон, представлялся иногда этот юг, чтобы мечта о нем вырывала его из среды хладной жизни, преданной занятиям, очерствляющим душу, — вырывала бы его оттуда, блеснув ему нежданно уносящею в даль перспективой, колизейскою ночью при луне, прекрасно умирающей Венецией, невидимым небесным блеском и теплыми поцелуями чудесного воздуха, — чтобы хоть раз в жизни был он прекрасным человеком...

В такую торжественную минуту он примирялся с разрушеньем своего отечества, и зрелись тогда ему во всем зародыши вечной жизни, вечно лучшего будущего, которое вечно готовит миру его вечный творец. В такие минуты он даже весьма часто задумывался над нынешним значением римского народа. Он видел в нем материал еще непочатый. Еще ни разу не играл он роли в блестящую эпоху Италии. Отмечали на страницах истории имена свои папы да аристократические домы, но народ оставался незаметен. Его не зацеплял ход двигавшихся внутри и вне его интересов. Его не коснулось образованье и не взметнуло вихрем сокрытые в нем силы. В его природе заключалось что-то младенчески благородное. Эта гордость римским именем, вследствие которой часть города, считая себя потомками древних квиритов, никогда не вступала в брачные союзы с другими. Эти черты характера, смешанного из добродушия и страстей, показывающие светлую его натуру: никогда римлянин не забывал ни зла, ни добра, он или добрый, или злой, или расточитель, или скряга, в нем добродетели и пороки в своих самородных слоях и не смешались, как у образованного человека, в неопределенные образы, у которого всяких страстишек понемногу под верховным начальством эгоизма. Эта невоздержность и порыв развернуться на все деньги, — замашка сильных народов, — всё это имело для него значение. Эта светлая непритворная веселость, которой теперь нет у других народов: везде, где он ни был, ему казалось, что стараются тешить народ; здесь, напротив, он тешится сам. Он сам хочет быть участником, его насилу удержишь в карнавале; всё, что ни накоплено им в продолжение года, он готов промотать в эти полторы недели; всё усадит он на один наряд: оденется паяцом, женщиной, поэтом, доктором, графом, врет чепуху и лекции и слушающему и неслушающему; — и веселость эта обнимает, как вихорь, всех — от сорокалетнего до ребятишки: последний бобыль, котрому не во что одеться, выворачивает себе куртку, вымазывает лицо углем и бежит туда же, в пеструю кучу. И веселость эта прямо из его природы; ею не хмель действует, — тот же самый народ освищет пьяного, если встретит его на улице. Потом черты природного художественного инстинкта и чувства: он видел, как простая женщина указывала художнику погрешность в его картине; он видел, как выражалось невольно это чувство в живописных одеждах, в церковных убранствах, как в

Дженсано народ убирал цветочными коврами улицы, как разноцветные листики цветов обращались в краски и тени, на мостовой выходили узоры, кардинальские гербы, портрет папы, вензеля, птицы, звери и арабески. Как накануне светлого воскресенья продавцы съестных припасов, пицикаролы, убирали свои лавчонки: свиные окорока, колбасы, белые пузыри, лимоны и листья обращались в мозаику и составляли плафон; круги пармезанов и других сыров, ложась один на другой, становились в колонны; из сальных свечей составлялась бахрома мозаичного занавеса, драпировавшего внутренние стены; из сала, белого, как снег, отливались целые статуи, исторические группы христианских и библейских содержаний, которые изумленный зритель принимал за алебастровые, — вся лавочка обращалась в светлый храм, сияя позлащенными звездами, искусно освещаясь развешанными шкаликами и отражая зеркалами бесконечные кучи яиц. Для всего этого нужно было присутствие вкуса, и пицикароло делал это не из каких-нибудь доходов, но для того, чтобы полюбовались другие и полюбоваться самому. Наконец народ, в котором живет чувство собственного достоинства: здесь он *il popolo*[1], а не чернь и носит в своей природе прямые начала времен первоначальных квиритов; его не могли даже совратить наезды иностранцев, развратителей недействующих наций, порождающие по трактирам и дорогам презреннейший класс людей, по которым путешественник произносит часто суждение обо всем народе. Самая нелепость правительственных постановлений, эта бессвязная куча всяких законов, возникших во все времена и отношенья и не уничтоженных поныне, между которыми даже есть эдикты времен древней римской республики, — всё это не искоренило высокого чувства справедливости в народе. Он порицает неправедного притязателя, освистывает гроб покойника и впрягается великодушно в колесницу, везущую тело, любезное народу. Самые поступки духовенства, часто соблазнительные, произведшие бы в других местах разврат, почти не действуют на него: он умеет отделить религию от лицемерных исполнителей и не заразился холодной мыслью неверия. Наконец самая нужда и бедность, неизбежный удел стоячего государства, не ведут его к мрачному злодейству: он весел и переносит всё, и только в романах да повестях режет по улицам. Всё это показывало ему стихии народа сильного, непочатого, для которого как будто бы готовилось какое-то поприще впереди. Европейское просвещение как будто с умыслом не коснулось его и не водрузило в грудь ему своего холодного усовершенствования. Самое духовное правительство, этот странный уцелевший признак минувших времен, осталось как будто для того, чтобы сохранить народ от постороннего влияния, чтоб никто из честолюбивых соседей не посягнул на его личность, чтобы до времени в тишине таилась его гордая народность. Притом здесь, в Риме, не слышалось что-то умершее; в самых развалинах и великолепной бедности Рима не было того томительного, проникающего чувства, которым объемлется невольно человек, созерцающий памятники заживо умирающей нации. Тут противоположное чувство: тут ясное, торжественное спокойство. И всякий раз, соображая всё это, князь предавался невольно размышлениям и стал подозревать какое-то таинственное значение в слове «вечный Рим».

Итог всего этого был тот, что он старался узнавать более и более свой народ. Он его следил на улицах, в кафе, где в каждом были свои посетители: в одном антикварии, в другом стрелки и охотники, в третьем кардинальские слуги, в четвертом художники, в пятом вся римская молодежь и римское щегольство; следил в остериях, чисто римских остериях, куда не заходит иностранец, гдеримский *nobile*[18] садится иногда рядом с миненте и общество скидает с себя сюртуки и галстуки в жаркие дни; следил его в загородных живописно-невзрачных трактиришках с воздушными окнами без стекол, куда фамилиями и компаниями наезжали римляне обедать, или, по их выражению, *far allegria*[19]. Он садился и обедал вместе с ними, вмешивался охотно в разговор, дивясь весьма часто простому здравомыслию и живой оригинальности рассказа простых, неграмотных горожан. Но более всего он имел случай узнавать его во время церемоний и празднеств, когда всплывает наверх всё народонаселение Рима и вдруг показывается несметное множество дотоле неподозреваемых красавиц, — красавиц, которых образы мелькают только в барельефах да в древних антологических стихотворениях. Эти полные взоры, алебастровые плечи, смолистые волосы, в тысяче разных образов поднятые на голову или опрокинутые назад, картинно пронзенные насквозь золотой стрелой, руки, гордая походка, везде черты и намеки на серьезную классическую красоту, а не легкую прелесть грациозных женщин. Тут женщины казались подобны зданьям в Италии: они или дворцы или лачужки, или красавицы или безобразные, середины нет между ними: хорошеньких нет. Он ими наслаждался, как наслаждался в прекрасной поэме стихами, выбившимися из ряда других и насылавшими свежительную дрожь на душу.

Но скоро к таким наслажденьям присоединилось чувство, объявившее сильную борьбу всем прочим, — чувство, которое вызвало из душевного дна сильные человеческие страсти, подымающие демократический бунт против высокого единодержавия души: он увидел Аннунциату. И вот таким образом, мы добрались, наконец, до светлого образа, который озарил начало нашей повести.

Это было во время карнавала.

— Сегодня я не пойду на Корсо, — сказал принчипе своему

maestro di casa, выходя из дому, — мне надоедает карнавал, мне лучше нравятся летние праздники и церемонии...

— Но разве это карнавал? — сказал старик. — Это карнавал ребят. Я помню карнавал, когда по всему Корсо ни одной кареты не было и всю ночь гремела по улицам музыка; когда живописцы, архитекторы и скульпторы выдумывали целые группы, истории; когда народ, — князь понимает: весь народ, все — все золотильщики, рамщики, мозаичисты, прекрасные женщины, вся синьория, все nobili, все, все, все... *o quanta allegria*![20].. Вот когда был карнавал так карнавал, а теперь что за карнавал? Э! — сказал старик и пожал плечами, потом опять сказал: Э! — и пожал плечами; и потом уже произнес: — *E una porcheria*[21].

Затем *maestro di casa* в душевном порыве сделал необыкновенно сильный жест рукою, но утишился, увидев, что князя давно пред ним не было. Он был уже на улице. Не желая участвовать в карнавале, он не взял с собой ни маски, ни железной сетки на лицо и, забросившись плащом, хотел только пробраться через Корсо на другую половину города. Но народная толпа была слишком густа. Едва только продрался он между двух человек, как уже попотчевали его сверху мукой; пестрый арлекин ударил его по плечу трещоткою, пролетев мимо с своей коломбиною; конфетти и пучки цветов полетели ему в глаза; с двух сторон стали ему жужжать в уши: с одной стороны граф, с другой медик, читавший ему длинную лекцию о том, что у него находится в желудочной кишке. Пробиться между них не было сил, потому что народная толпа возросла; цепь экипажей, уже не будучи в возможности двинуться, остановилась. Внимание толпы занял какой-то смельчак, шагавший на ходулях вравне с домами, рискуя всякую минуту быть сбитым с ног и грохнуться насмерть о мостовую. Но об этом, кажется, у него не было забот. Он тащил на плечах чучело великана, придерживая его одной рукою, неся в другой написанный на бумаге сонет с приделанным к нему бумажным хвостом, какой бывает у бумажного змея, и крича во весь голос: «*Ecco il gran poeta morto! Ecco il suo sonetto colla coda*!» («Вот умерший великий поэт! вот его сонет с хвостом!»)[22] Этот смельчак сгустил за собою толпу до такой степени, что князь едва мог перевести дух. Наконец вся толпа двинулась вперед за мертвым поэтом; цепь экипажей тронулась, чему он обрадовался сильно, хоть народное движение сбило с него шляпу, которую он теперь бросился подымать. Поднявши шляпу, он поднял вместе и глаза и остолбенел: перед ним стояла неслыханная красавица. Она была в сияющем альбанском наряде, в ряду других тоже прекрасных женщин, которые были пред ней, как ночь пред днем. Это было чудо в высшей степени. Всё должно было померкнуть пред этим блеском. Глядя на нее, становилось ясно, почему итальянские поэты и сравнивают красавиц с солнцем. Это именно было солнце, полная красота. Всё, что рассыпалось и блистает поодиночке в красавицах мира, всё это собралось сюда вместе. Взглянувши на грудь и бюст ее, уже становилось очевидно, чего недостает в груди и бюстах прочих красавиц. Пред ее густыми блистающими волосами показались бы жидкими и мутными все другие волосы. Ее руки были для того, чтобы всякого обратить в художника, — как художник, глядел бы он на них вечно, не смея дохнуть. Пред ее ногами показались бы щепками ноги англичанок, немок, француженок и женщин всех других наций; одни только древние ваятели удержали высокую идею красоты их в своих статуях. Это была красота полная, созданная для того, чтобы всех равно ослепить! Тут не нужно было иметь какой-нибудь особенный вкус; тут все вкусы должны были сойтиться, все должны были повергнуться ниц: и верующий и неверующий упали бы пред ней, как пред внезапным появленьем божества. Он видел, как весь народ, сколько его там ни было, загляделся на нее, как женщины выразили невольное изумленье на своих лицах, смешанное с наслажденьем, и повторяли: «*O bella!*»[23], как всё, что ни было, казалось, превратилось в художника и смотрело пристально на одну ее. Но в лице красавицы написано было только одно вниманье к карнавалу: она смотрела только на толпу и на маски, не замечая обращенных на нее глаз, едва слушая стоявших позади ее мужчин в бархатных куртках, вероятно родственников; пришедших вместе с ними. Князь принимался было расспрашивать у близ стоявших около себя, кто была такая чудная красавица и откуда. Но везде получал в ответ одно только пожатье плечьми, сопровождаемое жестом, и слова: «Не знаю, должно быть иностранка»*. Недвижный, утаив дыханье, он поглощал ее глазами. Красавица, наконец, навела на него свои полные очи, но тут же смутилась и отвела их в другую сторону. Его пробудил крик: пред ним остановилась громадная телега. Толпа находившаяся в ней масок в розовых блузах, назвав его по имени, принялась качать в него мукой, сопровождая одним длинным восклицаньем: «У, у, у!..» И в одну минуту с ног до головы был он обсыпан белою пылью, при громком смехе всех обступивших его соседей. Весь белый, как снег, даже с белыми ресницами, князь побежал наскоро домой переодеться.

Покамест он сбегал домой, пока успел переодеться, уже только полтора часа оставалось до *Ave Maria*. С Корсо возвращались пустые кареты: сидевшие в них перебрались на балконы — смотреть оттуда не перестававшую двигаться толпу, в ожидании конного бега. При повороте на Корсо встретил он телегу, полную мужчин в куртках и сияющих женщин с цветочными венками на головах с бубнами и тимпанами в руках. Телега, казалось, весело возвращалась домой, бока ее были убраны гирляндами, спицы и ободья колес увиты зелеными ветвями. Сердце его захолонуло, когда он увидел, что среди женщин сидела в ней поразившая его красавица. Сверкающим смехом озарялось ее лицо. Телега быстро промчалась при кликах и песнях. Первым делом его было бежать вслед ее, но дорогу перегородил ему огромный поезд музыкантов: на шести колесах везли страшилищной величины скрыпку. Один человек сидел верхом на подставке, другой, идя сбоку ее, водил громадным смычком по четырем канатам, натянутым на нее вместо струн. Скрыпка, вероятно, стоила больших трудов, издержек и времени. Впереди шел исполинский барабан. Толпа народа и мальчишек тесно валила вслед за музыкальным поездом, и шествие замыкал известный в Риме своей толщиною пицикароло, неся клистирную трубку вышиною в колокольню. Когда улица очистилась от поезда, князь увидел, что бежать за телегой глупо и поздно, и притом неизвестно, по каким дорогам понеслась она. Он не мог, однако же, отказаться от мысли искать ее. В воображеньи его порхал этот сияющий смех и открытые уста с чудными рядами зубов. «Это блеск молнии, а не женщина, — повторял он в себе и в то же время с гордостью прибавлял: — Она римлянка. Такая женщина могла только родиться в Риме. Я должен непременно ее увидеть. Я хочу ее видеть не с тем, чтобы любить ее, нет, — я хотел бы только смотреть на нее, смотреть на всю ее, смотреть на ее очи, смотреть на ее руки, на ее пальцы, на блистающие волосы. Не целовать ее, хотел бы только глядеть на нее. И что же? Ведь это так должно быть, это в законе природы; она не имеет права скрыть и унести красоту свою. Полная красота дана для того в мир, чтобы всякий ее увидал, чтобы идею о ней сохранял навечно в своем сердце. Если бы она была просто прекрасна, а не такое верховное совершенство, она бы имела право принадлежать одному, ее бы мог он унести в пустыню, скрыть от мира. Но красота полная должна быть видима всем. Разве великолепный храм строит архитектор в тесном переулке? Нет, он ставит его на открытой площади, чтобы человек со всех сторон мог оглянуть его и подивиться ему. Разве для того зажжен светильник, сказал божественный учитель, чтобы скрывать его и ставить под стол? Нет, светильник зажжен для того, чтобы стоять на столе, чтобы всем было видно, чтобы все двигались при его свете. Нет, я должен ее видеть непременно». Так рассуждал князь и потом долго передумывал и перебирал все средства, как достигнуть этого, — наконец, как казалось, остановился на одном и отправился тут же, нимало не медля, в одну из тех отдаленных улиц, которых много в Риме, где нет даже кардинальского дворца с выставленными росписными гербами на деревянных овальных щитах, где виден нумер над каждым окном и дверью тесного домишка, где идет горбом выпученная мостовая, куда из иностранцев заглядывает только пройдоха немецкий художник с походным стулом и красками да козел, отставший от проходящего стада и остановившийся посмотреть с изумленьем, что за улица, им никогда не виданная. Тут раздается звонко лепет римлянок: со всех сторон, изо всех окон несутся речи и переговоры. Тут всё откровенно, и проходящий может совершенно знать все домашние тайны: даже мать с дочерью разговаривают не иначе между собою, как высунув обе свои головы на улицу; тут мужчин незаметно вовсе. Едва только блеснет утро, уже открывает окно и высовывается сьора Сусанна, потом из другого окна выказывается сьора Грация, надевая юбку. Потом открывает окно сьора Нанна. Потом вылезает сьора Лучия, расчесывая гребнем косу; наконец сьора Чечилия высовывает руку из окна, чтобы достать белье на протянутой веревке, которое тут же и наказывается за то, что долго не дало достать себя, наказывается скомканьем, киданьем на пол и словами: «*Che bestia*!»[24]. Тут всё живо, всё кипит: летит из окна башмак с ноги в шалуна сына или в козла, который подошел к корзинке, где поставлен годовой ребенок, принялся его нюхать и, наклоня голову, готовился ему объяснить, что такое значат рога. Тут ничего не было неизвестного: всё известно. Синьоры всё знали, что ни есть: какой сьора Джюдита купила платок, у кого будет рыба за обедом, кто любовник у Барбаручьи, какой капуцин лучше исповедует. Изредка только вставляет свое слово муж, стоящий обыкновенно на улице, облокотясь у стены, с коротенькою трубкою в зубах, почитавший необходимостью, услыша о капуцине, прибавить короткую фразу: «Все мошенники», после чего продолжал снова пускать под нос себе дым. Сюда не заезжала никакая карета, кроме разве только одной двухколесной трясучки, запряженной мулом, привезшим хлебнику муку, и сонного осла, едва дотащившего перекидную корзину с броколями, несмотря на все понуканья мальчишек, угощающих каменьями его нещекотливые бока. Тут нет никаких магазинов, кроме лавчонки, где продавался хлеб и веревки, с стеклянными бутылями, да темного узенького кафе, находившегося в самом углу улицы, откуда виден был беспрестанно выходивший боттега, разносивший синьорам кофий или шоколад на козьем молоке в жестяных маленьких кофейничках, известный под именем Авроры. Домы тут принадлежали двум, трем, а иногда и четырем владельцам, из которых один имеет только пожизненное право, другой владеет одним этажом и имеет право пользоваться с него доходом только два года, после чего, вследствие завещания, этаж должен был перейти от него к padre Vicenzo на десять лет, у которого, однако же, хочет оттягать его какой-то родственник прежней фамилии, живущий во Фраскати и уже заблаговременно затеявший процесс. Были и такие владельцы, которые владели одним окном в одном доме, да другими двумя в другом доме, да пополам с братом пользовались доходами с окна, за которое, впрочем, вовсе не платил неисправный жилец, — словом, предмет неистощимый тяжб и продовольствия адвокатов и куриалов, наполняющих Рим. Дамы, о которых только что было упомянуто, — все, как первоклассные, честимые полными именами, так и второстепенные, называвшиеся уменьшительными именами, все Тетты, Тутты, Нанны, — большею частию ничем не занимались; они были супруги: адвоката, мелкого чиновника, мелкого торгаша, носильщика, факина, а чаще всего незанятого гражданина, умевшего только красиво драпироваться не весьма надежным плащом.

Многие из синьор служили моделями для живописцев. Тут были всех родов модели. Когда бывали деньги — они проводили весело время в остерии с мужьями и целой компанией; не было денег — не были скучны и глядели в окно. Теперь улица была тише обыкновенного, потому что некоторые отправились в народную толпу на Корсо. Князь подошел к ветхой двери одного домишка, которая вся была выверчена дырами, так что сам хозяин долго тыкал в них ключом, покамест попадал в настоящую. Уже готов он был взяться за кольцо, как вдруг услышал слова:

— Сьор принчипе хочет видеть Пеппе?

Он поднял голову вверх: из третьего этажа глядела, высунувшись, сьора Тутта.

— Экая крикунья, — сказала из супротивного окна сьора Сусанна. — Принчипе, может быть, совсем пришел не с тем, чтоб видеть Пеппе.

— Конечно, с тем, чтобы видеть Пеппе, не правда ли, князь? С тем, чтобы видеть Пеппе, не так ли, князь? Чтобы увидеть Пеппе?

— Какой Пеппе, какой Пеппе! — продолжала с жестом обеими руками сьора Сусанна. — Князь стал бы думать теперь о Пеппе! Теперь время карнавала, князь поедет вместе с своей куджиной, маркезой Монтелли, поедет с друзьями в карете бросать цветы, поедет за город *far allegria*. Какой Пеппе! Какой Пеппе!

Князь изумился таким подробностям о своем препровождении времени; но изумляться ему было нечего, потому что сьора Сусанна знала всё.

— Нет, мои любезные синьоры, — сказал князь, — мне, точно, нужно видеть Пеппе.

На это дала ответ князю уже синьора Грация, которая давно высунулась из окошка второго этажа и слушала. Ответ дала она, слегка пощелкав языком и покрутив пальцем, — обыкновенный отрицательный знак у римлянок, — и потом прибавила:

— Нет дома.

— Но, может быть, вы знаете, где он, куда ушел?

— Э, куда ушел! — повторила сьора Грация, приклонив голову к плечу. — Статься может, в остерии, на площади, у фонтана;

верно, кто-нибудь позвал его, куда-нибудь ушел, chi lo sa (кто его знает)!

— Если хочет принчипе что-нибудь сказать ему, — подхватила из супротивного окна Барбаручья, надевая в то же время серьгу в свое ухо, — пусть скажет мне, я ему передам.

«Ну нет», — подумал князь и поблагодарил за такую готовность.

В это время выглянул из перекрестного переулка огромный запачканный нос и, как большой топор, повиснул над показавшимися вслед за ним губами и всем лицом. Это был сам Пеппе.

— Вот Пеппе! — вскрикнула сьора Сусанна.

— Вот идет Пеппе, *sior principe*![25] — вскрикнула живо из своего окна синьора Грация.

— Идет, идет Пеппе! — зазвенела из самого угла улицы сьора Чечилия.

— Принчипе, принчипе! вон Пеппе, вон Пеппе (ессо Peppe, ecco Peppe)! — кричали на улице ребятишки.

— Вижу, вижу, — сказал князь, оглушенный таким живым криком.

— Вот я, *eccelenza*[26], вот! — сказал Пеппе, внимая шапку.

Он, как видно, уже успел попробовать карнавала. Его откуда-нибудь сбоку хватило сильно мукою. Весь бок и спина были у него выбелены совершенно, шляпа изломана, и все лицо было убито белыми гвоздями. Пеппе уже был замечателен потому, что всю жизнь свою остался с уменьшительным именем своим Пеппе. До Джузеппе он никак не добрался, хотя и поседел. Он происходил даже из хорошей фамилии, из богатого дома негоцианта, но последний домишко был у него оттяган тяжбой. Еще отец его, человек тоже вроде самого Пеппе, хотя и назывался *sior* Джиованни, проел последнее имущество, и он мыкал теперь свою жизнь, подобно многим, — то есть как приходилось: то вдруг определялся слугой у какого-нибудь иностранца, то был на посылках у адвоката, то являлся убирателем студии какого-нибудь художника, то сторожем виноградника или виллы; и по мере того изменялся на нем беспрестанно костюм. Иногда Пеппе попадался на улице в круглой шляпе и широком сюртуке, иногда в узеньком кафтане, лопнувшем в двух или трех местах, с такими узенькими рукавами, что длинные руки его выглядывали оттуда, как метлы; иногда на ноге его являлся поповский чулок и башмак, иногда он показывался в таком костюме, что уж и разобрать было трудно, тем более что всё это было надето вовсе не так как следует: иной раз просто можно было подумать, что он надел на ноги вместо панталон куртку, собравши и завязавши ее кое-как сзади. Он был самый радушный исполнитель всех возможных поручений, часто вовсе безынтересно: тащил продавать всякую ветошь, которую поручали дамы его улицы, пергаментные книги разорившегося аббата или антиквария, картину художника; заходил по утрам к аббатам забирать их панталоны и башмаки для почистки к себе на дом, которые потом позабывал в урочное время отнести назад от излишнего желанья услужить кому-нибудь попавшемуся третьему, и аббаты оставались арестованными, без башмаков и панталон, на весь день. Часто ему перепадали порядочные деньги, но деньгами он распоряжался по-римски: то есть на завтра никогда почти их не ставало; не потому чтобы он тратил на себя или проедал, но потому, что всё у него шло на лотерею, до которой был он страшный охотник. Вряд ли существовал такой нумер, которого бы он не попробовал. Всякое незначащее ежедневное происшествие у него имело важное значение. Случилось ли ему найти на улице какую-нибудь дрянь, он тот же час справлялся в гадательной книге, за каким нумером она там стоит, с тем чтобы его тотчас же взять в лотерее. Приснился ему однажды сон, что сатана, который и без того ему снился неизвестно по какой причине в начале каждой весны, — что сатана потащил его за нос по всем крышам всех домов, начиная от церкви св.Игнатия, потом по всему Корсо, потом по переулку tre *Ladroni*[27], потом по *via della stamperia*[28] и остановился, наконец, у самой *trinita*[29] на лестнице, приговаривая: «Вот тебе, Пеппе, за то, что ты молился святому Панкратию: твой билет не выиграет». Сон этот произвел большие толки между сьорой Чечилией, сьорой Суссанной и всей почти улицей; но Пеппе разрешил его по-своему: сбегал тот же час за гадательной книгой, узнал, что черт значит 13 нумер, нос 24, святой Панкратий 30, и взял того же утра все три нумера. Потом сложил все три нумера, вышел: 67, он и взял 67. Все четыре нумера, по обыкновенью, лопнули. В другой раз случилось ему завести перепалку с виноградарем, толстым римлянином, сьором Рафаэлем Томачели. За что они поссорились — Бог их ведает, но кричали они громко, производя сильные жесты руками, и, наконец, оба побледнели — признак ужасный, при котором обыкновенно со страхом высовываются из окон все женщины и проходящий пешеход отсторанивается подальше, — признак, что дело доходит, наконец, до ножей. И точно, толстый Томачели запустил уже руку за ременное голенище, обтягивавшее его толстую икру, чтобы вытащить оттуда нож, и сказал: «Погоди ты, вот я тебя, телячья голова!» — как вдруг Пеппе ударил себя рукою по лбу и убежал с места битвы. Он вспомнил, что на телячью голову он еще ни разу не взял билета; отыскал нумер телячьей головы и побежал бегом в лотерейную контору, так что все, приготовившиеся смотреть кровавую сцену, изумились такому нежданному поступку, и сам Рафаэль Томачели, засунувши обратно нож в голенище, долго не знал, что ему делать, и, наконец, сказал: «*Che uomo curioso*!» (Какой странный человек!) Что билеты лопались и пропадали, этим не смущался Пеппе. Он был твердо уверен, что будет богачом, и потому, проходя мимо лавок, спрашивал почти всегда, что стоит всякая вещь. Один раз, узнавши, что продается большой дом, он зашел нарочно поговорить об этом с продавцом, и когда стали над ним смеяться знавшие его, он отвечал очень простодушно: «Но к чему смеяться, к чему смеяться? Я ведь не теперь хотел купить, а после, со временем, когда будут деньги. Тут ничего нет такого... всякий должен приобретать состояние, чтобы оставить потом детям, на церковь, бедным, на другие разные вещи... chi lo sa!» Он уже давно был известен князю, был даже когда-то взят отцом его в дом в качестве официанта и тогда же прогнан — за то, что в месяц износил свою ливрею и выбросил за окно весь туалет старого князя, нечаянно толкнув его локтем.

— Послушай, Пеппе! — сказал князь.

— Что хочет приказать *eccelenza*? — говорил Пеппе, стоя с открытою головою. — Князю стоит только сказать: «Пеппе!», а я: «Вот я». Потом князь пусть только скажет: «Слушай, Пеппе», а я «*Ecco me, eccelenza*»[30]

— Ты должен, Пеппе, сделать мне теперь вот какую услугу... — при сих словах князь взглянул вокруг себя и увидел, что все сьоры Грации, сьоры Сусанны, Барбаручьи, Тетты, Тутты — все, сколько их ни было, — выставились любопытно из окна, а бедная сьора Чечилия чуть не вывалилась вовсе на улицу.

«Ну, дело плохо!» — подумал князь.

— Пойдем, Пеппе, ступай за мною.

Сказавши это, он пошел вперед, а за ним Пеппе, потупив голову и разговаривая сам с собою: «Э! женщины потому и любопытны, потому что женщины, потому что любопытны».

Долго шли они из улицы, погрузясь каждый в свои соображения. Пеппе думал вот о чем: «Князь даст, верно, какое-нибудь поручение, может быть важное, потому что не хочет сказать при всех; стало быть, даст хороший подарок или деньги. Если же князь даст денег, что с ними делать? Отдавать ли их сьору Сервилию, содержателю кафе, которому он давно должен? потому что сьор Сервилио на первой же неделе поста непременно потребует с него денег, потому что сьор Сервилио усадил все деньги на чудовищную скрыпку, которую собственноручно делал три месяца для карнавала, чтоб проехаться с нею по всем улицам, — теперь, вероятно, сьор Сервилио долго будет есть вместо жаренного на вертеле козленка одни броколи, вареные в воде, пока не наберет вновь денег за кофий. Или же не платить сьору Сервилио да вместо того позвать его обедать в остерию? потому что сьор Сервилио *il vero Romano*[31] и за предложенную ему честь будет готов потерпеть долг, — а лотерея непременно начнется со второй недели поста. Только каким образом до того времени уберечь деньги, как сохранить их так, чтобы не узнал ни Джякомо, ни мастер Петручьо точильщик, которые непременно попросят у него взаймы, потому что Джякомо заложил в Гету жидам всё свое платье, а мастер Петручьо тоже заложил свое платье в Гету жидам и разорвал на себе юбку и последний платок жены, нарядясь женщиною... как сделать так, чтобы не дать им взаймы?» Вот о чем думал Пеппе.

Князь думал вот о чем: «Пеппе может разыскать и узнать имя, где живет, и откуда, и кто такая красавица. Во-первых, он всех знает и потому больше, нежели всякий другой, может встретить в толпе приятелей, может чрез них разведать, может заглянуть во все кафе и остерии, может заговорить даже, не возбудив ни в ком подозрения своей фигурой. И хотя он подчас болтун и рассеянная голова, но если обязать его словом настоящего римлянина, он сохранит всё втайне.

Так думал князь, идя из улицы в улицу, и наконец остановился, увидевши, что уже давно перешел мост, давно уже был в Транстеверской стороне Рима, давно взбирается на гору и недалеко от него церковь *S. Pietro in Montorio.* Чтобы не стоять на дороге, он взошел на площадку, с которой открывался весь Рим, и произнес, оборотившись к Пеппе:

— Слушай, Пеппе, я от тебя потребую одной услуги.

— Что хочет *eccelenza*? — сказал опять Пеппе.

Но здесь князь взглянул на Рим и остановился; пред ним в чудной сияющей панораме предстал вечный город. Вся светлая груда домов, церквей, куполов, остроконечий сильно освещена была блеском понизившегося солнца. Группами и поодиночке один из-за другого выходили домы, крыши, статуи, воздушные террасы и галереи; там пестрела и разыгрывалась масса тонкими верхушками колоколен и куполов с узорною капризностью фонарей; там выходил целиком темный дворец; там плоский купол Пантеона; там убранная верхушка Антониновской колонны с капителью и статуей апостола Павла; еще правее возносили верхи капитолийские здания с конями, статуями; еще правее, над блещущей толпой домов и крыш, величественно и строго подымалась темная ширина колизейской громады; там опять играющая толпа стен, террас и куполов, покрытая ослепительным блеском солнца. И над всей сверкающей сей массой темнели вдали своей черною зеленью верхушки каменных дубов из вилл Людовизи, Медичис, и целым стадом стояли над ними в воздухе куполообразные верхушки римских пинн, поднятые тонкими стволами. И потом во всю длину всей картины возносились и голубели прозрачные горы, легкие, как воздух, объятые каким-то фосфорическим светом. Ни словом, ни кистью нельзя было передать чудного согласия и сочетанья всех планов этой картины. Воздух был до того чист и прозрачен, что малейшая черточка отдаленных зданий была ясна, и всё казалось так близко, как будто можно было схватить рукою. Последний мелкий архитектурный орнамент, узорное убранство карниза — всё вызначалось в непостижимой чистоте. В это время раздался пушечный выстрел и отдаленный слившийся крик народной толпы — знак, что уже пробежали кони без седоков, завершающие день карнавала. Солнце опускалось ниже к земле; румянее и жарче стал блеск его на всей архитектурной массе; еще живей и ближе сделался город; еще темней зачернели пинны; еще голубее и фосфорнее стали горы; еще торжественней и лучше готовый погаснуть небесный воздух... Боже, какой вид! Князь, объятый им, позабыл и себя, и красоту Аннунциаты, и таинственную судьбу своего народа, и всё, что ни есть на свете.

ПРИМЕЧАНИЯ

1. Искаженные немецкие фразы: «Мейн-фрау!» (Meine Fray) - Моя жена! «Вас волен зи дох?» (Was vollen sie doch?) - Что вам угодно? «Гензи на кухня» (Gehen sie in die Kuche!) - Ступайте на кухню!*
2. По любви *(франц.)*
3. Это очаровательно! Лиза, Лиза, пойди сюда! (*франц.*).
4. Какое красивое лицо! (*франц.*).
5. Великолепно, великолепно! (*франц.*).
6. Это очаровательно!
7. Какая восхитительная мысль!
8. Есть что-то необыкновенное во всей его внешности.
9. Жанровая, то есть бытовая картина.
10. Добрый день папа.
11. Моя дорогая *(франц.)*.
12. Боже, какая божественная вещь!
13. Но что это за божественная вещь!
14. Римский ежедневник, «Пират».
15. Всё делают, ничего не знают, всё знают, ничего не делают; французы — вертопрахи, чем большем им отвешиваешь, тем меньше они тебе дают за это.
16. С честью обязанности супруга.
17. Костюм XVI века.
18. Народ.
19. Веселиться.
20. О, какое веселье!
21. Одно свинство.
22. В итальянской поэзии существует род стихотворенья, известного под именем *сонета с хвостом* (con la coda), — когда мысль не вместилась и ведет за собою прибавление, которое часто бывает длинее самого сонета.
23. О, красавица!
24. Какое животное.
25. Князь.
26. Ваше сиятельство.
27. Трех разбойников.
28. Улице печатников.
29. Троицы.
30. Вот я ваше сиятельство!
31. Истинный римлянин.

СОДЕРЖАНИЕ

IMPRIMÉ EN CEE
le 03-10-1994
B/94BK27 – Dépôt légal, septembre 1994
ISBN : 287714-260-4